LV·Buch
Wir lieben das Landleben.

Hans-Peter Boer

Kirmeskronen

Kommissar Kattenstrohts
fünfter Fall

An

Karl August Klein

Teilten nicht alles wir:
lose und träume und ziele und pfade?
Mischten wir nicht unser blut,
dass wir brüder uns seien?
War es der wille des sterns,
dass wir jetzt in der gleichen dekade
Uns für die hoffnung
verwandelten lebens befreien?

Stefan George

Der siebente Ring (Tafeln), 1907

„Schneiderleben“
- d. i. Manfred Schneider -
in Freundschaft zugeeignet

Kapitel 1

Fast genüsslich ließ sich der alte Mann gegen die Rückenlehne der Bank zurückfallen. Zufrieden schaute Bernd Appelhans über seinen Garten, die späten, aber doch üppigen Sommerstauden, den plätschernden Brunnen und den sattgrünen Rasen. Alles war ordentlich, geharkt und gefügt, so wie alles in der Welt des ehemaligen Werkzeugmachers seine Präzision und Ordnung hatte. Ein sanftes Aufstoßen erinnerte ihn an das Abendessen. Lisbett hatte Apfelpfannkuchen gebacken mit Schnitzeln vom Boskop, dessen Zweige noch immer die rückwärtige Gartenmitte beherrschten und der Familie Appelhans wenigstens über weite Teile des Jahres Sichtschutz gegen die allzu neugierigen Nachbarn boten: Apfelpfannkuchen mit einer Prise Zimt. Nun würde noch ein kühles Bier den Abend einläuten, und dann würde der alte Herr auf der Terrasse das genehmigte Zigarillo schmauchen, bei dem Lisbett stets so kritisch guckte. Appelhans war's zufrieden. Von den einst mehr als vierzig Zigaretten am Tag war nur dieses allwöchentliche Zigarillo übrig geblieben. Bernd Appelhans liebte es, die blauen Wölkchen in die Luft aufsteigen zu lassen.

Plötzlich kam eine gewisse Unruhe auf. Die Hausfrau erschien auf der Terrasse, klappte den mobilen Wäscheständer auseinander und hängte feuchte Tücher zum Trocknen auf. Offensichtlich war in der Küche schon wieder Ordnung geschaffen, denn Lisbett Appelhans stieg zügig die Stufen von der Terrasse herunter und setzte sich zu ihrem Gatten auf die Gartenbank. Natürlich hatte sie noch eigene Pläne für den Abend, denn wacker schlug sie ihrem Mann vor, angesichts der schönen seidigen Abendluft und der späten Sonne noch eine kleine Radtour zu unternehmen. Vielleicht am Kanal entlang und dann auf ein Bier zu Thiers hinterm Busch.

Die Traditionskneipe lockte auch Bernd Appelhans. Zwar wäre er eigentlich lieber auf seinem Erbe sitzen geblieben, wie er sich ausdrückte, aber Lisbett ermunterte ihren Gatten mit Nachdruck. Der seufzte tief, kontrollierte in der Garage bei den Rädern den Luftdruck der Reifen, verpasste einem von ihnen noch etwas Luft und schob beide Fahrräder auf den Garagenvorplatz. Bald ging es los, und schließlich fand sich das in Rentnerbeige recht einheitlich gekleidete Paar auf dem Leinpfad am Kanal wieder. Gemächlich radelten sie die Wasserstraße entlang, verfolgten das eine oder andere Schiff, wichen Joggern und Walkern aus und bestaunten die Sonnenlustigen, die auch den letzten Strahl der Spätsommersonne noch einzufangen versuchten. Bernd Appelhans musterte gelegentlich die eine oder andere junge Dame, die sich trotz der aufsteigenden Abendkühle noch freizügig zeigte, und empfing dafür mahnende Worte seiner Frau, er möge gefälligst auf den Weg achten und nicht auf die jungen Töppkes.

Sie passierten eines der noblen Wohngebiete in Münsters Osten, als ein Kinderruf Lisbetts Aufmerksamkeit erregte. Mehrfach schallte es im Chor von Kinderstimmen melodisch zwischen den Häusern her: „Kinder, kommt runter …!

„Meineh, es ist doch noch Licht. Rufen die schon zum Lambertus?" Lisbett Appelhans' Interesse war geweckt. Sie hielt kurz an, hielt ihre Nase in den Wind, lauschte und entschied dann, ohne ihren Bernd zu beteiligen, den Leinpfad zu verlassen und in das Wohngebiet zu fahren. „Kinder, kommt runter! Lambertus ist munter!",war es jetzt deutlich zu hören. Zwischen Hecken führte ein Patt seitwärts ab. Ein großer gelber Mondlampion aus bedrucktem Papier hing einsam an der Ecke. Ein kopiertes Blatt, zum Schutz gegen den Regen in eine Plastikhülle gesteckt, verkündete, dass die Nachbarschaft Röttgerskamp alle Kinder der Gegend zum Lambertusfest einlade: „Und guck mal, Bernd, just heute Abend. Lass uns doch mal gucken, was das gibt!" Zielstrebig steuerte die Rentnerin ihr Rad durch das enge Pättken und ließ ihrem Mann nur die Wahl, ihr zu folgen.

Die Straße Röttgerskamp lief hier am Kanal in einem Wendehammer aus. Am Übergang zur Straße hatte man eine Warnbake aufgestellt, wohl um Fremdparker abzuhalten und den fast runden Platz frei zu halten. In der Mitte stand eine Pyramide aus Dachlatten, mit Blumen und Ranken geschmückt. Erste Laternen hingen darin, weitere Kinder und Mütter standen herum und bemühten sich, zwischen den Blumen und Efeuranken die Bohrungen in den Latten zu finden, in die man die Laternenstiele einschieben konnte.

Mehr und mehr Kinder liefen zusammen. In Grüppchen kamen sie die Straße herauf, kleine an den Händen der Mütter, ganz kleine im Kinderwagen, größere mit dem schon überlegenen, leicht arroganten Lächeln der Vorpubertät. Letztere suchten sich Plätze am Rand und erkletterten die Pfeiler der Gartentore, von denen aus man einen besonders schönen Blick hatte. Am Rande des Geschehens standen mehrere ältere Nachbarn: Männer und Frauen, die sich untereinander absprachen, wie denn weiter vorzugehen sei. Ein alter Herr klappte ein hölzernes Futteral auf und hängte sich mit gekonnten Griffen ein großes Akkordeon um. Der junge Vater neben ihm beschränkte sich auf eine kleine Trommel.

Emsig lief die Nachbarschaftspräsidentin durch die Gegend; sie zeichnete seit vielen Jahren verantwortlich für die jährliche Veranstaltung des Lambertusspiels, dessen Liedtexte und Spielanweisungen, auf DIN-A3-Bögen kopiert, nun an potenzielle Sängerinnen und Sänger verteilt wurde. Das Ehepaar Appelhans wurde natürlich mit eingebunden. Längst standen die Fahrräder aufgebockt an einem Gartentor, und Lisbett summte beim Durchblättern der Lieder jene alten Melodien, die einem Kind in Münster bis auf den Tag sogar in der Schule noch beigebracht werden: „Guter Freund, ich frage dir." „Bester Freund, was fragst du mir?" „Sag mir, was ist Eins!"

Die Nachbarschaftspräsidentin ließ nun per Akkordeon einen Tusch aufspielen, begrüßte mit wohlgesetzten Worten die Erschienenen, vor allem die Kinder, und erklärte das diesjährige Spiel für eröffnet. Mit pädagogischem Talent fragte die drahtige Dame die jungen Eltern nach den Spielwünschen ab, und schon ging der Schornsteinfeger spazieren, fing sich der Schneider eine Maus und schickte der Herr den Jäger aus. Die älteren Nachbarn kannten natürlich die teils endlosen Reihenlieder und fügten, ohne zu holpern, Strophe um Strophe aneinander. Die Kinder dagegen brauchten schon Unterstützung. In drei gegenläufigen Kreisen zogen sie um die Pyramide, deren Lampions im nun mehr und mehr sinkenden Abendlicht immer heller zu strahlen begannen. Junge Mütter trugen ihre Kleinkinder auf dem Arm durch den Kreis, die Kleinen an der Hand schoben sich manchmal nur langsam vorwärts, und Bernd Appelhans kommentierte, in seiner Jugend habe man auf dem Schulplatz sieben komplette Kreise gehabt, alle Kinder hätten singen können, und so kleine Blagen hätte man bei der wichtigen Übung des Lambertussingens gar nicht zugelassen.

Schließlich erklang „Guter Freund, ich frage dir“ mit seinen zwölf langen Strophen, in denen Glaubensgeheimnisse und Symbole aufgezählt werden. Flüssig ging dieses wohl wichtigste Lied der Lambertusfeier den Älteren von den Lippen: „Zehn Gebote Gottes, neun Chöre der Engel, acht Seligkeiten, sieben Sakramente, sechs Krüge mit rotem Wein, die schenkt der Herr zu Kana ein, Kana in Galiläa!“ Manch einer hörte die alten Zeilen wohl nicht ohne Rührung. Doch blieb am Ende nur wenig Zeit zum Atemholen.

„Nun wollen wir doch mal gucken, wo der Bauer bleibt! Seht ihr ihn schon?“, fragte die Leiterin des abendlichen Spiels laut in die Runde. Eltern und Großeltern sangen auf Plattdeutsch nach einer rhythmischen Melodie: „De Buer de kümp, de Buer de kümp, de Buer de kümp nao lange nich!“ Erwartungsvoll schaute alles die Straße hinauf.

Tatsächlich entstand auf einem der Garagenvorplätze Unruhe. Ein einzelner Mann setzte sich dort in Bewegung und schob eine altertümliche Schubkarre vor sich her. Auf der war ein Bund Stroh platziert, dahinter eingeklemmt am Seitenbrett ein geflochtener Weidenkorb.

Die Erscheinung kam näher und näher. Nun erkannte man, dass der Buer Holzschuhe an den Füßen trug und lederne Gamaschen an den Waden. Über seiner schwarzen Manchesterhose trug er einen blauen Kittel, der mit Blaudruck-Motiven am Saum und an den Manschetten verziert war. Eine schwarze Schirmmütze und ein rotes Halstuch rundeten die Tracht des Kiepenkerls ab. Merkwürdigerweise baumelte unter dem Mützenrand ein Pferdeschwanz aus dichten grauen Haaren hervor. Der Mann war groß, schlank, jenseits der sechzig und ließ eine kleine Mutz in seinem rechten Mundwinkel hängen. Mit wachen Augen überblickte er die Schar der Kinder und Erwachsenen: „Mein Guott, leiwe Lüde, wat roopet Ji nao den Buern?“

Spontan setzten einige der Sängerinnen und Sänger ein und begrüßten den Bauern melodisch: „Gueden Dagg, Buer, in de Stadt!“

Der schob seine Karre an die Seite, nahm den Korb, für den sich umgehend mehrere Kinder interessierten, und stellte sich neben die jetzt hell leuchtende Pyramide in die Mitte des Kreises.

„O Buer, wat kost dien Hei?“ – „Bauer, was kostet dein Heu?“ Der Höhepunkt des Lambertusspiels war erreicht.

Mit volltönender Stimme sang der Alte, während er langsam die Pyramide umschritt, dabei auch mal an seiner Pfeife zog und auf das eine oder andere Kind im dichten Ring deutete:

„Mien Hei, dat kost 'ne Kron,
mien Hei, dat kost 'ne Kiärmeskron,
juchheißa-vivat Kiärmeskron!
Mien Hei, dat kost 'ne Kron!"

Schon beeilten sich die Spieler, dem Bauern zuzusingen, dass dies doch viel zu teuer sei: eine Krone, und mochte es auch eine Kirmeskrone sein, nur für einen Bund Heu? Das Geschäft kam wohl nicht zustande, aber eifrig sangen und spielten sie nun weiter, wie der Bauer sich seine Hofgemeinschaft sammelt: Frau und Kinder, Knechte und Mägde, Hund und Katze und zum guten Schluss merkwürdigerweise einen Knochen. Die Schlange der Kinder, die dem Bauern und seiner Frau als Hofstaat folgte, wurde lang und länger. Oft musste dieser auch eine Mutter mit in die Reihe nehmen, da besonders kleinere Kinder dem merkwürdigen Mann nicht folgen wollten und ihm die Begleitung stumm verweigerten. Inzwischen aber hatte der Bauer seinen Korb geöffnet und verteilte Äpfel und Süßigkeiten an die Kinder; das lockte.

Dann jedoch geschah etwas Sonderbares: Der Bauer bekam einen Schubs! Er wurde aus dem Kreis der Spielerinnen und Spieler verjagt, man zerrte ihn hin und her, und auch manchen Tritt kleiner Füße hatte er zu ertragen. Damit war das Spiel jedoch vorbei, und die Reste aus dem Korb wurden verteilt. Man stimmte zum Ausklang ein Laternenlied an: „Mein Licht ist aus, wir gehen nach Haus! Rabimmel, rabammel, rabumm!" Manche der jungen Eltern waren wohl froh, ihren Nachwuchs nun ins Bett stecken zu können. Man verabschiedete und verabredete sich auf den nächsten Abend, und recht schnell verlief sich die Festgemeinde der jüngeren Leute.

Tiefblau war der Himmel derweil geworden, und ein aufgehender Vollmond begann, sein mildes Licht über Stadt und Land zu streuen. Seltsamerweise hatte man, kaum dass die Kinder abgezogen waren, hinter einem Gartentor eine Kiste Bier entdeckt. Der Kirmesbauer, die Nachbarschaftsvorstände und die Sängerinnen und Sänger bekamen ein Fläschchen angeboten. Auch Bernd und Lisbett Appelhans ölten so ihre Kehlen und wurden als ordentliche Gesangsverstärkung für den nächsten Abend wieder hinzugebeten. Bald rappelten die geleerten Bierflaschen zurück in die Plastikkiste. Die Lambertuspyramide, sie hatte Räder unter ihren drei Eckstangen, wurde auf einen Garagenhof gefahren, und die Menschen gingen mit freundlichen Abendgrüßen auseinander. Die beiden Appelhans schoben ihre Räder über das schmale Pättken zurück zum Leinweg am Kanal und fuhren nach kurzer Überlegung zurück nach Hause: „Immerhin hast du dein Bier schon gehabt!", konstatierte Lisbett: „Und auch noch umsonst. Das spart, das Lambertussingen aufm Röttgerskamp!"

Dass zwei scharfe Augen vom Rande des Geschehens, aus den Büschen des nahen Spielplatzes, das ganze Lambertusspiel mit brennendem Blick beobachtet hatten, war niemandem aufgefallen.

Kapitel 2

Kattenstroht tippte ungeduldig mit den Fingern seiner rechten Hand auf dem Lenkrad herum. Die Baustellenampel tat ihm dennoch nicht den Gefallen, zügig auf Grün umzuspringen. Da hatte er schon von seinem trauten Heim im Süden Münsters einen weiten Umweg sinnreich geplant, um dem sorgfältig und mit offensichtlichem Fleiß gespannten Netz der Baustellen im inneren Stadtgebiet der Provinzialhauptstadt zu entgehen; aber auch diesmal war es vergebens! Die jüngste Gelegenheit, die sich den Straßenbauern geboten hatte, ausgerechnet einen seiner liebsten Schleichwege aufzureißen, war dem Kommissar trotz sorgfältigster Planung und Beobachtung der Lokalpresse entgangen. So stand er denn reichlich angenervt mit anderen Autofahrern in einer Schlange und ließ seine Blicke in eine der Nebenstraßen schweifen.

Was er dort sah und über etwa zwei Minuten beobachten musste, missfiel ihm ganz offensichtlich. Entgegen allen Regeln zog er den Wagen rechts über den Radweg auf die nächste Garageneinfahrt, schaltete das Warnlicht ein und warf ein Polizeischild hinter die Frontscheibe. Schnell ging er die wenigen Meter zur Straßenecke zurück und lenkte seine Schritte in die schmale Sackgasse, in die er aus dem Auto heraus hatte hineinsehen können.

Nicht undramatisch zückte er seinen Dienstausweis und stellte sich in üblich knapper Manier als „Polizei!" vor. Die beiden Streithähne hielten inne und verstummten. Der ältere Mann warf dem Beamten einen fast unterwürfigen Blick zu, der Junge schien erfreut zu sein und verhaspelte sich fast, als er in schnellen Worten erklärte, dass der da ihm seine Funde da habe klauen wollen.

Die Funde, das waren Bestandteile der Hardware eines Computers: Tower, Bildschirm, Tastatur und sogar ein alter Drucker war dabei. Der fixe Junge mit dem kleinen Handwagen war wohl als Erster auf die Schätze gestoßen, der grimmige Senior mit Schnurrbart und rundem Helm war aber wohl gleich zur Sache gegangen. In seinem vom Moped gezogenen Karren war schließlich noch reichlich Platz. Kattenstrohts Eintreffen wendete das Blatt: „Wir leben hier nicht nach Darwins Prinzipien des Überlebenskampfes: Wie sagt meine Betty immer: ‚First come – first serve.' And the winner takes it all! Oder nach dem Sachsenspiegel: ‚Wer zuerst kommt, mahlt zuerst!' Lassen Sie den Jungen ziehen. Ich hab's gesehen, dass er die Sachen schon auf seinem Wagen hatte!"

„Der Junge war wirklich zuerst hier!", bestätigte ein älterer Herr, der sich das Scharmützel zwischen den beiden Kampfhähnen angeschaut und es sich dabei – gestützt auf ein schweres Gartentörchen – geradezu gemütlich gemacht hatte. „Wir stellen hier den Sperrmüll inzwischen alle erst am Morgen heraus. Man wird sonst in der Nacht von den Jägern und Sammlern ständig nur gestört. Das alte Ding läuft übrigens noch. Mein Sohn hat die Daten auf der Festplatte alle gelöscht, und der Speicherplatz ist trotzdem klein. Vielleicht kann der Knabe darauf ja noch tippen lernen."

Wie der Blitz verschwand der jugendliche Sperrmüllfreak, und Kattenstroht positionierte sich so auf dem Weg, dass der rundbehelmte Schnauzbart nicht gleich nachsetzen konnte. Der Kommissar tat gemächlich so, als wolle er auch noch die Daten des Mannes aufnehmen, ließ es aber dann dabei bewenden und winkte den unterlegenen Sperrmüllsammler durch. Laut knatternd verließ der den Ort seiner Niederlage.

„So ist das mit diesen Leuten! Müssen sich alles unter den Nagel reißen! Ob sie's gebrauchen können oder nicht!", bemerkte der ältere Herr jenseits seiner Gartenpforte. Kattenstroht nickte nur stumm, verabschiedete sich knapp und machte sich auf den Rückweg zu seinem Auto. Er hatte die Straßenecke noch nicht erreicht, als sich sein Handy meldete. Austrup war dran und fragte ihn kurz, wo er denn stecke. Es sei gerade eine Meldung über eine Gewalttat in Münsters Osten eingetroffen. Wenn Kattenstroht noch auf dem Weg ins Präsidium sei, könne er ja unmittelbar dort am Röttgerskamp vorbeifahren. „Und Frau Eilers werde ich auch gleich umleiten. Wir haben sonst kein Team mehr frei. Termine haben Sie heute am Vormittag auch nicht."

Der Kommissar ließ sich die genaue Adresse kurz erklären, erinnerte aufgrund seiner intimen Kenntnisse der Badestellen am Dortmund-Ems-Kanal den kürzesten Weg und erreichte schon bald die stille, mit Bäumen begrünte Straße, die jetzt von Einsatzkräften abgesperrt war. Da man ihn vor Ort kannte, wurde er durchgelassen und sah sich vor dem Gartentor eines Hauses aus den 1950er Jahren, an das ein kleineres

Nebenhaus angesetzt war. Uli Wormstall, ein Kollege von der Schutzpolizei, begrüßte den Kriminalbeamten und führte ihn umgehend in den Tatort ein, an dem verschiedene Teams der Spurensicherung, der Fotograf und offensichtlich auch der Arzt bereits aktiv waren.

„Heute Morgen hat die Vermieterin, eine Frau Tekülve, gegen 7.15 Uhr ihre Zeitung hereinholen wollen. Dabei fiel ihr auf, dass ihr Untermieter, das ist unser Opfer, ein Dr. Paul Wilhelm Kathmann, sein Blättchen noch im Kasten am Tor hatte stecken lassen. Sie nimmt auch diese Zeitung heraus, geht zur Nebentür und findet die nur angelehnt. In der Wohnung ist aber niemand. Auf ihr Rufen antwortet keiner. Sie kommt wieder heraus und findet einen Lederschlappen des Dr. Kathmann auf dem Patt und entdeckt Schleifspuren durch das kleine Rosenbeet dort. Sie geht bis zur Hausecke und stößt auf das Opfer. Der Mann liegt noch immer dort. Der Ort ist nicht ungeschickt gewählt für ein erstes Versteck. An der Seite ist kein Fenster, und die hohe Hecke versperrt zur Straße und zum Nachbarn hin die Sicht.

„Sind die Spuren da gesichert?“, fragte der Kommissar und wies auf den Zuweg zum Haus und die Garten- und Wegflächen hin. Wormstall nickte. „Das ist so weit schon klar, denke ich!“

Kattenstroht stutzte: „Was sollen denn die Holschken da bedeuten?“ Tatsächlich standen rechts vom Torpfeiler des Gartentörchens zwei blank gescheuerte Holzschuhe, aus denen noch Strohwische lugten. Wormstall bemerkte, Kattenstroht solle sich nicht wundern, denn das Opfer dieser Gewalttat sei sowohl der Jahreszeit angemessen als auch dem Landesbrauch entsprechend gekleidet.

Dennoch verschlug es dem Kommissar fast die Sprache, als er einen leibhaftigen Kiepenkerl im Blaukittel, mit rotem Halstuch, in schwarzer Buxe und mit Ledergamaschen erschlagen hinter der Hausecke erblickte. Er schüttelte sich und wies dann auf den Knotenstock hin, den der Täter seinem Opfer in die Brust gerammt hatte: „Wenn ich nicht genau wüsste, dass es nicht passen kann, würde ich auf Professor Junkmann als Täter tippen! Tödlich so etwas!“

Der Polizeiarzt, der noch neben dem Opfer kniete, wandte sich irritiert um und meinte: „Junkmann, den kenne ich nicht. Originär tödlich scheint eine Verletzung am Hinterkopf zu sein. Aber das muss die Autopsie zeigen. Der Knotenstock im Brustkorb hier scheint mir eine Dreingabe zu sein. Der Täter dürfte von der Logik her auch erst hier zugestoßen haben. Wenn ich das richtig sehe, hat er schon einen Toten um diese Ecke gebracht und dann noch einmal zugestoßen."

„Tatzeit?", fragte der Kommissar nur knapp.

Der Arzt wiegte den Kopf leicht hin und her. „Wir müssen natürlich noch alle Temperaturtabellen vergleichen. Aber ich denke mal, vor Mitternacht war der gute Münsterländer schon im westfälischen Himmel. Wahrscheinlich noch etwas früher. Das Tatwerkzeug scheint dort in der Hecke zu stecken." Tatsächlich lugte aus dem seitlichen Grün ein gleichmäßig behobeltes Kantholz, an dessen Seiten rote verschmierte Flecken aufleuchteten.

„Machen Sie mal weiter, Dottore, ich sehe dann nach der Wohnung und der Vermieterin." Kattenstroht nickte seinem Kollegen Wormstall zu, der ihm zunächst folgte. Gemeinsam begrüßten sie am Gartentörchen Kathrin Eilers. Bald schellten Kommissar und Assistentin an der Haustür der Familie Tekülve. Die ältere Dame bat ins Wohnzimmer und offerierte Kaffee und Tee. Beides sei gerade frisch fertig geworden. Im weiteren Gespräch stellte sich die Vermieterin als durchaus lebenspraktisch, resolut und wortmächtig heraus. Sie sei ja immerhin schon seit 15 Jahren Witwe, betonte sie mehrfach. Dass aber ein so guter Mieter wie Dr. Kathmann auf diese Weise abspringe, sei doch erschütternd. Hierbei führte sie ein Spitzentaschentüchlein an die Augen. „Wissen Sie, ich bin doch noch ganz verwirrt. Ich mag gar nicht dran denken, wie ich ihn da habe liegen sehen. So ein netter Mann, unser Doktor, gestern war er noch der Buer beim Lambertusspiel – und jetzt liegt er uns tot im Garten."

Kathrin Eilers registrierte innerlich lächelnd, dass die Vermieterin jedes anlautende „g" westfälisch wie „ch" aussprach. Dies gab ihrem Bericht bei aller Tragik eine ungewollt heitere Note. „Er war ja auch ein ganz gebildeter Mann, der Herr Doktor! So was kriegt man ganz bestimmt nicht wieder! Der konnte ja singen wie 'ne Nachtigall, war im Theaterchor mit dabei und spielte Klavier wie ein Meister." Und nach einer Pause des Entsetzens: „Jetzt kommen bestimmt Mietnomaden!"

Der Kommissar versuchte, die ängstliche Vermieterin zu beruhigen. Schließlich sei sie ja noch Herrin im eigenen Haus. Zunächst allerdings werde die Polizei die Wohnung untersuchen und dann vielleicht auch für einige Tage versiegeln müssen. „Hatte Herr Dr. Kathmann denn nähere Verwandte hier in der Gegend?", wollte er von der Vermieterin wissen.

Frau Tekülve dachte einen Augenblick nach: „Er war irgendwie ein Einzelgänger. Er hatte weitläufige Verwandte hier in Münster. Ursprünglich kam er ja von hier, war aber ganz viele Jahre in Berlin. Erst vor so 17 oder 18 Jahren ist er wieder hergekommen. Mein verstorbener Mann, der lebte damals noch, der hatte einen Sangesbruder aus unserem Kirchenchor an der Oberfinanzdirektion. Dieser Kollege hatte eines Tages gehört, dass unser Nebenhäuschen frei würde. Und da hat er uns den Dr. Kathmann, der gerade nach Münster zurückgekommen war und was Solides suchte, empfohlen. Wir haben uns all die Jahre wirklich gut verstanden. Er war so eine Art Bereichsleiter in seinem Amt, glaube ich, war Doktor dabei und hatte als Beamter gutes Geld, jeden Monat." Die Vermieterin musste wieder zum Taschentuch greifen. „Schade, schade, schade!"

„Und die Verwandten?", setzte Kathrin Eilers bestimmt nach.

„Er hat wohl noch Geschwister, aber kaum einen Kontakt dazu. Eine junge Frau kommt immer mal vorbei, eine Nina, ein hübsches Ding. Die ist seine Nichte, mit der hat sich Dr. Kathmann immer gut verstanden. Er hat gesagt, sie sei sein Patenkind." Und nach einer Pause: „Das mit dem Patenkind kann aber so nicht stimmen, denn man konnte von unserm Doktor sagen, was man wollte, aber mit der Kirche hatte er es nicht so!"

Kattenstroht setzte seine Kaffeetasse ab und meinte, dass das fürs Erste reiche. Gewiss werde Frau Tekülve in den nächsten Tagen noch eine vollständige Aussage machen müssen. Insbesondere müsse man wissen, was denn am gestrigen Abend eigentlich passiert sei. Denn dass ein Buer aus dem Lambertusspiel erschlagen würde, müsse jeder Münsteraner als erschütternden Skandal empfinden.

Frau Tekülve nickte ergriffen.

Vor der Tür fragte Kathrin Eilers ihren Chef: „Was hat es eigentlich mit diesem Lambertusspiel auf sich?"

Kattenstroht war entsetzt ob solcher Unkunde. Er wies mit kurzer Handbewegung über die Straße, wo auf einer Garageneinfahrt eine mit Blumen bunt geschmückte Pyramide stand: „Du typisches Kind des Osnabrücker Landes! Ihr wollt uns den Westfälischen Frieden und die älteste Schule Deutschlands abjagen, kennt aber nicht mal Lambertus!“ Nachdem er auf diese Weise seine Assistentin an ihre Heimatregion erinnert hatte, erläuterte er ihr kurz Tradition und Ablauf des Lambertusspiels, das ursprünglich von den Kindern und jungen Leuten in Münster in den Tagen vor dem 17. September, dem eigentlichen Lambertustag, organisiert wurde: „Irgendwie hat es wohl an den Zeitpunkt erinnert, zu dem im Haus die Lichter wieder angezündet wurden. Illuminationen sind ja sowieso ein klassischer Brauch. Die Leute gehen im Dunkeln gerne mit Licht herum. Laternenzüge gibt's auch zu Martini, man widmet Geburtstagskindern einen Fackelzug, und die Bundeswehr tutet im Dunkeln einen Zapfenstreich. Das ist immer so eine tiefe Lichtsymbolik. Aber der Buer am Ende des Lambertussingens erinnert auch an den Gegensatz zwischen Stadt und Land. Denn er wird ja auch verspottet und mit einem Schubs wieder verjagt. Das geht manchmal ganz schön wild zu. Dieser Buer hier ist jedoch“, der Kommissar zögerte etwas, „meines Wissens der erste, den man über den Schubs hinaus auch noch totgeschlagen hat.“

Die Wohnung von Dr. Paul Wilhelm Kathmann erwies sich als ebenso klar wie praktisch eingerichtet: eine kleine Küche, ein Bad, ein größeres Wohn- und Arbeitszimmer im Erdgeschoss mit Blick zum Garten, sodann unter dem Spitzdach der große Schlafraum: Alles war prick und proper eingerichtet, wie Kattenstroht feststellte. Wohlgefällig ruhte sein Blick auf dem schönen Stutzflügel eines weltbekannten Herstellers. Eindruck machte auch der bequeme Ruhesessel mit dem dazu passenden Rauchtisch, auf dem etwas verloren ein benutztes Bierglas und eine geleerte Pilsflasche standen. Wie häufig bei solchen Erst-Inspektionen verhielt der Kommissar einige Minuten vor dem Bücherschrank. Seine Blicke gingen die Regalbretter durch. Gelegentlich konnte die Assistentin ein zustimmendes Nicken registrieren oder ein fragendes Grunzen hören. Irgendetwas schien Kattenstroht zu beschäftigen. Seine Blicke blieben auch an einer Wand hängen, auf der zahlreiche Bilder ohne erkennbare Struktur aufgehängt waren: Fotos, Zeichnungen, Kollagen und Kleinplakate. Fast schien es so, als wolle Kattenstroht eine gewisse Ordnung in dieses scheinbare Durcheinander bringen. Der Kommissar war bereits im Begriff zu gehen, als er bemerkte, dass die Musikanlage noch eingeschaltet und offensichtlich eine CD abgelaufen war. Er griff zum Kugelschreiber und bediente damit unter Umgehung der eigenen Fingerkuppen eines der Schaltelemente. Die Schublade mit der CD fuhr heraus, und Kattenstroht stellte fest, dass zuletzt offensichtlich Ouvertüren von Richard Wagner abgespielt worden waren.

Schließlich sprach er sich mit Austrup, der fürs Erste am Tatort bleiben sollte, ab, wie mit der Wohnung und ihrem Inventar weiter zu verfahren sei. Für 11.30 Uhr wolle er eine erste Besprechung im Präsidium ansetzen und sich seinerseits mit dem Arbeitgeber des Erschlagenen, dem Finanzamt für Steuerstraftaten, in Verbindung setzen.

Auf dem Gehweg fragte Kattenstroht seine Assistentin ganz unvermittelt, ob ihr bei der Bücherwand etwas aufgefallen sei. Kathrin Eilers meinte, sie habe nur sehr viele politische Bücher wahrgenommen.

„Das stimmt!“, bestätigte der Kommissar: „Viel Politik, aber auch viel Philosophie und dabei überwiegend theoretische Schriften aus den 1960er und 1970er Jahren: Adorno, Mitscherlich, Horkheimer, Marcuse. Dann die komplette Marx-Engels-Studienausgabe aus der ehemaligen DDR. Das sind allein über 20 dicke Bände, fast 'n Meter. Ich habe nur in der Nähe des Schreibtisches etwas Juristisches gesehen, wenig nur. Unter den Philosophen die ganzen linken Klassiker jener Zeit.“ Er schaute etwas nachdenklich auf seine junge Assistentin. „Wir beide haben die Zeiten damals nicht miterlebt. Ich war zu jung, du warst noch nicht auf der Welt, aber mein Vater hat an seiner Schule auch einiges erlebt. Es ist vieles krumm geworden damals. Und hier, hier passt mir was mit unserem Opfer nicht: Hochrangiger Finanzbeamter, promovierter Jurist, linker Philosoph, ausgezeichneter Klavierspieler und Chorsänger – und spielt dann zu Lambertus den Kirmesbauern auf dem Röttgerskamp, um sich anschließend ausgerechnet an Richard Wagner zu ergötzen. Die Spannbreite ist mir ein wenig zu groß. Da werden wir wohl noch genauer hinschauen müssen.“

Kapitel 3

Im Präsidium sah Kattenstroht zu, die Chance, die ihm der neue Fall bot, entschieden zu nutzen. Zwar war der Tatort Münster nicht unbedingt seine Leidenschaft, aber die Sache war nun einmal ihm übertragen worden, und so konnte er mit Blick auf dieses Kapitalvergehen zum Nachteil des Dr. Paul Wilhelm Kathmann eine Reihe kleinerer Delikte, die sich auf seinem Schreibtisch stapelten, umverteilen lassen. Seine zuverlässige Büroleiterin Mia Kunsleben half ihm dabei, und die Hausleitung unterstützte ihn durch die Zuweisung einer Reihe von Hilfskräften für die notwendigen Befragungen, wenn auch zunächst nur für einige Tage. Die Kolleginnen und Kollegen wurden in die laufenden Fälle kurz eingewiesen und übernahmen sie mit mehr oder weniger großem Eifer.

Nachdem Kattenstroht dem Chef einen ersten Bericht erstattet hatte, bereitete er mit Kathrin Eilers den großen Besprechungsraum vor und sah schon einmal die nun Schlag auf Schlag eingehenden Dateien und Berichte durch. Kathrin Eilers zog wieder Stellwände durch die Gegend. Ihre Leidenschaft für das „mind-mapping" hatte im Laufe der Zeit noch zugenommen. Zwischendurch war sie im Computerraum damit beschäftigt, einige Tatortbilder, die Austrup durch Boten per Datensticks geschickt hatte, auszusuchen und in ordentlicher Vergrößerung auszudrucken. Ein Foto des Opfers hatte sie derweil schon mittig auf einer der Stellwände angebracht. Die Runde im Besprechungsraum füllte sich langsam, und Kattenstroht konnte um 11.30 Uhr auch Frau Engler als Vertreterin der Staatsanwaltschaft begrüßen. Als Wormstall eintraf, eröffnete der Kommissar die Besprechung und versuchte aus seiner Sicht eine erste Betrachtung der Tat, des Opfers und der Tatumstände:

„Wir stellen also fest", schloss er nach fast zehn Minuten, „dass die Tat im Verlauf des späteren Abends nach dem Lambertussingen erfolgte. Das Opfer hatte sich nicht einmal mehr umgezogen. Als Tatwaffe ist dieses Kantholz anzusehen, über das wir gleich noch etwas hören werden. Die Sache mit dem Knotenstock stellen wir mal fürs Erste zurück. Erarbeiten wir also gemeinsam mal die denkbaren Richtungen, in die wir ermitteln können! Meine Damen und Herren: Feuer frei!" Der Kommissar nickte Kathrin Eilers zu, die sich mit einem großen Filzstift bewaffnete und zur Stellwand schritt. Immerhin hatte sie erfahrungsgemäß die lesbarste Schrift aller Anwesenden. Kattenstroht schaute in die Runde und meinte, eine Reaktion beim Polizeiarzt bemerkt zu haben: „Der Medizinmann beginne also!", grinste er in die Runde.

Der in dieser laxen Weise apostrophierte Dr. Johannsmann druckste ein bisschen herum, er könne so viel auch noch nicht sagen und wolle sich doch lieber auf die Ergebnisse der Autopsie verlassen, die ihm die Gerichtsmedizin spätestens für den morgigen Freitagnachmittag versprochen habe. Aber wenn der Kommissar darauf beharre, gebe er gerne seine Erkenntnisse schon mal wieder. Kattenstroht nickte beharrlich, und der Mediziner holte aus:

„Die Tat ist zweifelsfrei vor Mitternacht am gestrigen Abend ausgeübt worden. Wie ich Ihnen schon am Tatort sagte, scheint mir ein schwerer Schlag mit einem harten Gegenstand auf den Hinterkopf des Opfers ursächlich gewesen zu sein. Das Schädeldach sah mir zertrümmert aus. Es sah mir auch nach nur einem Schlag aus, der von hinten geführt wurde, möglicherweise heimtückisch. Der Mann muss augenblicklich bewusstlos und wenig später auch tot gewesen sein. Der Täter hat vermutlich den Sterbenden oder schon Verstorbenen dann um die Hausecke geschleppt und das Tatwerkzeug, dieses Kantholz, in die Hecke geschleudert, wo es ja soeben noch steckte. Erst dann kann er die Nummer mit dem Knotenstock durchgezogen haben."

„Sicherung ist erfolgt?", warf Kattenstroht kurz ein.

Ternarde von der Spurensicherung räusperte sich und ließ einige Bilder an der Wand aufleuchten: „Wir haben den Fundort breit dokumentiert, haben das Kantholz aus der Hecke gezogen und unter allen Sicherheitsumständen verpackt und sofort zur Gerichtsmedizin gefahren. Die können die Bestimmungen besser machen und haben zudem den Zugriff auf die DNA-Analyse. Der Knotenstock ist auch schon dort. "

„Wissen wir denn, wo das Kantholz herstammt?", wollte die junge Staatsanwältin wissen.

„Es ist eindeutig zuzuordnen!", erläuterte Ternarde weiter. „Es war doch Sperrmüllabfuhr angesetzt, und die Vermieterin des Opfers, die Frau Tekülve, hatte mit Hilfe eines Neffen ein Bettgestell aus ihrem Besitz, das sie in einem Gästezimmer stehen hatte, am Vorabend an die

Straße gestellt. Das ist so ein Teil aus den 1970er Jahren: Vier breite Standklötze, auf denen zwei starke Kanthölzer befestigt sind, die den Außenrahmen tragen. Deshalb sind auch an den Enden des Kantholzes diese Eisenklammern. Meine Hoffnung ist die, dass der Täter an den durchaus gratigen Kanten Abriebspuren hinterlassen hat, die analysefähig sind. Ich habe das Bettgestell bzw. die übrigen Reste sicherheitshalber auch eingesammelt. Das Kantholz ist aufgrund der Konstruktion natürlich doppelt vertreten. Und wenn Sie hier mal sehen wollen", Ternarde hibbelte mit seiner Fernbedienung herum, „dann sehen Sie hier die Lagerung des Sperrmülls an der rechten Seite des Gartentörchens außen vor der Hecke, also am Gehweg."

Kathrin Eilers mischte sich ein: „Der Täter hat also nur nach rechts gegriffen, das Kantholz gezogen und konnte einfach geradeaus gehen und sein Opfer attackieren, da ja das Törchen in Blickrichtung auf die Haustür links angeschlagen ist." Sie schwieg einen Augenblick. „Eine Zufallswaffe also! Eine Affekttat?"

Durch die Runde ging ein zustimmendes Murmeln. Man erwog das Argument der Zufallswaffe noch ein wenig hin und her und beleuchtete dann die Stunden vor der Tat. Pötter, der eine erste Runde durch die Nachbarschaft gedreht hatte, trug vor, das Lambertussingen auf dem Röttgerskamp sei für 19.00 Uhr angesetzt gewesen. Es habe alles in allem etwa eine Stunde gedauert. Dann hätten, so die Berichte eines Nachbarn, die Erwachsenen sich noch ein Fläschchen Pils geleistet, und so gegen 20:45 Uhr sei man dann auseinandergegangen. „Mein Zeuge konnte übrigens mit der Ausnahme von zwei älteren Teilnehmern alle anwesenden Erwachsenen namentlich benennen. Die beiden Unbekannten, ein Herr und eine Dame, hätten sich per Fahrrad eingestellt und erfreulicherweise tüchtig mitgesungen: „Übrigens, alle Details dieser Organisation hat die Nachbarschaftspräsidentin drauf, eine Studiendirektorin namens Rademacher; die ist heute in der Schule und weiß wahrscheinlich noch nichts von dem Unglück. Am Nachmittag wird sie zu Hause sein. Wenn ein Team dann noch frei ist, sollten wir sie unbedingt aufsuchen."

Kattenstroht nickte zustimmend, und Kathrin Eilers machte eine entsprechende Notiz: „Aber die zwei Unbekannten müssen wir auch noch finden! – Mal weiter. Meine Täterhypothese I: Dr. Kathmann wurde von einem Teilnehmer des Lambertusabends erschlagen. Denkbares Motiv: Er hat schief gesungen oder das falsche Mädchen als Bauersfrau ausgesucht!“ Der Kommissar gneeste in die Runde, stieß aber nur auf Unverständnis und fragende Blicke.

„Mal Spaß beiseite, Klaus!“, warf seine Assistentin ein: „Ein Täter aus der Runde ist ja möglich, aber ich bitte um eine objektivere Betrachtung der Motivlage!“

Den Kommissar stach der Hafer: „Im sangesfrohen Italien wäre das zweifelsfrei ein Motiv! Aber ich gebe zu, im Münsterland, wo Dichtergeist erlahmt und Verse hinken, muss das ja nicht unbedingt so sein. Es hilft nichts, wir müssen die gesamte Runde der erwachsenen Lambertussänger identifizieren und befragen.“ Er schaute nachdenklich auf seine Kaffeetasse. „Ich selbst wurde heute am Morgen übrigens Augenzeuge, wie sich zwei Sperrmüllsammler um einen schrottigen Computer käbbelten. Ein Junge hatte ein ziemlich komplettes Equipment am Straßenrand gefunden, ein älterer Mann versuchte, es ihm, nachdem der Knabe es bereits in seinem Handwägelchen verstaut hatte, mit körperlicher Gewalt streitig zu machen. Ich bin dann unter Vorhalten meines Dienstausweises dazwischengegangen. Mir hat das nur gezeigt, dass an den Sperrmülltagen an unseren Straßen offensichtlich Gesetzlosigkeit herrscht!“

Wormstall bestätigte das Problem: „Speziell bei uns im Bezirk ist der Sperrmülltag eigentlich nur noch ein großes Ärgernis. Er findet an jedem dritten Donnerstag im Monat statt, soll aber wegen des Dauerärgers demnächst umgestellt werden. Wenn Familien am Vorabend ihre Sachen herausstellen, dann kommen unverzüglich diese Sammler: Hobbyisten und Profis, mit Autos, Handkarren oder Mopedgespannen, und machen sich über die Sperrmüllberge her. Da wird dann alles aufgemacht, ausgepackt, aufgeschnitten und untersucht, und aus dem geordneten Stapel an sperrigen Gegenständen wird ein Chaos, das der Wind im Zweifelsfall auch noch über die Straße verteilt. Es gibt Thesen, dass ein Teil des Altmaterialhandels aus dem Sperrmüll gespeist und mafiaähnlich organisiert sei.“ Der Revierbeamte kam zu seinem Schluss: „Man mag es glauben oder nicht, in dem Sperrmüll steckt ein Stück Gewaltpotenzial. Sollte mich nicht wundern, wenn unser Dr. Kathmann bei einem Streit um den Kram im Affekt von einem Heißsporn angegriffen worden ist."

Die Betrachtungsweise wurde in der Runde als durchaus schlüssig akzeptiert.

„Dann haben wir also zwei Ermittlungsrichtungen", fasste der Kommissar zusammen. „Wir müssen uns einmal um die Lambertussänger kümmern. Ich meinerseits glaube zwar auch nicht, dass aus diesem Kreise so schnell ein Totschläger kommen kann, aber schon als Zeugen des Abends sind uns diese Leute wichtig. Also, meine Herren Austrup und Pötter: Ran an die Buletten und an die Rekonstruktion der gesamten Abendgesellschaft."

„Das ist eigentlich kein großes Problem!", meinte Austrup, der als Letzter vom Tatort gekommen und erst verspätet in der Besprechung erschienen war. „Ein Nachbar hat vom gestrigen Abend eine ganze Serie von Bildern gemacht. Er hat mir den Chip zum Kopieren mitgegeben. Wir können ihn ja mal schnell einspielen."

In der Runde wurde man neugierig. Austrup hantierte am Laptop herum, schob den Chip in die vorgesehene Halterung und erwischte zunächst Bilder von einem Sommerurlaub an der Nordsee: Frau und Herr Goldstein inmitten ihrer Sandburg. Allgemeine Heiterkeit im Raum, während es Austrup schon Schweißtropfen auf die Stirn trieb. Endlich hatte er die richtige Datei gefunden und ließ die Aufnahmen als Diaschau ablaufen. Äußerst günstig war, dass Herr Goldstein eine sehr gute Kamera mit hoher Auflösung benutzt und seinen Speicher nicht geschont hatte. Er hatte zunächst Bild um Bild von einem erhöhten Punkt, offenbar vom Pfeiler eines Gartentores, aufgenommen. Dann hatte er seinen Standort noch mehrfach gewechselt. Offensichtlich kein Besucher des Lambertusabends auf dem Röttgerskamp hatte sich seiner Kamera entziehen können. Fast wie in einem Film lief das Geschehen in der Folge einzelner Standbilder ab. Kattenstroht erkannte einige der Kinderspiele wieder und pfiff ihre Melodien kurz an. Dann kam der Kirmesbauer. Mehrere Großaufnahmen zeigten einen verschmitzt lachenden Dr. Kathmann mit Kindern am Arm und nach dem

Spiel im Gespräch mit Eltern beim Bier. Unter den Ermittlungsbeamten am Tisch kam jenes Unbehagen auf, das bei aller Professionalität und Erfahrung im Umgang mit Gewalt als menschliche Reaktion unverzichtbar ist. Nachdenklichkeit befiel die Runde.

„Kommen wir an dieser Stelle mal auf den Knotenstock zu sprechen", lenkte der Kommissar das Gespräch um. „Dieser Akt, nach dem offenkundigen Totschlag noch eins draufzusetzen und das Opfer noch zusätzlich gewissermaßen, sagen wir mal, zu pfählen, hat einen besonderen Charakter. Eine Tat im Affekt ist das dann nicht mehr, vielmehr eine gewisse Krönung. Und die nigromantische Seite sollten wir nicht übersehen. Den Pfahl in der Brust verpasst man dem Vampir, dem möglichen Untoten; er soll nicht zum Wiedergänger werden, soll bittschön endgültig abgemeldet bleiben. Übrigens denke ich wie alle hier, dass wir bei diesem Tathergang mit höchster Wahrscheinlichkeit nach einem männlichen Täter suchen, oder?"

In der Runde herrschte eine betroffene Stille. Die Polizisten hingen für einige Augenblicke ihren Gedanken nach. Wormstall regte sich: „Sie hatten doch schon einen Verdacht geäußert, was diesen Pfählungsakt angeht, und dabei sogar einen Namen genannt!"

Der Kommissar erinnerte sich zunächst nicht, bis Dr. Johannsmann ihm den Namen Professor Junkmann zurief, den Kattenstroht als denkbaren Täter bezeichnet habe.

Der jedoch dementierte. Er habe zwar genau den Namen Professor Junkmann genannt, aber auch gesagt, dass das nicht passen könne. Dieser große alte Vertreter der Kulturwissenschaft an der Uni Münster habe vor Jahren einen Feldzug gegen den Kiepenkerl geführt, aus wissenschaftlicher Sicht natürlich. Dem war einfach überall zu viel Kiepenkerl: „Radio Kiepenkerl, Kiepenkerl-Schwarzbrot, Kiepenkerl-Saatgut, Dann hat man das Denkmal am Spiekerhof für eine Skulpturenausstellung auch noch in silberner Fassung aufgestellt. Da ist ihm der Kragen geplatzt, und er hat in Interviews, Aufsätzen und sonstigen Veröffentlichungen eine richtige Attacke geritten, die natürlich von den Befürwortern des Kiepenkerls zurückgewiesen wurde. War eine tolle Kulturdiskussion, auf hohem Niveau sozusagen. Immerhin, es gibt bei uns auch ein Windhundrennen um den Kiepenkerl-Pokal." Mit geradezu entschuldigendem Blick in die Runde fügte er hinzu: „Ich meine das ja nur metaphorisch: Der alte Junkmann hat bestimmt auf jede Gelegenheit zum intellektuellen Blattschuss auf den Kiepenkerl gelauert. Heute ist er zu alt, und die Blaukittel treten in Rudeln auf: bei Umzügen, bei plattdeutschen Sprachgesellschaften, in Männerchören und in einzelnen Freilichtmuseen. Immer in diesem Kittel, immer mit rotem Halstuch, mit Holschken, Gamaschen und dem Knotenstock als Zepter! – Kattenstroht schmunzelte leicht: „Ich kenne den Vorgang nur, weil mein Vater sich mit dem Professor auch um dieses Thema gestritten hat, am Westfalen-Stammtisch sogar!"

Kattenstroht bemerkte, dass sein Exkurs wieder einmal zu lang geriet, und klatschte in die Hände: „Weiter zum Tagesprogramm: Fräulein Kunsleben, wie sieht es aus mit dem Termin beim Finanzamt?"

Die Büroleiterin schaute von ihrem Block auf: „Sie sind für 14.00 Uhr beim Finanzamt für Steuerstraftaten angemeldet. Sogar beim Chef persönlich. Der ist in der Sache äußerst engagiert."

„In Ordnung", nickte der Kommissar. „Wie kommen wir an den Sperrmüll ran?"

Wormstall schlug vor, man solle umgehend einen Termin mit den Abfallwerken Münster vereinbaren. Dort könne man über das Thema doch einiges mehr erfahren. Mia Kunsleben notierte sich den Fall und versprach, umgehend diesen öffentlichen Betrieb zu kontaktieren.

Der Kommissar beschloss die Morgenlage und verkündete, die Runde bei Bedarf regelmäßiger einberufen zu wollen. „Meine Damen und Herren, wie predigte es doch vor dreißig Jahren mal einer im Bundestag: Dies ist die Stunde des Kampfes, des Mutes und der Zuversicht. Und der alte Wehner rief dazwischen: ‚Mittag ist jetzt.'"

Kattenstroht hatte offensichtlich Hunger und brach eilig auf.

An der Tür kam er noch mit Frau Engler zusammen, der er Grüße an den Leitenden Oberstaatsanwalt Stellmacher auftrug und die Anfrage für ihren Chef mitgab, wie es am kommenden Sonntag mit einer Partie Boule aussähe. Man werde sich ja wenigstens auch am Samstag beim Psychiater treffen, und Stellmacher möge diesen Termin bitte auf keinen Fall verschwitzen. Die Engler war etwas verdutzt ob dieser Aufträge und Anfragen und erahnte nicht im Geringsten die Abgründe der

Freundschaft, die den Kommissar und den Staatsanwalt seit vielen Jahren verbanden.

Kathrin Eilers hatte lächelnd zugehört: „Thomas und ich werden auf jeden Fall zu Petrys Geburtstag kommen. Das wird eine wirklich interessante Gesellschaft." Sie gingen gemeinsam zum Büro, warfen einen kurzen Blick auf die Eingänge am Computer und machten sich dann auf den Weg zur Kantine. Im Hof hatte die Kriminalassistentin noch ein Problem: „Sag mal, Klaus, die Geschichte mit der Balgerei um den Computer von heute Morgen, die du eben erzählt hast, die ist doch wohl nicht wahr, oder?" Die junge Frau zweifelte.

Kattenstroht reagierte fast brüsk: „Natürlich ist die wahr. Man sollte doch jeden Tag eine gute Tat tun. Und so habe ich dem kleinen Jungen den alten Computer und einige Illusionen bewahrt." Er strahlte seine Assistentin an. „Ein Bekannter von mir, erfolgreicher Geschäftsmann, hat mir mal einen Vortrag über seine Lebens- und Arbeitsprinzipien gehalten. Er kennt zwar die Zehn Gebote und alles, was dazugehört und auch am Lambertusabend im Lied vom Guten Freund aufgezählt wird, das aber sei ihm zu viel. Er stelle sich in Zweifelsfällen immer die Frage: Was hätte Winnetou jetzt getan? – Und was die edle wilde Rothaut veranstaltet hätte, könnte ja auch ihm Leitlinie sein! – Und glaub mir eines: Winnetou hätte dem Kleinen auch geholfen!"

„Winnetou? Warum nicht Robin Hood?" Kathrin Eilers schüttelte lachend den Kopf, dass die blonden Locken nur so flogen.

Kapitel 4

Nach der Mittagspause trafen sie pünktlich beim „Finanzamt für Steuerstrafsachen und Steuerfahndung" am Hohenzollernring ein. Kattenstroht bewunderte erst einmal in aller Ruhe das neobarocke Gebäude, an dem er schon so oft vorbeigefahren war, Kathrin Eilers jedoch drängte ihn, sie wolle nicht unpünktlich sein. So riss sich der Kommissar von der Prunkfassade mit ihrer eigenen Symbolik, den wunderschönen Fruchtgehängen und der gekonnten Verbindung aus Sandstein und Backstein los und folgte seiner Assistentin ins Treppenhaus.

Sie wurden schon erwartet und saßen bald Heribert Siepmann, dem Leiter des Amtes, gegenüber, einem höflichen und distinguiert wirkenden Herrn von etwa fünfzig Jahren, der, nachdem er Kaffee und Erfrischungen offeriert hatte, seinen Personalreferenten hinzubat. Der erschien bald mit einer dicken Akte und stellte sich als Friedhelm Kaup vor. Man tauschte reihum Visitenkarten aus und wandte sich dann dem schwierigen Thema zu:

„Die Nachricht vom Tode von Dr. Kathmann heute Morgen hat uns alle schwer getroffen", begann Siepmann. „Gestern war er noch in der wöchentlichen Besprechung unter uns. Das kommt alles so plötzlich. Auch die Art seines Todes wirft für uns viele Fragen auf und entsetzt das ganze Haus. Er war ein so kultivierter Mann, den man mit Gewalttaten zuallerletzt in Verbindung gebracht hätte."

Kattenstroht zeigte Verständnis für die Gemütslage der beiden Herren und gab ihnen zunächst Raum für Erinnerungen. „Was war das eigentlich für ein Mensch, dieser Dr. Kathmann? Kannten Sie ihn schon lange?"

Die beiden Finanzbeamten schauten sich an, stimmten sich stumm ab, und der Chef übernahm die Gesprächsleitung: „Er kam erst zu Anfang der 1990er Jahre nach Münster zurück, wir können das hier in der Akte gleich mal verifizieren. Er war zuvor in Berlin bei den Finanzbehörden tätig gewesen und wollte, aus welchen Gründen auch immer, wieder nach Münster zurück. Damals herrschte nach der Wende ein großer Druck in der Stadt, vieles kam in Bewegung, weil Berlin wieder Hauptstadt werden sollte, viele junge Leute zog es dorthin. Andererseits wurde es einigen Älteren, die sich da auf dieser Insel über Jahrzehnte kommod eingerichtet hatten, zu unruhig. Man fand also auch im öffentlichen Dienst durchaus Tauschpartner, die freiwillig über Ländergrenzen hinweg wechselten. Und so kam Dr. Kathmann nach Münster zurück und trat bei uns seinen Dienst ...", mittlerweile hatte Kaup die Vorstücke der Akte aufgeschlagen und wies auf eine Stelle ziemlich zu Anfang hin. Siepmann griff zur Brille und fuhr dann fort: „ ... und trat seinen Dienst genau zum 1. September 1993 an. Er hat dann hier seinen Weg weiter fortgesetzt. Er war Oberrat A 14 und wurde dann schließlich auch Bereichsleiter bei uns."

„Was sind das für Bereiche, nach denen Ihr Amt gegliedert ist, und wofür war Dr. Kathmann zuständig?", wollte Kathrin Eilers wissen.

„Unser Finanzamt für Steuerstrafsachen und Steuerfahndung Münster, es hat die wunderbare Abkürzung STRAFA-FA Münster, wurde 1986 neu organisiert und gliedert sich in zwei Abteilungen. Die eine ist seither für die Steuerfahndung zuständig, also die eigentliche Ermittlung von Steuerstraftaten gemäß § 208 AO. Da kommen Hinweise aus Betriebsprüfungen der verschiedenen Ämter herein, Selbstanzeigen, offizielle oder auch anonyme Anzeigen oder auf andere Art entdeckte Hinweise. Mit alldem beschäftigen sich unsere Fahnder. Unsere Abteilung 2 bearbeitet dann die Strafsachen. Dabei werden von hier aus auch Buß- und Strafgelder festgesetzt. Wir arbeiten natürlich eng vernetzt mit der Staatsanwaltschaft, der Polizei und dem Zoll zusammen, je nachdem, welche Zuständigkeiten die Sachlage ergibt und wo, wann und bei wem sich ein Anfangsverdacht in der Arbeit einstellt. Allerdings müssen wir seitens der Finanzbehörden immer mit im Auge haben, ob und wieweit das Steuergeheimnis unsere Kunden schützt, und müssen das in jedem Einzelfall gerichtsfest prüfen. Bei Organisierter Kriminalität zum Beispiel gibt es zum Glück klare Regeln." Siepmann schloss mit einem kleinen Resümee: „Juristisch arbeiten wir auf einem sehr diffizilen Feld."

„Also leitete Dr. Kathmann einen solchen juristischen Bereich!", setzte der Kommissar nach.

„Richtig, er war in der Abteilung 2 für einen unserer nach den Ämtern gegliederten Bereich als Leiter zuständig." Kaup ergänzte: „Wir haben elf nachgeordnete Finanzämter im Münsterland, also auch elf Bereiche hier im Haus. Natürlich rotieren die Zuständigkeiten für die Aufgabenbereiche im Abstand einiger Jahre, schon mit Blick auf die

Korruptionsbekämpfung. Zuletzt war Dr. Kathmann für den Brinke-Kreis zuständig."

„Ach, für den Brinke-Kreis!" Kattenstroht ließ ein breites Grinsen sehen und warf seiner Assistentin einen erfreuten Blick zu. „Das ist ja mal was in all dem Durcheinander. Im Brinke-Tal, da kennen wir uns doch prima aus, da draußen auf dem Lande!" Die Stimmung des Kommissars hob sich sichtlich, und er rückte sich in seinem Sessel aufmerksam zurecht. Plötzlich strahlte er trotz seines üblichen Mittagstiefs, das er stets mit Unterzuckerung zu begründen wusste, pralle Aktivität aus. Die Assistentin schüttelte vernehmlich und lächelnd den Kopf. Sie kannte ihren Chef inzwischen zu gut.

„Gestatten Sie mir", wandte Siepmann ein, „einen Schritt zurückzugehen. Bevor wir auf die letzte Verwendung von Dr. Kathmann eingehen, möchte ich doch noch einiges zu seiner Person sagen. Sie, Herr Kommissar, haben eben von dem juristischen Einsatz gesprochen. Bei den Bereichsleitern ist es so, dass etwa die Hälfte von ihnen aus unserem eigenen Stall kommt; ich will das mal so sagen: Das sind Leute, die unsere eigene Ausbildung absolviert haben, die dann die Fachhochschule Finanzen NRW auf Schloss Nordkirchen besucht, als Diplom-Finanzwirte abgeschlossen und ihren Weg in der Behörde gemacht haben. Sodann haben wir auch eine Gruppe von Juristen dabei, die also zunächst über die Universitäten gekommen sind. Zu denen zählte Dr. Kathmann, auch wenn er nicht als Jurist promoviert war. Seinen Doktortitel hatte er nämlich als Dr. phil in Literaturwissenschaft. Folge seines etwas ungewöhnlichen Lebensweges."

„Jetzt bin ich aber mal gespannt!", reagierte Kattenstroht prompt.

„Das können Sie auch sein, denn Dr. Kathmanns Lebensweg spiegelt ganz viel von den Erfahrungen und Bewegungen in Akademikerkreisen in der zweiten Hälfte des 20. Jahrhunderts." Siepmann zog die Akte etwas näher zu sich heran. „Ich habe mich oft mit ihm unterhalten und habe ihn geschätzt, obwohl ich viele seiner Ansichten nicht teilte." Der so formgerechte Amtsleiter deutete ein Lächeln an: „Sie haben seinen Zopf gesehen?"

Kattenstroht und Eilers nickten bestätigend, und Siepmann fuhr fort: „Er gab sich ein bisschen den Anstrich eines Alt-68ers. Das war aber nicht vordergründig. Er hatte einen enormen Tiefgang, und sein Leben spiegelt das auch. Ich habe hier seinen Lebenslauf aus der Bewerbung von 1992 vor mir. In Münster geboren, nach der Volksschulzeit ins Internat. Er kam aus wirtschaftlich gut situierten Verhältnissen. Die Eltern waren erfolgreiche Kaufleute im Wirtschaftswunder. Abitur auf der Ludgerusburg ..."

„Ach, wo denn auch sonst!", entfuhr es Kattenstroht. Den Amtsleiter irritierte der Einwurf ebenso wie Kathrin Eilers.

„Dann unter Umgehung des Wehr- und Ersatzdienstes Studium und Daueraufenthalt in Berlin: Politologie, Soziologie, Philosophie, Literaturwissenschaften: Er hat den ganzen linken Gemüseladen da durchgewurstet. Und nach mehr als 15 Jahren wurde er dann mit einer Arbeit über strukturalistische und poststrukturalistische Phänomene im Werk irgendeines wahnsinnig unwichtigen Autors, dessen Namen ich wirklich vergessen habe, zum Dr. phil gemacht. Er hat sich gelegentlich selbst darüber prächtig amüsiert."

„Wie hat er denn dieses Längst-Studium überhaupt hinbekommen?", wollte Kathrin Eilers wissen, die sich ihrer eigenen, in jeder Hinsicht knappen Studienzeiten erinnerte.

„Ich habe mal irgendwo gelesen, Fundamente der gesellschaftlichen Utopien seien der Geldbeutel des Vaters und die Versorgungs- und Wäschepakete der Mutter. Irgendwann war das wohl vorbei, und Kathmann hat sich dann eines Besseren besonnen. Er hat als Zweitstudium die Jurisprudenz gewählt, hat in kürzester Zeit mit Freischuss glänzend abgeschlossen und ist dann 1982 in den Dienst der Finanzbehörden in Berlin eingetreten. Nach der Wende fand er dann den Weg nach Münster zurück und in unser Amt."

„Hatte er Familie?", hakte der Kommissar wieder ein.

Kaup blätterte in den Akten: „Zu Beginn der 1970er Jahre war er einige Zeit verheiratet. Die Ehe wurde 1975 kinderlos wieder geschieden. Danach gab es keine neue Eheschließung mehr."

Kattenstroht wollte noch mehr über die Persönlichkeit Kathmanns wissen und fragte, was denn der zu Tode Gekommene aus der Sicht seiner Kollegen für ein Mensch gewesen sei.

Die beiden Beamten waren sich schnell einig. Sie priesen übereinstimmend die hohe Bildung Kathmanns, seine Belesenheit, seine Kultiviertheit, seine Kenntnisse der Musik und Literatur, seinen höflichen und distinguierten Umgang mit den Menschen im Amt und den Kunden draußen.

„Natürlich hatte er auch seine dunklen Ecken", unterstrich Siepmann. „In Berlin stand er über viele Jahre unter Beobachtung des Verfassungsschutzes. Das war die Zeit damals. Vergessen Sie nicht: Er galt als fahnenflüchtig, weil er nach dem Gestellungsbefehl damals das Bundesgebiet verlassen und auf den grünen Berliner Ausweis gesetzt hat. Er durfte sich jahrelang in Münster gar nicht sehen lassen. Die politischen Kontakte in Berlin waren auch nicht ohne. Kathmann war als junger Mann über viele Jahre am äußersten linken Rand engagiert. Zum Urlaub reiste er über die ehemalige DDR nach Ungarn aus und traf sich dort mit seinen Eltern. Das hat er mir mal erzählt. Viel näher kam man aber nicht an ihn heran. Unsere Bemühungen, ihn in eine unserer Vereinigungen in Münster einzubinden, waren erfolglos. Er wollte weder zu unserem Behördenstammtisch kommen, noch kegelte er in der Leiterrunde mit. Er ging allerdings regelmäßig zum Volleyball-Spiel der Kollegen, spielte auf Betriebsfesten das Klavier, hielt sich aber sonst fern und auf Distanz. Und Duz-Verbrüderungen gab es auch nicht, nicht mal an Weiberfastnacht."

Kattenstroht fragte nach studentischen Verbindungen, was bei Siepmann nur einen glucksenden Lacher hervorrief: „Mit so was brauchten Sie ihm ebenso wenig zu kommen wie mit Kirchen oder Wohltätigkeitsvereinen. Manchmal hatte ich den Eindruck, dass der Mann bei all seiner formalen Korrektheit und seiner überraschend glatten Fassade sich und seine Eigenschaften irgendwie verstecken, sie zumindest aber verwischen wollte. Kurz gesagt: Zum inneren Kern konnte man bei ihm nicht vorstoßen."

Kathrin Eilers hatte derweil mit Skepsis zugehört und legte nach: „Also ein klassischer Einzelgänger. Keine Frau, keine Familie, vielfältige Abschottung nach außen. Und so einer macht da im Kinderspiel den als Kiepenkerl verkleideten Bauern? Wie ging er denn mit den Kolleginnen und Kollegen hier im Hause um?"

„Wie ich bereits sagte: immer korrekt. Ich kann nicht verhehlen, dass die eine oder andere Dame in unseren Berlin-Import, wie er anfangs genannt wurde, verschossen war und sich ihre eigenen Hoffnungen machte, aber meines Wissens ist da nie etwas gelaufen. Und Dr. Kathmann als Bauer im Lambertusspiel, das wundert mich auch. Davon hat hier im Haus keiner etwas geahnt.“ Siepmann verlor sich ein wenig in seinen Gedanken. Auch Kathrin Eilers schwieg und versuchte, die Informationen weiter einzuordnen.

Kattenstroht nutzte die eingetretene Pause forsch aus: „Und die Arbeit draußen im Landkreis?“ Endlich kam er auf seine Spurenkomplexe.

„Nun gut, Dr. Kathmann war in den letzten drei Jahren für den gesamten Bereich des Brinke-Kreises zuständig. Sie sagten eben, dass Sie die Gegend gut kennen. Einmal war diese Ecke natürlich von der Landwirtschaft geprägt. Dann wissen Sie auch, dass in der gewerblichen Wirtschaft das ganze Brinketal bis vor vierzig, fünfzig Jahren monostrukturell aufgestellt und von der Textilindustrie beherrscht war. Die ist ersatzlos ausgefallen. Anders als bei Kohle und Schiffbau hat´s keinerlei Subventionen gegeben, und die Leute haben sich neu orientiert. Es ist überraschend viel los in der Gegend: Kleinindustrie, Fachhandwerk, Zulieferer, Dienstleister. Mit NostRo in Hegemer haben wir allerdings auch einen tollen Großbetrieb da, das ist der Landmaschinenhersteller.“

„Den kennen wir gut!“, kommentierte der Kommissar und nickte seiner Assistentin zu. „Und die Landwirtschaft? Spielte sie in Kathmanns Arbeitsbereich überhaupt noch eine Rolle?“

Nun rührte sich auch Friedhelm Kaup. Er habe seinerzeit einige Monate in dem Bereich Dienst getan: „Dr. Kathmann hat mir mal eine Vorlesung über eine der Bauerschaften im Brinketal gehalten. Um 1950 gab es da noch achtzig bäuerliche Betriebe, die alle davon leben konnten. Heute sind es noch sieben Vollerwerbsbetriebe. Der Nebenerwerb ist fast ganz weggefallen. Die meisten Bewohner der Bauerschaft fahren in die umliegenden Orte, in die Fabriken, einige bis nach Münster. Mancher Hof hat heute mehr den Charakter eines Landsitzes. Die paar Bauern, die übrig geblieben sind, haben Großbetriebe und werden strikt kaufmännisch nach modernsten Methoden geführt.“

Siepmann bestätigte das und verkündete ironisch, er sei mal auf einem Festakt in Brinkbergen gewesen, wo ein Vertreter der Landwirtschaftskammer darauf hingewiesen habe, dass in diesem schönen Ort mit seinen Bauerschaften immerhin 20.000 Menschen lebten: „Tenor der Sache war: Hier leben in vierzig bäuerlichen Betrieben aber auch 60.000 Schweine! – Die schweinische Population ist also dreimal größer als die menschliche. Erhebend, nicht wahr?"

„Und mit massiven Folgen für die Strukturen!", bemerkte Kathrin Eilers. „Mein Cousin in Lahsum betreibt den alten Hof meiner Familie wie einen Großbetrieb mit allem Zipp und Zapp. Das geht nur mit feinsten Modellrechnungen für die Tierhaltung, Futterverwertung, Gülleverwendung und einem präzisen Timing, bis seine Tiere schlachtreif sind. Ein Bauer, der nicht rechnen kann, ist seinen Hof nach einem Wirtschaftsjahr los!"

Die Finanzbeamten nickten und bestätigten, dass sie das ebenso sähen. Siepmann ergänzte: „Diese wenigen übrig gebliebenen Betriebe sind Großbetriebe. Die machen natürlich alle Buchführung und werden auch alle regelmäßig kontrolliert. Andererseits haben die eine gute betriebliche Beratung auch durch die Kammern. Unter dem Strich haben wir da auf den Höfen weniger Probleme. Kritischer wird das eher schon auf der nächsten Ebene, bei den Vieh- und Großhändlern, den Schlachthöfen und Handelsketten. Die gehören ja auch zu unserer Klientel."

„Aber meine Herren, können Sie sich denn vorstellen, dass aus dem Kreis der Kunden unseres Dr. Kathmann auch sein Mörder kam?"

Siepmann klappte die Personalakte zu und schob sie wieder zu seinem Mitarbeiter herüber: „Das weiß ich nicht, das glaube ich aber nicht. Dr. Kathmann hat es immer verstanden, zu seinen Fällen irgendwie ein Verhältnis hinzubekommen, dass die Leute fast erleichtert Geständnisse abgelegt und, wenn es noch ging, Selbstanzeigen erstattet haben. Er konnte ihnen dann oft auch goldene Brücken bauen. Dass wir uns recht verstehen: Er hat nach meiner Erkenntnis nie getrickst, hat immer die Detailabstimmung in der Leiterrunde und mit uns in der Amtsleitung gesucht und sich meines Wissens nicht korrumpieren lassen. Wir haben da allerdings ausreichende Sicherungssysteme. Der Doktor hatte sein eigenes Verständnis von Gerechtigkeit. Wenn es gegen eine große Firma ging, die uns speziell mit tricksenden Rechtsanwälten auf das Haus rückte, dann konnte er ziemlich penetrant und pingelig werden. Bei Familienbetrieben, in wirtschaftlichen Notfällen oder bei einfachem, aus der Not geborenem Versagen unserer Kunden hat er immer mal wieder zugesehen, den Leuten auch mit unseren Mitteln zu helfen. Da war er ein Könner. Es gibt Leute, die der Finanzverwaltung sehr schnell menschliche Kälte und Formalismus vorwerfen. Mir war Dr. Kathmann wichtig, weil er sich auch mal eine andere Brille und eine andere Mütze aufsetzen konnte." Siepmann schien seine Worte genauestens abzuwägen. „Ein Täter aus dem unmittelbaren Kreis unserer Kunden im Brinketal, das erscheint mir eher unwahrscheinlich."

„Das müssen wir uns aber trotzdem selbst ansehen!", wandte Kattenstroht ein und musste sich vom Leiter des STRAFA-FA belehren lassen, dass zunächst einmal das Steuergeheimnis gelte und man umgehend gemeinsam mit der Oberfinanzdirektion prüfen werde, welche Informationen zu Einzelfällen man der Polizei unmittelbar weitergeben könne.

Kaup hatte einen ergänzenden Vorschlag: „Sie wissen doch, Herr Siepmann, dass mehrere der gewichtigeren Fälle, die Dr. Kathmann bearbeitet hat, längst durch die Presse gegangen und gerichtsanhängig sind oder just in diesen Wochen per Urteil abgeschlossen wurden. Ich denke, dass wir Herrn Kattenstroht und Frau Eilers diese Fälle ohne Probleme anvertrauen dürfen."

Siepmann überlegte einen Augenblick und stimmte dann zu: „Wir haben von diesen Vorgängen kurze Zusammenfassungen geschrieben, für unsere internen Berichte. *Abstracts* heißt das auf Neudeutsch. Dazu gibt es getrennte Datenblätter. Die Inhalte haben alle schon in der Zeitung gestanden. Sind Sie doch mal so nett, Herr Kaup, und bitten Sie Frau Wiechert, diese Unterlagen zweimal zu kopieren. Ich denke da an die Geschichte mit dem Viehhändler und seinen Tricks, die Sache mit den Leiharbeitern, dann Kathmanns Hobbyfall, diese Geschichte mit den BSE-Rindern, und – nicht zu vergessen – die Hähnchenbrater!"

Während sich Friedhelm Kaup auf den Weg machte, wies Siepmann die beiden Polizisten grob in die Fälle ein, weil sie typisch seien für Delikte im ländlichen Umfeld. Schon jetzt wurden Kattenstroht und Eilers nachdrücklich daran erinnert, wie vernetzt die Behörden in solchen Fällen zueinander ständen: „Nicht zu vergessen, wir sind da manchmal mit mehreren Behörden drin und müssen genau abgrenzen, wer die Federführung hat: Steuerfahndung, Zoll, Kripo, manchmal noch Schwerpunkt-Staatsanwaltschaften. Aufgrund unserer steuerfachlichen Kenntnisse werden wir oft vorrangig mit den Fällen beschäftigt, der Draht zu den anderen Behörden ist aber durchweg gut. Mit Ihrem Kollegen im Brinke-Kreis, dem Herrn Schücking, haben wir hin und wieder zu tun. Grüßen Sie ihn bitte aus unserem Haus. Das Arbeitsfeld sieht bei den verschiedenen Zuständigkeiten verwirrend aus, aber ...“, Siepmann lächelte zurückhaltend, „... wir sind keineswegs erfolglos.“

Zehn Minuten später brachen Kattenstroht und Eilers auf: mit einer Mappe voller Informationen über einige wichtige Fälle des erschlagenen Bereichleiters Dr. Kathmann. Im Treppenhaus ging das Handy, und Mia Kunsleben teilte ihnen kurz mit, dass der Termin bei den Abfallwerken für etwa 15.30 Uhr stehe: „Wenn ihr dann noch fit seid, fahrt bitte unbedingt zum Röttgerskamp, denn die Nachbarschaftspräsidentin ist jetzt da. Die wollten Sie doch unbedingt selbst sprechen, oder?“ Der Kommissar bestätigte dies und erkundigte sich noch nach dem Fortkommen der beiden Befragerteams. „Da ist noch nichts Neues unter der Sonne. Die Leute hatten alle nur die Lambertuslaternen im Kopf!“, wurden sie von der Büroleiterin beschieden.

Sie hatten den Wagen in einer Seitenstraße in Richtung Innenstadt geparkt und mussten nun auf dem Weg dorthin an einer Fußgängerampel warten. Kathrin Eilers drehte sich noch einmal um und betrachtete eingehend das prächtige Gebäude aus der Zeit vor dem Ersten Weltkrieg: „Wer sind eigentlich die beiden Damen über dem Portal?“, fragte sie ihren landeskundigen Chef, der sich nicht lange bitten ließ. „Rechts hast du die Provinz Westfalen, kämpferisch mit Helm, Schild und Schwert. Die Dame zur Linken ist die Stadt Münster, ebenfalls mit Wappenschild, zusätzlich aber mit dem Ehrenkranz der Provinzialhauptstadt. Beide Damen sind etwas üppig, weil wohlhabend.“

Kathrin Eilers hatte noch genauer hingeschaut: „Was hat Münster denn da für ein Krönchen auf dem Kopf? Das sieht ja fast nach einer kleinen Burg aus?“

Der Kommissar war sattelfest und schaute sich nicht mal um: „Vergiss nicht, ich bin hier in der Gegend groß geworden. Die trägt die Mauerkrone als Symbol der städtischen Freiheiten. – Grün, wir können gehen!“

Während sie über den Zebrastreifen eilten, ergänzte Kattenstroht: „Beide Statuen waren neulich wackelig und wären fast abgeschmiert. Man soll ja nicht abergläubisch sein, aber das entspricht fast haargenau der politischen Situation, in der wir in Münster und in Westfalen stecken. Man hat wenigstens den Damen hier eiligst neue Verankerungen aus Edelstahl spendiert. Mal gucken, wie lange das jetzt hält.“

Kapitel 5

Die Verwaltung der Abfall-Wirtschaftsbetriebe war in einem modernen Bürogebäude in einem Industriegebiet im Süden Münsters untergebracht. Kattenstroht und Eilers wurden freundlich empfangen und saßen bald beim Betriebsleiter Jupp Walger, der noch einen Sachbearbeiter dazukommen ließ: „Die ist mein Kollege Peter Koch, der für den Bereich des Sperrmülls verantwortlich ist. Darum geht es doch, oder? Jedenfalls habe ich Ihre Mitarbeiterin, die den Termin mit uns vereinbart hat, so verstanden."

„Alles prima!", bestätigte Kattenstroht, und schon bald befand man sich im lebhaften Gespräch. Der Kommissar umriss zunächst die Gewalttat gegen Dr. Paul Kathmann, unterschlug allerdings eine Reihe von Details und ließ lediglich durchblicken, dass das Opfer mit einem Gegenstand aus dem Sperrmüll erschlagen worden sei. „Uns interessiert jetzt, wie Sie aus Ihrer amtlichen Sicht das Gewaltpotenzial bei unseren Sperrmüllsammlern einschätzen? Haben Sie selbst Einsichten über die Strukturen, die möglicherweise dahinterstecken?"

Walger lehnte sich zurück und schlug vor, die Geschichte von hinten aufzudröseln: „Unsere Stadt ist ja fast die letzte, in der man noch zu festen Zeiten seinen Sperrmüll an die Straße stellen kann. Ich muss Ihnen allerdings nicht erzählen, mit welchen Belästigungen und Mühen dieses Verfahren für uns abläuft. Ich denke, Sie kennen das auch."

„Klarer Fall!", fuhr Koch fort: „Familie Kattenstroht stellt an einem unschuldigen Mittwochabend den Sperrmüll aus dem Keller an die Straße. Wir unterstellen mal, das jüngste Kind der Familie ist ausgezogen und studiert jetzt in München. Das Kinderzimmer wird ausgeräumt und damit auch manche Erinnerung: Kram, Nippes, Kinderquatsch und so weiter! Familie Kattenstroht hat alles in Kartons verpackt; einiges ist auch an die Kirchengemeinde abgegeben worden, anderes geht an irgendeine Nothilfe, ein Sozialkaufhaus oder eine Arbeitslosenorganisation. Der Rest, insbesondere Möbel und größere Einrichtungsgegenstände, kommt an die Straße. Da den Jägern und Sammlern der Müllkalender natürlich bekannt ist, stürzen die sich wie die Geier auf das Gebiet und streifen schon am frühen Abend durch die Straßen. Je eher man das Sperrgut an die Straße stellt, desto sicherer kann man sein, dass es auseinandergenommen und zerfleddert wird. Das ist wie ein Wespenschwarm: Jungs auf Rädern, Erwachsene mit Autos oder Handwagen. Einige haben Karren, die sie an Mopeds hängen, und knattern damit durch die Gegend. Wir haben einmal an einem Termin nur diese eine Straße über Stunden mit der Kamera beobachtet. Es ist immer und überall dasselbe Bild!" Koch schob den Ermittlern einen Stapel Fotos über den Tisch.

„Es scheinen auch immer und überall dieselben Leute zu sein!", meinte der Kommissar, während er die Bilder durchsah.

„Einerseits ist das richtig, zweifellos. Unter unseren Sammlern sind viele Mitbürger mit Migrationshintergrund." Der Betriebsleiter sprach politisch sehr korrekt, wie Kattenstroht registrierte. „Wir wissen genau, dass die Angehörigen einer bestimmten Ethnie aus Südosteuropa auf diese Form des Sammelns und Handelns geradezu spezialisiert sind und mit ihren Errungenschaften ihre Wohnbereiche ausstatten, aber Sie finden bei den Sperrmüllfreunden alle Schichten der Bevölkerung wieder, den Hochschullehrer ebenso wie die Auszubildende im Handwerk."

Walger überlegte einen Augenblick. „Schauen Sie mal, der Sperrmüll kam so vor vierzig, fünfzig Jahren richtig auf, nach der ersten Welle des Wirtschaftswunders. Man kannte das ja schon aus England. Ich kann mich als Kind noch erinnern, dass man mit Interesse in der Zeitung las, in London hätten Studenten im Sperrmüll an der Straße ein Bild von Peter Paul Rubens gefunden. Hier bei uns schüttelte man den Kopf: Man stellt doch gute Sachen nicht an die Straße! Und Sperrmüll? Was soll das denn sein? Fast so schlimm wie Flohmärkte in mediterranen Ländern, wie die Leute damals meinten! Aber das hat sich gewandelt. Zudem muss man sagen, dass viele Gegenstände und Haushaltseinrichtungen noch top in Ordnung sind und weiterverwendet werden könnten. Kommt erst einmal unser Wagen mit der Presse, ist ohnehin alles Kleinholz."

Koch fuhrt fort: „Manches regeln wir heute über die Wertstoffhöfe ein. Dann sind inzwischen die Kirchen und Wohltätigkeitsorganisationen dabei, Material aus den Haushalten zur weiteren Verwendung umzuschlagen. Hier in Münster gibt es jetzt auch schon einen OXFAM-Laden, bei dem man nicht mehr benötigte Dinge abgeben kann. Die machen das Überflüssige flüssig und helfen damit ihren Projekten zugunsten armer Menschen in aller Welt. Die Kirchen und Familienverbände haben Möbelstuben eingerichtet oder sammeln Einrichtungen für bedürftige Kinder, auch Textilien und Baby-Erstausstattungen. Problematisch ist natürlich der gesamte Elektro- und Elektronik-Schrott. Wir wollen nun die Wertstoffhöfe stärker ins Bewusstsein rücken, werden zum kommenden Jahr die regelmäßige Sperrmüllabfuhr in Bezirken einstellen und eine neues System etablieren. Demnach sollen die Haushalte uns melden, wann sie Abholbedarf haben. Wir stellen die Meldungen zusammen, optimieren die Routen in den Stadtbezirken und geben dann den Haushalten einen Termin bekannt." Der Sachbearbeiter lächelte versonnen: „Der Termin, der steht natürlich nicht in der Zeitung, wird sich allerdings, da mache ich mir keine Illusionen – in Windeseile herumsprechen. So ganz werden wir die Jäger und Sammler nicht los, aber unser erstes Ziel muss es ja sein, den Abfallberg zu verkleinern. Da sind wir auch in Münster auf einem guten Weg. Je weniger an der Straße steht, desto weniger kann auch verklüngelt werden. Logisch!"

Kattenstroht seufzte, er müsse es ja ehrlich bekennen, dass seine Betty und er auch auf Sperrmülljagd gegangen seien. Als er Student geworden sei, sei es noch üblich gewesen, „auf Jaffa zu wohnen", also mit Möbeln aus Apfelsinenkisten zu leben. Er kenne übrigens einen hochrangigen Beamten einer staatlichen Behörde, der seine Nase auch nicht aus dem Sperrmüll heraushalten könne.

„Und ich kenne eine Studiendirektorin, die sammelt am Kanal herumliegende geleerte Pfandflaschen!", ergänzte Kathrin Eilers. „Geht es nicht auch ein bisschen um den Sammeltrieb im Allgemeinen?"

„Es können aber auch erhebliche wirtschaftliche Interessen dahinterstecken", ergänzte Koch. „Ich kenne ein niedliches Café hier in Münster, das komplett mit Möbeln aus den 1950er Jahren eingerichtet ist. Die Einrichtung, wirklich liebevoll zusammengestellt, stammt aus dem Sperrmüll und aus den schon mal angesprochenen Sozialkaufhäusern. Es ist aber auch zu schade, was da manchmal in unsere Pressen geht. Vor einiger Zeit habe ich eher beiläufig mitbekommen, dass nach einem Todesfall ein Haus total ausgeräumt wurde. Aber wirklich total. Die Erben hatten an dem Besitz der verstorbenen Tante überhaupt kein Interesse und ließen einen Ausräumdienst und mehrere Container kommen, in die alles hineinflog. Das war ein großbürgerlicher Haushalt mit der kompletten Ausrüstung der Zeit um etwa 1950. Stilgeschichtlich und designtechnisch teilweise wunderschön. Alles ging zu Bruch. Bitte vergessen Sie nicht: Es gibt schon Filme und Ausstellungen über die Kultur des Nierentisches und der Tütenlampen. Im Stadtmuseum ist sogar die Inneneinrichtung des alten Café Müller vom Marienplatz aufgestellt. Heute darf man sich aber nicht mehr auf die Bänke und Sessel mit dieser Kunststoff-Bespannung setzen. Im Prinzip alles Sperrmüll, aber wunderschön und ein Zeugnis jener Zeit! Zum Glück hat da einer aufgepasst!"

„Ich habe da höchstselbst draufgesessen! Und zwar mit Mädchen von der Annette-Schule!", trumpfte der Kommissar auf und fing sich einen verzweifelten Blick seiner Assistentin ein.

Demütig geworden nahm Kattenstroht den Faden wieder auf: „Kommen wir doch noch mal zu den wirtschaftlichen Interessen. Sind die so groß, dass sich aus Konflikten Gewalttaten entwickeln können? Streitereien, nun gut, da habe ich selbst heute noch einen Fall erlebt, einen Streit zweier Sammler um eine Computeranlage. Die Frage ist für mich nur, ob die Damen und Herren, die da suchen und finden und sammeln, im Prinzip gewaltbereit sind?"

„Sie sprechen da gerade die Computeranlage an. Es gibt inzwischen ein wachsendes Interesse am Recycling des Innenlebens dieser Geräte. Im Grunde steckt da ja einiges an höchst wertvollen Rohstoffen drin. Für Platinen gibt es durchaus einen Preis, der mag nicht hoch sein, reizt aber die Sammler. Der Markt wird zunehmend interessanter." Walger versuchte, seine Eindrücke zu ordnen: „Aber das einzelne Objekt, das da an der Straße zu finden ist, ist in aller Regel nicht besonders wertvoll. Ich glaube, dass sich ein richtig gewalttätiger Streit nur unter ganz bestimmten Umständen entwickeln kann. Da müssen schon beide Seiten auf Krawall gebürstet sein und die Temperamente richtig ausbrechen. Nun gut, das mag bei unseren Mitbürgerinnen und Mitbürgern mit westfälischem Dickschädel oder Zuwanderungsgeschichte mal geschehen, aber gezielte Gewaltattacken haben wir hier noch nicht registriert. Eine – sagen wir mal – mafiöse Struktur erkennen wir auch nicht. Wir sehen zwar, dass bestimmte gesellschaftliche Gruppen eher im Trödel baden als andere, aber eine klare Organisation und Struktur ist da wohl nicht – oder besser: noch nicht – anzunehmen. Wenn also Ihr Finanzbeamter da erschlagen wurde, zudem am dunklen Abend, dann neige ich eher dazu, an eine zufällige Begegnung von Opfer und Täter zu glauben. War denn Ihr Opfer dabei, noch Sperrmüll herauszustellen?"

„Nein, nein!", erwiderte Kattenstroht. „Er selbst hatte mit dem vor seiner Mietwohnung stehenden Kram nichts zu tun. Das waren Sachen aus dem Bestand seiner Vermieterin. Uns scheint es auch so, als habe der Täter eher zufällig zu dem Gegenstand gegriffen, der dann zur tödlichen Waffe wurde."

Walger blickte über den Tisch und auf seine Besucher, dann auf seinen Mitarbeiter Koch: „Dann muss ich befürchten, dass wir Ihnen nicht so richtig weiterhelfen können. Ich schlage vor, dass wir beide, Herr Koch, unsere Leute auf den Wagen morgen früh kurz vor Schichtbeginn versammeln, sie nach Auffälligkeiten aus den letzten Tagen befragen und Ihnen, Herr Kattenstroht, Frau Eilers, dann möglicherweise doch noch Bericht erstatten, wenn denen was aufgefallen sein sollte." Und nach kurzem Atemholen: „War's das? Die Abfallwerke fordern unseren vollen Einsatz!"

Man stand auf und verabschiedete sich. Der Kommissar hatte doch noch eine Frage: „Es ist doch klar, dass der Sperrmüll, der an die Straße gestellt wird, gewissermaßen der Stadt, also Ihnen gehört?"

Walger nickte: „Das ist eindeutige Rechtslage! Aber die können wir gar nicht durchsetzen! Sehen Sie mal, seitdem die Schrottpreise stark gestiegen sind, könnten wir aus dem Sperrmüll durchaus auch hier und da mal Gewinn ziehen. Was glauben Sie aber, wie genau die Berge durchgeschaut werden. Da wird das Unterste zuoberst gekehrt! Deshalb fliegt ja auch alles Wertlose herum."

„Abtransporte aus Kellern oder Garagen dürfen Sie gar nicht mehr machen?", hakte Kattenstroht nach. „Dann wäre es doch ganz eindeutig, und das Sperrgut bliebe schön ordentlich zusammen."

„Hören Sie auf, Herr Kommissar, da gibt es unglaubliche Geschichten. Nur zwei Beispiele: Heute geht ja Altpapier in Container. Vor 25 Jahren wurde das auch noch abgefahren. Ich kann mich genau noch an einen

Fall erinnern, da kommt ein Hausmeister, der gerade neu im Wohnkomplex zuständig ist, und bittet unsere Fahrer, einen Keller mit Zeitungsstapeln auszuräumen. Das sei eine Brandgefahr. Der Nutzer des Raumes war in Urlaub. Der findet seinen Keller nach seiner Rückkehr sauber ausgefegt vor. Die Zeitungsstapel waren aber die Quellensammlung für seine Habilitationsschrift an der Uni!"

„Und der zweite Fall?" Jetzt war Kathrin Eilers als Gattin eines Hochschulangestellten neugierig geworden.

„Der hat sich in Hessen zugetragen. Die hatten da das System gerade umgestellt und einen Abholtermin an eine Familie vergeben. Die Wagen der städtischen Müllabfuhr kommen dort an und finden an der Straße nichts vor. Die Garage mit unmittelbarer Auffahrt zur Straße steht jedoch weit auf und ist vollgepackt mit leeren Möbeln. Schon haben die starken Männer die Presse angeworfen und alles zerkleinert, was in der Garage stand. Dumm war nur, dass die Familie gerade das Haus renovierte, die guten Möbel in der Garage zwischengelagert hatte und der Sperrmüll hinten im Garten stand. Man hatte vergessen, ihn an die Straße zu stellen. Somit hatten die Hausbesitzer mit einem Mal keine Einrichtung mehr. Der Prozess um den Schadensersatz war natürlich spannend, ein Musterfall und allen Abfallbetrieben bis heute eine Lehre. Wir nehmen nur noch das, was an der Straße steht", fasste Walger zusammen.

„Das hat sich mein Täter wahrscheinlich auch gedacht!", seufzte Kattenstroht.

Kapitel 6

An der Einfahrt in den Röttgerskamp leuchtete ihnen ein großer Reklameaufsteller entgegen: „Unser Lambertussingen muss in den nächsten Tagen leider ausfallen! Bitte neue Nachricht abwarten!“

„Logisch!“, brummelte Kattenstroht vor sich hin: „Ohne Bauer auch kein Lambertusspiel! Da hat die Nachbarschaft absolut ein Problem.“

Wenig später saßen Kattenstroht und Eilers bei Thea Rademacher am Tisch, der agilen und munteren Organisatorin der Lambertus-Abende auf dem Röttgerskamp, im Hauptberuf Studiendirektorin an einem Gymnasium in einer Randgemeinde Münsters.

„Nun denken Sie aber bitte nicht, dass wir hier einen richtig organisierten Verein haben. Man kümmert sich als Nachbarn umeinander, wir gießen in der Urlaubszeit bei Abwesenheiten gegenseitig die Blumen, holen die Post rein und feiern natürlich mal miteinander. Unsere Straße ist einige Jahre vor dem Zweiten Weltkrieg ziemlich geplant besiedelt worden, die Familien kennen sich zum Teil schon in der dritten Generation, und das Lambertussingen hat auch eine gewisse Tradition. Leider leben aber nicht mehr so viele Kinder auf der Straße, deswegen kommt jetzt der Kindergarten aus dem Neubaugebiet hinzu.“

„Nun müssen Sie das Singen leider ausfallen lassen. Wir haben den Aufsteller an der Einfahrt zum Röttgerskamp gesehen. Aber mit Dr. Kathmann ist Ihnen ja leider auch der Bauer abhandengekommen!“

„Abhandengekommen?“ Die Studiendirektorin setzte entschieden an: „Abhandengekommen?“, wiederholte sie. „Mein lieber Herr Kommissar, ich finde Ihren Ausdruck ein wenig unpassend. Immerhin haben wir fast zwanzig Jahre mit Dr. Kathmann zusammengelebt.“

Kattenstroht fühlte sich in seiner Schnoddrigkeit ertappt und errötete leicht. Die Nachbarschaftspräsidentin setzte energisch nach: „Er war unser Nachbar und – ich darf sagen – auch ein mir sehr sympathischer Mitmensch. Abhandengekommen? Ich bitte Sie. Versuchen Sie mal kleinen Kindern nach dem wunderbaren Abend gestern klarzumachen, dass der freundliche alte Mann, der mit ihnen spielte und sie beschenkte, jämmerlich totgeschlagen wurde!“ Die Rademacher redete sich ein wenig in Rage, Kattenstrohts Verlegenheit wuchs, und er stotterte sich einige Worte der Entschuldigung zusammen.

„Nun denn, was soll's. Er ist tot, und ich weiß genau, dass er unserer Nachbarschaft fehlen wird. Nicht im Großen und im Organisieren, so im Dasein, im Zuhören und gelegentlich auch als Ratgeber. Dr. Kathmann hatte Stil und Hintergrund. Gut, man musste nicht alle seiner Einstellungen teilen, aber bei welchem Menschen kann man das schon?", fasste die Rademacher zusammen.

Kathrin Eilers versuchte, etwas tiefer zu spüren: „Sie sagten, er sei ein auch Ihnen sympathischer Mensch gewesen. Wie weit ging denn diese Sympathie?"

Thea Rademacher überlegte ein wenig: „Als er damals hier ins Nebenhaus einzog, ist der alte Herr Tekülve mit ihm durch die Nachbarschaft gezogen und hat uns den Dr. Kathmann vorgestellt. Die erste Zeit war das rein formal. Man sah sich, man grüßte sich. Dann kamen die kleineren Feierlichkeiten unserer Nachbarschaft. Wir essen einmal im Jahr, im Winter, zusammen einen ordentlichen Pott Grünkohl, im Sommer gibt's dann Dicke Bohnen. Hin und wieder wird auch mal ein Fässchen Bier getrunken. Dr. Kathmann kam eines Tages dazu, die Tekülves hatten ihn einfach überrumpelt und mitgebracht. Nach einer dieser Feiern haben wir Frauen ihn mehr oder minder genötigt, uns seine Wohnung zu zeigen. Da steht ein wunderbarer Flügel, und er gab spontan nur für die Damen vom Röttgerskamp ein kleines Konzert: klassische Chansons, ein paar Schlager und Schmachtfetzen. Ab dann war die Sache klar. Ich habe ihn in einem Herbst zum Bauern im Lambertusspiel ernannt – und er machte mit. – Merkwürdigerweise!"

„Wieso merkwürdigerweise?", wollte Kathrin Eilers wissen.

„Ganz einfach, das war einmal nicht Musik seiner Kragenweite. Er konnte sehr gut singen, aber ein Auftritt unter Nachbarn war bestimmt auch nicht sein Ding. Er hat es wohl wegen der Kinder gemacht. Sonst war er nämlich auf klassische Musik gebucht, er war vor allem ein geradezu fanatischer Wagner-Fan. Zwei Wochen seines Jahresurlaubs brachte er jeden Sommer in Bayreuth bei den Festspielen zu und war da auch Mitglied in einer wichtigen Wagner-Gesellschaft. Er ließ im Umkreis von 200 Kilometern keine Wagner-Inszenierung aus und kannte wahrscheinlich alle großen Opern auswendig. Er hatte zwar ein Konzertabonnement hier in Münster; passte ihm aber auch nur ein Stück des

Programms nicht in den Kram, kriegte ich die Karte für den ganzen Abend. In solchen Fragen war er höchst anspruchsvoll, irgendwie unduldsam. Die Rademacher überlegte kurz: „Manchmal habe ich ihn in gewisser Weise als arrogant empfunden."

Kathrin Eilers blieb dran, während Kattenstroht stumm zuhörte: „Arrogant nur in solchen Fragen? Oder auch Ihnen gegenüber?"

Die Studiendirektorin überlegte einen Augenblick: „Eine gute Frage. Ganz ernst hat er mich nicht genommen, wahrscheinlich keinen aus unserer Nachbarschaft. Er hatte sein eigenes Weltbild, das war festgezurrt. Jenseits dieses seines Weltbildes waren Diskussionen überflüssig. Es war sinnlos, mit ihm über Politik, über Geschichte oder gesellschaftliche Fragen diskutieren zu wollen. Kriegte man ihn beim falschen Thema auf dem falschen Fuß, riss er die Nase herum und sprach drei Wochen lang nicht mehr mit einem. Auch das war unser Dr. Kathmann!"

„Mal aus Ihrer Sicht betrachtet", Kathrin Eilers wählte ihre Worte mit Bedacht, „wie würden Sie sein Verhältnis zu Frauen beschreiben?"

Thea Rademacher lächelte: „Eine interessante Frage, eine wirklich interessante Frage. Dr. Kathmann hatte sehr viel, was eine Frau interessant finden kann: Geschmack, Stil, Auftreten und auch so eigene Begabungen. Seine Musik zum Beispiel, seine schöne Wohnung, seine Gewohnheiten. Schon der merkwürdige Pferdeschwanz fiel auf; er trug ihn ja auch frank und frei über einem Smoking. Aber als Mann riss der keine Frau vom Hocker!" Die Studiendirektorin lächelte. „In einer meiner Pubi-Klassen hatte ich vor einiger Zeit bei einem Projekt eine Gruppenbildung. Zu sieben wirklich hübschen Mädchen kam ein einziger Junge, der mitspielen durfte. Ich fragte die Mädchen, warum sich denn diese Zusammensetzung ergeben habe. Die Mädchen meinten einhellig, Lukas dürfe bei ihnen mitmachen, weil er ihnen nichts tue. Sie verstehen: Keine ernst zu nehmende Männlichkeit!"

Jetzt brachte sich Kattenstroht doch mal wieder ein: „Also war er homosexuell!"

„Das weiß ich nicht, Herr Kommissar!" Wieder lächelte Thea Rademacher feinsinnig. „Er hat nicht drüber gesprochen, er hat es zumindest vor uns hier nicht ausgelebt, es war für uns nicht feststellbar. Aber ich denke schon, dass er homosexuell war. Das aber war auch ausschließlich seine Sache. Für uns ergaben sich keine Vor- oder Nachteile daraus."

Die beiden Polizisten versuchten, sich ein Gesamtbild zu machen. Kathrin Eilers befragte die Studiendirektorin dann doch nach ihren Eindrücken vom gestrigen Lambertusabend. Dabei kündigte sie einen Besuch von Pötter an, der mithilfe der Bildmappen des Nachbarn Goldstein auch sie im Detail befragen müsste: „Wenn Ihnen noch irgendetwas einfallen sollte, irgendeine Kleinigkeit oder Absonderlichkeit, die beim gestrigen Singen aufgetreten ist, die anders oder ungewohnt war, dann informieren Sie uns bitte. Jede Kleinigkeit kann wichtig sein und uns weiterhelfen."

Auf der Straße stießen sie auf Austrup, der gerade aus der Kathmann'schen Wohnung gekommen war und sie jetzt versiegeln wollte: „Wir haben die persönlichen Unterlagen ziemlich zusammengetragen. Der Herr Doktor war zum Glück sehr ordentlich. Kein Tresor, keine Geheimfächer, alles liegt offen am Tage."

„Lassen Sie uns den Schlüssel doch noch mal hier, Kollege Austrup. Wir schließen ab und versiegeln vorne dann auch. Die rückwärtige Gartentür packen wir nicht an." Kattenstroht schien noch etwas überprüfen zu wollen.

Wenige Minuten später gingen Kattenstroht und Eilers durch die kleine Wohnung des Opfers. Sie schauten sich zunächst im Wohnzimmer um, wo der Kommissar sich vor allem für die Bilderwand interessierte: „Mir war aufgefallen, dass diese Bilder sowohl von ihren Rahmen als auch von ihren Themen nicht zusammenpassen. Das ist irgendwie ein Kuddelmuddel, das zu diesem ordentlichen Menschen gar nicht passt. Schau mal hier, Kathrin, hier ein übrigens recht bekanntes Pressefoto von einer der großen Demonstrationen in Berlin vor mehr als vierzig Jahren. Voilà, Herr Dutschke höchstselbst hier am Rande. Warum, bitte schön, ist diese Person hier mit einem Kreuzchen versehen? Täusche ich mich, oder ist das der nachmalige Herr Dr. Kathmann im jugendlichen Überschwang? Man hört geradezu das ‚Ho-Ho-Ho-Chi-Minh' aus dem Bild schallen."

Kathrin Eilers räumte ein, dass sie sich mit dieser Thematik der Studentenproteste und der so genannten 1968er nie wirklich beschäftigt habe. Kattenstroht bemerkte, aufgrund des Ärgers, den sein Vater damals gehabt habe, sei ihm nichts anderes übrig geblieben, als sich eben damit zu beschäftigen. „Mich interessiert aber vielmehr der Gegensatz hierzu. Wie passt das zusammen?" Er tippte auf ein Foto, das nicht weit von dem Demonstrationsbild entfernt im edlen Holzrahmen hing. Es zeigte die Front eines durchaus prächtigen historistischen Gebäudes, vor dem eine Gruppe junger Männer, offenbar eine Abschlussklasse mit bunten Mützen auf dem Kopf, mit Lehrern posierte. ‚Zur Erinnerung an Deine Zeit auf der Ludgerusburg.'"

„Was ist das denn überhaupt für eine Schule, von der nun schon mehrfach gesprochen wurde, diese Ludgerusburg? Ich habe da mal von irgendeinem Internat gehört, selbst kenne ich das aber nicht."

„Die Ludgerusburg", hob Kattenstroht an und machte es sich zugleich in einem der edlen Sessel am Couchtisch bequem, „war mal die erste Kaderschmiede des Bischofs von Münster. Ein kirchliches Internat, das da irgendwo hinter Rodorp in den Bergen an der Brinke liegt. Ein prächtiger Bau und ein über Jahrzehnte unheimlich erfolgreiches Gymnasium für Jungen mit eigenem Internatsbetrieb. Zum einen hat die Kirche aus den Kreisen der Absolventen dieser Schule zahlenmäßig ihren stärksten Priesternachwuchs rekrutiert, zum anderen war der Abschluss an der Schule für alle anderen Abiturienten das Eintrittsbillet für einen erfolgreichen Studien- und Berufsweg. Du glaubst gar nicht, wer da alles zu den Absolventen gehört. Die Stimme meines Vaters wurde immer leicht gedämpft, wenn er von dieser Schule sprach. Mich aber, meine liebe Kathrin, interessiert im Augenblick vielmehr, wieso unser Dr. Kathmann, Absolvent dieser Edelklitsche, an den linken Rand gerät, sich unsagbar weit von seiner Herkunft entfernt, sie in gewisser Weise verleugnet – und doch nach Jahrzehnten diese beiden Bilder im Kontrast an die Wand hängt. Er will offensichtlich von Kirche und Religion, von Paulus und Thomas von Aquin nichts mehr wissen. Er setzt auf Marx, Engels und die Weltrevolution und gibt somit alle Chancen einer Karriere im münsterländischen Sinne auf. Aber dann hängt er ausgerechnet das Abschlussbild seiner Schule an die Wand seiner Wohnung. Die Ludgerusburg muss doch in seinem Sinne ein Repressionsinstitut gewesen sein. Da passt doch was nicht zusammen. Ich sehe in der Persönlichkeit unseres Opfers nichts als Sprünge, Risse und Brüche. Ich nehme an, dass wir dem nachgehen sollten und dort vielleicht auch Hinweise finden werden. Die beiden Bilder jedenfalls nehmen wir mit und hängen sie an deine Stellwände. Mich bedrängt diese Spannung irgendwie!"

Kathrin Eilers zweifelte zwar ein wenig an Kattenstrohts Überlegungen, zog es aber vor, ihre Bedenken zunächst für sich zu behalten.

Sie nahmen die beiden Bilder von der Wand, sahen sich noch einmal oberflächlich in der Wohnung um und versiegelten dann die Eingangstür, wie sie es Austrup versprochen hatten. Im Präsidium stimmten sie sich noch einmal ab und luden per E-Mail alle Beteiligten für den frühen Morgen des Freitags zu einer Dienstbesprechung. Anschließend, und dies hatte Kattenstroht fanfarenartig verkündet, wolle er ins Brinketal fahren, um den Rest des Tages nur dort zu arbeiten.

Kapitel 7

Am Freitagmorgen kam die Kommission im großen Besprechungsraum zusammen. Wie so häufig übernahm Mia Kunsleben auch diesmal die Sitzungsleitung und die Moderation der Besprechung, während es sich Kattenstroht in der zweiten Reihe in einem Sessel an der Wand bequem gemacht hatte. So konnte er einigermaßen gelassen sowohl die Stellwände als auch eventuelle Beamer-Projektionen in geeignetem Abstand betrachten und die Gedankengänge des Teams gewissermaßen von außen verfolgen.

Reihum erstatteten die Ermittlungsgruppen ihre Berichte. Die Leute um Austrup und Pötter hatten sämtliche Teilnehmer des Lambertussingens ermittelt und befragt. Erkenntnisse ließen sich daraus nicht ziehen, denn die Beteiligten hatten sich allgemein auf das Spielen und Singen konzentriert. Ereignisse jenseits ihres Spielkreises hatten sie nicht registriert. Nach dem Singen hatten sich die meisten sofort in ihre Häuser zurückgezogen, der harte Kern der Nachbarschaft hatte noch „ein Schächtelchen Pils" geleert, wie Pötter sich ausdrückte. „Gegen 21.00 Uhr / 21.15 Uhr war die Straße leer."

Mia Kunsleben hakte nach: „Wir haben einen kurzen Vorabbericht aus der Gerichtsmedizin. Die ordnen den Todeszeitpunkt von Kathmann jetzt doch ziemlich genau auf etwa 23.00 Uhr ein, plus / minus zwanzig Minuten. Der endgültige Bericht kommt spätestens am Montag. Fragen wir uns, was in den anderthalb bis zwei Stunden zwischen dem Ende des Singens und dem Angriff auf unseren Dr. Kathmann passiert ist? Gibt's Ideen dazu?"

Kattenstroht räusperte sich aus der zweiten Reihe: „Vergesst bitte eines nicht: Er hat sich nicht umgezogen. Er hat die Kiepenkerl-Brocken angelassen und nicht einmal das Halstuch abgelegt. Eine Idee: Er will eh früh ins Bett gehen, lässt die blauen Klamotten inklusive der Ledergamaschen an, haut sich in einen Sessel, leistet sich noch ein Pils, hört dabei Wagner und nickt ein." Kattenstroht erhob sich aus seinem Sessel. „Lieber Kollege Austrup, könnten Sie noch mal eben die Tatortbilder aufrufen? Ich hätte gerne mal die Innenseite der Hecke, wo man die dem Haus zugewandte Seite des Gartentörchens sehen kann. Das hängt doch zwischen zwei aus Backsteinen gemauerten Pfeilern."

Austrup fummelte zunächst mit der Maus herum, ließ dann aber recht zügig die Bilder aufleuchten. Kattenstroht rieb sich das Kinn: „Genau das Bild bitte. Können Sie das mal zoomen?“ Danke! Das ist es!“ Auf der Leinwand leuchtete einer der Torpfosten auf. Vor diesem standen, adrett nebeneinandergestellt, die Holzschuhe des Toten, aus denen kleine Strohwische ragten. „Meine Überlegung: Hier am Tor hat Dr. Kathmann gegen 21.15 Uhr seine Holschken abgesetzt. Wahrscheinlich standen da seine Lederschlappen, die er anzog, um keinen Dreck in die Wohnung zu tragen. Dann im Sessel das zweite Fläschchen Pils, Wagner-Musik und erste Entspannung. Gegen 23.00 Uhr wird er wieder wach, und ihm fallen die Holschken ein, die ja noch draußen stehen. Er will sie hereinholen, denn es könnte in der Nacht regnen, und die Holschken muss man zwar abends nass abbürsten, aber trocken aufhängen, sonst werden die am nächsten Tag lästig. Er geht raus und trifft seinen Mörder. Und so könnte er uns im übertragenen Sinne die Schuhe seiner irdischen Pilgerschaft ausgezogen und präsentiert haben.“ Kattenstroht setzte sich wieder: „Wir müssen nur noch wissen, wem er dabei begegnet und was genau passiert ist.“

Austrup meldete sich: „Frau Tekülve gibt an, sie habe bereits im Bett gelegen und meine, so gegen 23 Uhr vor dem Haus Stimmen gehört zu haben. Da ihr Gehör aber doch ziemlich lädiert ist, wollte sie das nicht bis aufs Letzte behaupten. Aufgestanden ist sie nicht, hat also nicht nachgeschaut!“

„Gibt es denn was Neues von der Müllfront?“, wollte der Kommissar wissen. Pötter berichtete, man habe mithilfe der Abfallwerke Kontakt in eine Wohnanlage bekommen, die überwiegend von Menschen aus einer Balkon-Region bewohnt werde. „Man hat uns dann seitens der Stadt auch einen Sozialarbeiter mitgegeben. Der hat eine Versammlung der Familienältesten angesetzt. Das ging ziemlich zügig über die Bühne. Wir haben den Fall wenigstens berichtet und haben natürlich gefragt, ob jemand am Röttgerskamp unterwegs gewesen sei und eventuell was gesehen habe. War natürlich Fehlanzeige. Ob wir auf dem Feld bei der Klientel weiterkommen, wage ich zu bezweifeln.“ Pötter schickte noch eines hinterher: „Einer der Herren hat sich beklagt, dass sich am Morgen ein Polizist in Zivil in seine Geschäfte eingemischt, ihm einen Computer weggenommen und an einen dummen Jungen weitergegeben habe! Den Namen des Beamten hatte er sich leider nicht gemerkt!"

Kattenstroht und Eilers schauten sich an und grinsten verhalten. Der Kommissar schloss: „Das war doch Winnetou, der Beschützer der Kinder und der Schwachen!", womit er in der Runde Heiterkeit hervorrief. „Es hilft aber alles nichts, wir müssen auch auf dem Feld des Sperrmülls dranbleiben." Kattenstroht überlegte einen Augenblick und wandte sich dann Austrup zu. „Hat hat sich in der Wohnung noch etwas Auffälliges oder Besonderes ergeben?"

Der Angesprochene schlug eine weitere Akte auf: „Der Erschlagene hat es uns leicht gemacht. Saubere Aktenführung! Alle persönlichen und dienstlichen Unterlagen liegen geschlossen vor und sind auf dem Stand. Dr. Kathmann war offensichtlich ein Leertischler, der nichts stapelte, sondern alles kontrollierte, bei Bedarf bearbeitete, archivierte und den Rest geschlossen entsorgte. Man kann allerdings sagen, dass die Jahre nach etwa 1985 brillant dokumentiert sind, die Zeit davor ist nur auf wesentliche Dinge beschränkt: Abiturzeugnis, 1. Staatsexamen, Promotionsurkunde. Das ist es schon fast. Sehr spät dann kommen, erst zwanzig Jahre nach dem Abitur, Bewerbungs- und Einstellungsunterlagen."

Kattenstroht fragte nach dem finanziellen Gebaren und erhielt Bescheid, dass der Ermordete alles pingelig geordnet habe; „Kontoauszüge etwa zehn Jahre zurück, alle Steuerbescheide in einer Akte, Steuerunterlagen und Versicherungssachen, alles da. Sogar eine Mappe für den Todesfall hatte er angelegt. Da wollte ich Sie noch fragen, wie wir damit umgehen wollen, denn der Umschlag drin ist versiegelt und auf eine Dame namens" – Austrup blätterte ein wenig vor und zurück – „namens Nina Tersteegen ausgestellt. Ihr seien die Unterlagen im Falle seines Todes umgehend auszuhändigen."

„Haben Sie die Dame, das muss wohl das Patenkind sein, von dem die Vermieterin sprach, schon ermittelt und benachrichtigt?", fragte der Kommissar seine Büroleiterin.

„Haben wir!", bemerkte die Kunsleben. „Sie wohnt und studiert in Bielefeld. Ich habe mir gedacht, es wäre recht vernünftig, wenn wir sie heute Morgen noch sprächen. Ohne eure Pläne für eine Landpartie beeinträchtigen zu wollen, habe ich Frau Tersteegen für 9.15 Uhr hergebeten. Das wird schnell gehen. Wir müssen doch auch Rücksicht auf die Angehörigen nehmen, wenn diese junge Frau die Beisetzung allein organisieren muss. Das scheint nach Lage der Dinge ja wohl der Fall zu sein. Der Mord geschah am Mittwochabend, heute ist Freitag. Die Gerichtsmedizin wird die Leiche wahrscheinlich erst am Montagmorgen freigeben. Also ist der Dame, denke ich, sehr geholfen, wenn wir schon heute mit ihr reden!"

„Meine Güte, was habt ihr wieder ein Tempo drauf heute!", stöhnte Kattenstroht. „Kathrin und ich sind aber gegen 11.00 Uhr mit Schücking auf der Kreispolizei verabredet und müssen eventuell noch weiter die Brinke runter bis Kerkhövel. Das wird ein langer Tag!", schloss er in bewusst gewichtigem Ton!

Aber damit kam er bei seiner Büroleitung nicht an: „Seien Sie doch mal ehrlich, lieber Herr Kattenstroht. Aus dem Timing der Tat und dem Normalfluss der Ermittlungen wissen Sie genau, dass wegen des Wochenendes da etwas Ruhe reinkommt. Zudem wollen Sie sich wieder die Pressekonferenz um 11.00 Uhr klemmen. Ich verstehe gar nicht, dass der Chef das mitmacht. Ergo ist klar, dass Sie sich heute mit Schücking treffen und mit Kathrin zusammen eine Tour durchs Brinketal machen wollen. Sogar das Wetter ist danach. Und sollten Sie zufälligerweise bei Edelbroicks im Landhotel Kaffee trinken, grüßen Sie bitte Herrn Alfons von mir."

Kattenstroht zog es vor, mal den Mund zu halten, konnte aber die Überlegungen seiner Büroleitung nur mit einem verlegenen Grinsen bestätigen.

Beucking von der Spurensicherung hatte nur noch wenig zu berichten. Die Tatwaffe sei eindeutig identifiziert, liege jetzt aber noch in der Gerichtsmedizin. Es habe sich tatsächlich um das Kantholz aus dem Bettgestell gehandelt. Die Suche nach DNA-Spuren sei erfolgreich verlaufen. „Wenn wir der Frau Professor einen Verdächtigen liefern, wird sie ihn wahrscheinlich überführen können. Den Abgleich mit der Datenbank in Wiesbaden steuern die selbst, sobald sie den genetischen Fingerabdruck genau definiert haben. Das soll heute im Laufe des Tages erfolgen. Wir kriegen umgehend Nachricht." Der oberste Spurenermittler berichtete dann noch von den Fußspuren, die bei dem nächtlichen Handgemenge im Rosenbeet entstanden waren. „Also, wir sind uns da sehr sicher, könnten es aber auch in einer Rekonstruktion noch mal belegen. Der Täter schlug auf jeden Fall von hinten zu, nach der Spurenlage auch erst, als der Dr. Kathmann etwa auf der ersten Stufe des Zugangs zu seiner Wohnung war. Er hatte sich also abgewandt und wollte offensichtlich ins Haus gehen." Beucking ließ ein Bild des Vorgärtchens aufleuchten und zeigte dann eine Stereometrie des Tatortes. „Verstehen Sie mich richtig: Ich habe fast den Eindruck, Opfer und Täter haben sich am Gartentörchen unterhalten. Es ist von mir aus streitig geworden. Kathmann bricht das Gespräch ab und geht zurück zur Haustür. Der Täter greift zum Kantholz, das oben auf dem demontierten Bettgestell liegt, reißt das Törchen auf und setzt dem Mann nach. Vom Tor bis zu der dreistufigen Treppe sind es ziemlich genau drei Meter. Der Täter hat also Platz genug, er holt weit aus und erwischt sein Opfer, als es gerade in passender Schlaghöhe auf der ersten Stufe steht. Deshalb auch das zerschmetterte Hinterhaupt, wie Dr. Johannsmann festgestellt und die Gerichtsmedizin vorab auch bestätigt hat. Kathmann sackt zusammen und fällt, er ist ja auch ein langer Kerl, in das seitliche Rosenbeet. Der Täter schleudert seine Waffe in die seitliche Hecke nach links. Er packt sich den Sterbenden und schleppt ihn um die Hausecke. Da müssen übrigens Blutspuren an seine Kleidung gekommen sein. Dann kommt der Knotenstock ins Spiel. Der muss an der Treppe oder an der Haustür gestanden haben." Beucking blickte etwas unsicher in die Runde: „Da müssen wir uns noch Gedanken drüber machen!"

Kattenstroht runzelte die Stirn: „Könnte es vielleicht sein, dass Kathmann seinerseits zuvor mit dem Stock auf seinen späteren Mörder losgegangen ist? Das könnte die Heftigkeit der Reaktion und diese Pfählung, bleiben wir mal bei diesem Arbeitstitel, wenigstens im Ansatz erklären."

Mia Kunsleben schaute nun ostentativ auf ihre Uhr und setzte den Schlusspunkt: „Das ist die Hausaufgabe fürs Wochenende. Bitte am Montag zur selben Zeit und in dieser Runde, zusätzlich werden Staatsanwaltschaft und wohl auch Rechtsmedizin kommen. Wir sehen dann weiter. Wer macht am Samstagmorgen Stalldienst?" Kattenstroht zeigte kurz auf: „Ich bleibe dran, bin sowieso in der Stadt! Mailen Sie bitte allen Beteiligten, sie mögen ihre Berichte sowohl auf den Server des Kommissariats wie auch auf meinen eigenen schicken."

Schon auf dem Flur stießen sie auf Nina Tersteegen, die Nichte des erschlagenen Dr. Kathmann. Die junge Frau, Anfang zwanzig, von Haus aus ein frisches blondes Strahlekind – so ordnete der Kommissar die Erscheinung in die Kattenstroht'sche Klassifikation ein –, war erkennbar traurig und verstört. Der Kommissar bat sie und Kathrin Eilers in sein Büro an den Besprechungstisch und bot ihr auch einen Kaffee an, den sie dankend ablehnte. Die beiden Polizisten kondolierten der jungen Dame zum Tode des Onkels, die in offensichtlich echter Anteilnahme einige Tränen in ihr Taschentuch vergoss. Dann ging man zum Dienstlichen über. Kattenstroht legte ihr den versiegelten Umschlag vor, den er von Austrup erhalten hatte, und wies darauf hin, dass man natürlich per Gerichtsbeschluss die Unterlage im Laufe des Tages auch so öffnen könnte, darauf aber gern verzichten möchte, wenn sie, Nina Tersteegen, bereit wäre, die Polizei über den Inhalt zu informieren. Immerhin sei ja auch schon Freitag und das Wochenende für die Vorbereitung der Beisetzung dann nicht verloren.

Die hübsche Frau zeigte jetzt den Anflug eines Lächelns und sagte: „Sie haben meinen Onkel nicht gekannt, ich aber kannte ihn genau. Ich weiß, was drin ist, denn er hat mich immer auf dem Laufenden gehalten. Zu mir hatte er Vertrauen; ich bin die einzige Tochter seiner einzigen Schwester. Mit meiner Mutter hat er sich immer nur gestritten. Sie war mit seinem Leben und seinem Lebensweg, mit seinen Auffassungen und Ideen nie einverstanden. Mich hat er immer gemocht, schon seit ich ein Kind war. In dem Kuvert ist sein Testament in einer Zweitschrift, das mich zur Alleinerbin seines gesamten Besitzes macht, was immer das auch ist. Das Original-Exemplar liegt natürlich beim Amtsgericht. Dann hat er für den Fall seines Todes Anweisungen für die Beerdigung aufgeschrieben, und ein Entwurf für eine Todesanzeige wird auch dabei sein. Er hat mir immer gesagt, er wolle im Falle seines Todes eingeäschert werden, die Urne solle man in der Nordsee versenken. Die Todesanzeige soll erst nachträglich veröffentlicht werden. Den Text kenne ich fast auswendig, weil er so typisch ist für Onkel Paul." Nach einer kleinen Pause fuhr Nina Tersteegen fort: „Sie können den Umschlag ruhig öffnen!"

Kattenstroht griff zum Brieföffner, reichte ihn der jungen Frau über den Tisch und schob auch den festen braunen Umschlag hinterher. Nina Tersteegen schlitzte das Kuvert auf und zog einige Unterlagen heraus: „Hier ist sein handschriftliches Testament in Kopie, hier seine Verfügung für die Einäscherung und Beisetzung der Urne! Die Todesanzeige im Entwurf, es fehlt nur das Datum. Was ist das hier? Ach ja, eine Bankvollmacht für mich für alle seine Konten. Von mir aus können Sie sich gerne Kopien machen.“ Sie legte die einzelnen Blätter vor Kattenstroht nebeneinander auf den Tisch, so dass der Kommissar sie genau inspizieren konnte.

Der griff nach einiger Zeit der Betrachtung eher nachdenklich zu dem Entwurf der Todesanzeige. Hiermit sollte der Zeitungsleser statt jeder besonderen Anzeige erfahren, dass Dr. Paul Wilhelm Kathmann verstorben sei. Einäscherung und Seebestattung hätten stattgefunden. Als Kontaktadresse war Nina Tersteegen angegeben.

Kattenstrohts Blick blieb an dem Spruch haften, der über dem Namen des Ermordeten stehen sollte. Leise murmelte der Kommissar den Text vor sich hin: „ Ich glaube an nichts. Ich hoffe auf nichts. Ich bin frei.“
Nikos Kazantzakis

Kapitel 8

Für ihre Exkursion ins Brinketal hatte Kathrin Eilers schon einige Vorbereitungen getroffen, die Akten des Finanzamtes ausführlich studiert und sich auch mit Schücking telefonisch abgestimmt. Ihn wollten sie um 11.00 Uhr auf der Kreispolizei treffen. Da die Zeit etwas drängte, hatte Kattenstroht Mia Kunsleben gebeten, die Daten und Aussagen der Nina Tersteegen aufzunehmen und die Nichte Dr. Kathmanns auch nach dem Verlauf ihres Mittwochabends zu befragen. Freundlich hatten sie sich dann von der jungen Frau verabschiedet.

In getrennten Autos fuhren sie schließlich aus der Stadt heraus zur Autobahn und trafen sich am Pendlerparkplatz der Abfahrt Reckhölter. Kathrin Eilers hatte ihren Chef angesichts des Freitagnachmittags um diese Fahrtorganisation gebeten, denn sonst hätte sie am Nachmittag noch einmal über Münster zurückfahren müssen. So war es für sie später nur ein Katzensprung zu ihrem Thomas und dem schönen Forsthaus im Reckhölter Hagen. Gemeinsam ging es ab Reckhölter weiter über die Landstraße zur Kreisstadt.

Es war ein wunderbarer Spätsommertag. Eine noch immer kräftige Sonne schien vom blauen Himmel, dicke weiße Schönwetterwolken zogen vorbei. Die Felder waren weitgehend abgeerntet oder mit Zwischenfrüchten besetzt. Hier und da blühte ein später Raps. Auf den Obstwiesen und in den Gärten leuchteten aus den Zweigen die erntereifen Äpfel, Birnen und Pflaumen. Kattenstroht räsonierte, was man alles daraus machen könnte. Während seine Assistentin eher an Kompotte, Marmeladen und Pfannkuchen dachte, philosophierte der Kommissar über Obstbrände und andere erlesene Schnäpse des In- und Auslandes und lobte in diesem Kontext vor allem die Sammlung, die Stellmacher zusammengetragen habe: „Hervorragende Digestifs, kann ich dir nur sagen!“ Kathrin Eilers war ob dieser geistigen Ausflüge ihres Chefs etwas verwundert und kommentierte nur trocken: „Deine und meine Voreltern sind auch ohne Grappa groß geworden!“

Eigentlich hatte sie an der Fahrt in den Brinke-Kreis kein rechtes Interesse. Natürlich hatte Mia Kunsleben mit ihrer Kritik daran durchaus recht. „Ich habe mir alle Akten durchgesehen, die wir vom Finanzamt bekommen haben. Außerdem habe ich unser eigenes Fallarchiv noch mal überprüft. Die Arbeit von Dr. Kathmann liegt fast immer im

Überschneidungsbereich anderer Zuständigkeiten: Da ist vor allem der Zoll mit drin, denn es geht vielfach um Schwarzarbeit. Dann hängen die Prüfer der Sozialversicherungsträger mit drin, die regionalen Finanzämter sowieso. Ich sehe das nicht so klar."

Kattenstroht empfahl, sich auf Schücking zu verlassen. Damit lag er auch ganz richtig, denn bei ihrem Treffen auf der Kreispolizeibehörde dröselte ihnen der Kollege die Fälle auf, mit denen auch das STRAFA-FA in Münster sich hatte herumschlagen müssen und bei denen die Kreispolizei mehr oder weniger mit eingebunden war.

„Ich bin Dr. Kathmann das erste Mal bei einem Betrugsfall mit den Rinderohrmarken begegnet. Da schien er ein persönliches Interesse dran zu haben. Wie Sie sich erinnern werden, hatte man nach der BSE-Krise im Jahr 1999 ein Datenbanksystem eingeführt, mit dem jedes Rind in der EU zwei identische Ohrmarken bekam, in jedem Ohrlappen eine, dazu noch einen Pass als amtliches Dokument. Mit diesen Nummern und dem Pass kann man den Lebensweg der Tiere gewissermaßen von der Geburt im Stall bis zur letzten Präsentation auf dem Teller nachweisen. Nun darf man bei all dieser Kontrollitis nicht vergessen, dass zum einen das System und die Tests viel Geld kosten, zum anderen auf allen Höfen und in allen Wirtschaftsbereichen ein wahnsinniger Kostendruck herrscht. Die Leute draußen pflegen die Wahnvorstellung, alle Waren und Lebensmittel seien nur dann besser, wenn sie auch immer billiger würden." Schücking schob eine persönliche Bemerkung ein: „Ich bin hier auf dem Lande groß geworden, komme auch aus bäuerlichem Umfeld. Aber was da läuft, das ist unglaublich. Die Leute, speziell in den Großstädten, geben Geld für alles Mögliche aus und versuchen, bei den elementaren Lebensmitteln möglichst viel zu sparen. Der Anteil der Lebensmittelkosten an den allgemeinen Lebenshaltungskosten ist bei uns unter 15 % gesunken, das ist fast der niedrigste in ganz Europa. Und dann beschweren sich die Leute noch, wollen trotzdem exzellente Lebensmittel haben und produzieren in ihrer Sparwut mit dieser Einstellung selbst die Massentierhaltung und alle Techniken, die letztlich die Qualität drücken müssen. Die Bio-Welle trägt erst langsam zu einem Bewusstseinswandel bei."

„Das sehe ich auch so", sekundierte Kathrin Eilers dem Kollegen, „es ist der Kostendruck, der Zwänge ohne Ende erzeugt und am Ende auch die solidesten Leute weichkochen kann, so dass sie auch mal unseriöse Wege versuchen. Aber wie ging das mit den BSE-Rindern weiter?"

„Das war eigentlich zunächst ein Routinevorgang", fuhr Schücking fort. „Bei einer Betriebsprüfung eines großen Rindermastbetriebes waren dem zuständigen Prüfer unseres hiesigen Finanzamtes Unstimmigkeiten in den Geldflüssen aufgefallen. Durch einen aberwitzigen Zufall bekam der Mann auch mit, dass ein Viehhändler von diesem Hof Rinder wieder abholen wollte, die angeblich noch nicht bezahlt waren. Die Tiere, und das kam dann sehr bald heraus, hatten sich zunächst einfach in Luft aufgelöst. Die waren schlicht verschwunden. Unser Prüfer hat den Mund gehalten und nur hier und da hingehört. Dann hat er sich an die Steuerfahndung in Münster gewandt und hat die mal suchen lassen. Dabei kam ein Sicherheitsleck in dem Datenbanksystem heraus. Die Kunden hatten die Möglichkeit, sich für die einzelnen Pässe auch neue Ohrmarken zuschicken zu lassen. Die Biester könnten sich die Marken ja auch auf der Weide an Hecken und Zäunen mal abreißen. Prompt fand man heraus, dass es Rinder gab, die zwar echte Ohrmarken und einen gültigen Pass hatten, wo aber zum Beispiel die Rassehinweise nicht stimmen konnten. Damit war klar, dass kriminelle Händler Rinder gewissermaßen schwarz auf den Markt bringen und damit auch die teuren Tests und die Fleischbeschau umgehen konnten. Da sie aber den Pass noch hatten, bestellten sie Ohrmarken nach und markierten zum Beispiel importierte Rinder um, die sie dann als hier gezüchtete Tiere zu einem höheren Preis verkaufen konnten. Dr. Kathmann hatte ja auch wohl so eine Ader für diese Dinge. Jedenfalls hat er heftig berichtet und die Datenbank unter Druck gesetzt. Mir hat er einmal erzählt, er habe dann bei einem Händler Unterlagen beschlagnahmt und rekonstruieren können, dass eine Kuh im Jahre 2000 geschlachtet wurde, aber ein Jahr später noch ein Kälbchen bekam."

„Für Geld kann man den Teufel tanzen lassen!", kommentierte Kattenstroht feinsinnig. „Wie sehen Sie den Fall mit den Leiharbeitskräften für die Schlachthöfe?"

Schücking nickte und griff zu einer weiteren Akte: „Das war natürlich ein ganz dicker Brocken. Wir hatten zwei Betriebe im Kreis, bei denen man aus den eben erwähnten Kostengründen Leiharbeiter einsetzte, die man sich von einer auswärtigen Firma aus Niedersachsen anheuerte. Das waren in aller Regel Migranten, Leute aus Arabien, der Türkei, aus Vietnam oder von den Philippinen. Diese Männer konnten in aller Regel kaum Deutsch, und man hatte schon Probleme, ihnen detailliert zu erklären, was sie da am Band überhaupt zu machen hatten. Der Einsatz dieser Leute – wiederum ein Hoch den Prinzipien der Wirtschaftlichkeit! – senkte natürlich die Kosten und damit die Verkaufspreise. Hauptsache, man unterbietet den Mitbewerber. Die eigenen Beschäftigten hatte man längst entlassen und an Hartz IV abgegeben. Die Abrechnungen machte natürlich die Firma da in Niedersachsen, und so sparte man bei uns hier auch noch die Lohnbuchhalter. Es kam natürlich, wie es kommen musste. Die Leiharbeitsfirma führte doppelte Lohnlisten, hatte die Männer sämtlich als geringfügig Beschäftigte angemeldet und zahlte die Differenzen zu den tatsächlich geleisteten Stunden, durchaus 180 bis 200 im Monat, bar auf Tatze aus. Es wurden in den paar Jahren, die das System gegriffen hat, bei den Hungerlöhnen, die die zahlten, immerhin etwa 15 Millionen Euro an Steuern und Sozialabgaben hinterzogen. Das Landgericht hat das Verfahren vor einigen Monaten eröffnet. Natürlich hat man auch die lokalen Betriebe angeklagt, weil das System ohne deren Wissen und Mitwirken gar nicht hätte greifen können. Das Team um Dr. Kathmann war da ebenfalls sehr aktiv und sehr erfolgreich."

„Könnte denn dieses Imperium dann zurückgeschlagen haben?", warf Kattenstroht ein.

Schücking zuckte unsicher mit den Achseln: „Ich weiß ja nicht viel über den Tod von Dr. Kathmann, nur das, was mir Frau Eilers schon berichtet hat. Demnach sieht das doch ganz nach einer Affekttat aus. Sollten wirklich die Hintermänner einer beispielsweise osteuropäisch orientierten Schwarzarbeitsmafia versucht haben, genau diesen Steuerfahnder auszuschalten, wäre das zweifelsfrei professioneller erledigt worden. Dafür ist zu viel Geld im System. Solche Leute leisten sich dann auch einen Profi."

„Mal weiter betrachtet!“ Kattenstroht griff zur nächsten Akte. „Was haben wir hier: Ach ja, Country Chicken!“

„Richtig, die Hähnchenbrater. Da habe ich Ihnen, Frau Eilers, ja schon geraten, sich noch einmal mit der Familie Wiemann in Kerkhövel zu unterhalten. Aber diskret bitte! Der Fall war natürlich interessant, weil er einen der größeren Unternehmer im Kreis betraf und auch überregional auf Interesse stieß. Bekanntlich sind ja zwei seiner Schwarzarbeiter mit einem Hähnchenwagen ausgekniffen und konnten von der Bundespolizei erst an der polnischen Grenze gestellt werden. Das gab ein Theater. Aber das System, das Country Chicken entwickelt hatte, war hochkriminell. Der Mann hat Mitarbeiter aus Osteuropa mit gefälschten EU-Ausweisen versorgt, hat sie beim Einwohnermeldeamt als Franzosen oder Italiener und bei der Sozialversicherung als Minijobber angemeldet. Die originalen Pässe der Leute hat er als Druckmittel einbehalten und in seinen Tresor gepackt. Er hat sie dann bis zu zwölf Stunden am Tag Grillhähnchen verkaufen lassen, sie jämmerlich entlohnt und natürlich nicht in die öffentlichen Kassen eingezahlt. Der Schaden für Steuer und Versicherung betrug etwa eine halbe Million Euro. Auf die Spur sind die dem aber durch die Wiemanns in Kerkhövel gekommen, und da spielt meines Wissens Dr. Kathmann eine Rolle.“

„Na gut, dem wollen wir ja noch selbst nachgehen“, schloss Kattenstroht diese Sache ab. „Was war mit dem Pistolen-Attentat auf den Viehhändler, das angeblich von einem Konkurrenten bestellt worden ist. Gibt es da Zusammenhänge?“

Schücking verneinte, dies sei eine rein interne Sache ohne Bezüge zur Steuerfahndung. Der Kommissar schaute etwas ratlos auf den Tisch und die Akten und meinte dann, offensichtlich hätten Büroleitung und Assistentin mal wieder recht, dass aus diesen Sachen für seine aktuelle Ermittlung kaum Honig zu saugen sei.

In der Kantine der Kreisverwaltung widmeten sie sich anschließend einem annehmbaren Rotbarschfilet; dieses verpasse ihm angemessene Freitagsgefühle, brummte Kattenstroht vor sich hin. Dann zog es sie in Richtung Kerkhövel, wo Schücking sie auf dem Hof Wiemann telefonisch angekündigt hatte.

Die Fahrt selbst war bei dem schönen Wetter sehr entspannend. Sie fuhren über Stockhem, passierten auch das parkartige Gelände des alten Herrenhauses der Familie Wolberg-Stockhem und folgten der Straße in die Rodorper Berge. Das gleichnamige Dorf ließen sie aber hinter sich und steuerten direkt auf Kerkhövel zu, das sich malerisch auf einer kleinen Anhöhe über dem Brinketal präsentierte. Der Hügel, der dem Ort seinen Namen gegeben hatte, lag in einer Schleife der Brinke und wurde fast ganz von ihr umschlossen. Auf der Kante dicht über dem Fluss erkannte man unter hohen Bäumen die Kirche mit ihrem niedrigen Turm, der ganz in Bruchsteinen aufgeführt war. Das Langhaus schien aus neuerer Zeit zu stammen und war als neugotischer Bau in Backsteinen errichtet, wodurch sich ein lebhafter Kontrast zu dem offensichtlich mittelalterlichen Turm ergab. Zügig steuerte Kattenstroht den Dienstwagen durch den kleinen Ort, an dessen östlichem Rand nach den Angaben des Navis der Hof der Familie Wiemann liegen musste.

An der Zufahrt aus Richtung Kreisstraße hielt der Kommissar konsterniert an. Er wies auf das Firmenschild hin, das zwei fliegende Brathähnchen und eine dramatisch farbige Aufschrift präsentierte: „Ja, sind die denn hier von allen guten Geistern verlassen? Der eine nennt sich ‚Country Chicken' und der andere ‚Pollo rapido'! Und dabei lassen beide nur nackte Moorhühner grinsend durch den Äther sausen! Und das im Münsterland. Wo kommen wir denn da noch hin?" Kathrin Eilers versuchte eine Verteidigung: „Selbst Landfrauen im Münsterland lernen Plattdeutsch eher in der Volkshochschule, und ‚Pollo rapido' klingt doch nach mehr als zum Beispiel ‚Braotten Hohn'! Ist vielleicht ein Ergebnis des letzten Italienurlaubs."

Auf dem Hof stand ein Verkaufswagen für Brathähnchen vor einem Wirtschaftsgebäude. Offenbar wurden seine Akkus aufgeladen und die Kühlung in Gang gehalten. Auch dieses Gefährt trug das Firmenzeichen des rasanten Huhns. Im Büro trafen sie Bernd Wiemann, Hofbesitzer und Leiter des Unternehmens. Kattenstroht fackelte nicht lange und sprach ihn auf die Kontakte seiner Firma mit Dr. Kathmann und dem StraFa-Fa in Münster an.

Wiemann blieb gelassen. „Wenn Sie die Akten kennen, dann kennen Sie auch den Vorgang. Herr Schücking hat Sie angekündigt und gemeint, Sie hätten noch ein paar Fragen wegen eines Parallelfalles. Dennoch bitte ich auch Sie um Verschwiegenheit. Langsam wird mir das alles zu gefährlich. Ich hatte im letzten Jahr eine Betriebsprüfung, und dabei war ein cleverer Prüfer hier vor Ort, der wirklich eins und eins zusammenzählen konnte. Ich habe mal gerade zwölf Wagen täglich auf Tour, zwei davon habe ich, sagen wir mal, über einige Monate steuerlich auf Schmalspur gefahren. Ich musste was tun, weil mich die Kosten auffressen. Ich habe hier den Hof mit der Hähnchenmast, eine Familie mit drei Kindern und meine Eltern zu versorgen. Das Finanzamt spielt ‚Aktion Zitrone' und quetscht uns kleine Betriebe immer stärker aus, während die großen Unternehmen teilweise machen können, was sie wollen. Ihren Dr. Kathmann habe ich bei der Abschlussbesprechung kennengelernt und ihm meine Meinung dazu gegeigt. Der war ziemlich beeindruckt!"

„Wie beeindruckt?", wollte Kattenstroht wissen.

„So beeindruckt, dass er nach unserem Gespräch eine Serie von Prüfungen bei den Großbetrieben gestartet hat, die so mit fünfzig und mehr Autos über Land fahren. Meine zwei Autos, die ich nur zum Teil über die Bücher habe laufen lassen, das war doch Pillepalle gegenüber den Geschichten, wie sie andere gemacht haben und immer noch machen. Jedenfalls habe ich ihm in meinem Ärger nur ein paar Tipps gegeben, worauf seine Leute achten müssen. Da war doch keinem aufgefallen, dass man sogar die Fahrer und Verkäufer auf falschen Pässen angemeldet hatte und als geringfügig Beschäftigte markierte, obwohl die Leute zehn oder zwölf Stunden auf den Wagen sitzen und irgendwo im Stroh übernachten mussten. Die ganze Latte an Tricks, rauf und runter, kenne ich doch auch, habe sie aber nicht angewendet und musste dabei erleben, dass meine Standplätze durch immer billigere Angebote speziell von einem Konkurrenten andauernd Umsatzverluste brachten. Es geht leider alles nur über den Preis! Ich habe gute Hähnchen, echte Qualitätsware, mit eigenem Münsterländer Futter artgerecht großgezogen. Wir haben hier eine hygienische Schlachtung, technisch perfekte Wagen und eine saubere und ordentliche Bedienung, die sogar noch Deutsch sprechen kann. Nur kann ich mit meinem Laden nicht bestehen, wenn nicht für alle Anbieter die gleichen Bedingungen gelten!"

„Das war ja ganz schön mutig, oder?“ Kathrin Eilers war jetzt an der Reihe, beeindruckt zu sein. „So etwas kommt in Kollegenkreisen doch nicht gut an, wenn es denn bekannt wird, oder?“

„Auch bäuerliche Solidarität ist im Schwinden begriffen. Zudem ist ein solcher Laden wie der von meinem größten Mitbewerber doch kein landwirtschaftlicher Betrieb im klassischen Sinne mehr. Schauen Sie sich doch mal die Eigenkapitalseite da an. Da sitzen längst andere Finanziers dahinter. Und seinen Stammplatz hatte er in einem Industriegebiet bei Brinkbergen. Die Brathähnchen waren immer Importe, Gott weiß, woher! Wenn wir noch eine eigene Landwirtschaft behalten wollen, müssen wir die noch vorhandenen Betriebe irgendwie auch lebensfähig halten. Das muss doch in unser aller Interesse sein! Das immerhin konnte ich dem Dr. Kathmann vermitteln!“

„Wie ging es dann weiter?“, wollte Kattenstroht wissen.

„Die Steuerfahndung aus Münster hat sich dann gleich mit dem Zoll zusammengetan, und die haben dann gemeinsam eine Großaktion gegen ‚Country Chicken‘ gestartet. Das war ja wohl ein voller Erfolg, wie man überall lesen und hören konnte.“ Wiemann wirkte tief zufrieden. „Den letzten Wagen aus Brinkbergen haben sie ja noch an der polnischen Grenze hoppgenommen. Da sind die armen Verkäufer in ihrer Not mit der ganzen Braterei in die Heimat aufgebrochen. Vielleicht hat der ehrlichere Landwirt doch noch mal eine Chance.“

„Und das eigene Strafverfahren? Wie ging das zu Ende?“ Der Kommissar wollte die Sache offensichtlich rundmachen.

„Natürlich haben wir nachgezahlt, aber das war im Rahmen des Möglichen, weil unsere Übertretungen auch im Verhältnis zum Gesamtumsatz nicht so gewaltig waren. Ich hab' mir da auch nicht mehr zugetraut. Vielleicht kam die Prüfung noch im richtigen Augenblick. Die eigentliche Strafe, das Bußgeld, war dann wirklich akzeptabel. Es stand zwar in keiner Begründung drin, aber ich weiß genau, dass meine Tipps den Erfolg der Fahndung ausgemacht haben. Andererseits“, Wiemann zögerte leicht, „haben meine Frau und ich durchaus auch Angst. Manchmal sehen wir schon unsere Ställe oder unsere Autos brennen. Bisher ist alles gutgegangen. Ich weiß genau, dass Dr. Kathmann und auch der Herr Schücking von der Kreispolizei hier diskret sind, aber schon Ihr

Besuch hat mich richtig aufgeregt. Wenn der Schücking Sie nicht angekündigt hätte, hätte ich Sie hier nicht empfangen. Ich wäre schon beim Anblick Ihres Wagens auf unserer Hofzufahrt weg gewesen."

Kattenstroht und Eilers bekundeten Verständnis für die Lage des Hähnchenbraters und versprachen, weiterhin Diskretion walten zu lassen. Übrigens hatte sich die Kunde vom plötzlichen Tode des Dr. Kathmann noch nicht bis auf den Hof in Kerkhövel herumgesprochen, und die Münsteraner sahen auch nicht die Notwendigkeit, den ohnehin so besorgten Landwirt noch mehr zu belasten. Also verabschiedeten sie sich und machten sich auf den Heimweg. Es war Kaffeezeit, aber auch Kattenstroht zog es zu den heimischen Penaten. Daher nahm er eine Seitenstraße direkt an der Brinke. So brauchte er nicht noch einmal durch Kerkhövel zu fahren und konnte die Kreisstadt und die Autobahn schneller erreichen. Das war sein Plan, bis Kathrin Eilers ihn am Ärmel zupfte und fragte, ob denn das Schild an der Straße ausgerechnet auf die Ludgerusburg verweise: „Schau doch mal hin: Bischöfliches Gymnasium Ludgerianum! Ist das nicht dieses Internat, auf dem auch Dr. Kathmann Schüler war?"

Sie beschlossen, mal kurz rechts abzubiegen, und passierten eine große Auffahrt, die beiderseits von mächtigen Torpfeilern begleitet war. Allerdings waren keine Torflügel mehr eingehängt. Die Straße führte durch einen hohen Buchenwald eine kleine Anhöhe hinauf, und schon lag auf einem großen grünen Wiesenplan die Ludgerusburg vor ihnen. Die beiden Polizisten waren beeindruckt. Während zur Linken das Brinketal lag und man den Verlauf des Flusses durch Trauerweiden und Bäume erahnen konnte, zeigte das Gebäude des früheren Internats seine gewaltige Front in rotem Backstein nach Südosten. Die Hauptfront lag zu dieser Tageszeit schon im Halbschatten. Der Bau war zweigeschossig auf einem hohen Keller, wobei das Dachgeschoss offensichtlich modern ausgebaut worden war. Die Ecken waren durch nach vorn gezogene Flügel betont. Das Hauptgebäude wies vierzehn Fensterachsen aus. In der Mitte des Gebäudes sprang auf dem Niveau des hohen Erdgeschosses der Chor einer gotischen Kapelle hervor. Während die beiden Seitenfronten durch mächtige Eckpavillons betont wurden. Das Dach bekrönte ein schlankes, spitzes Türmchen, in dessen Kapelle erkennbar eine Glocke hing. Formklinker und Sandsteinwerkstücke an Tür- und Fensterlaibungen sowie an den Gebäudeecken vermittelten ein lebhaftes Erscheinungsbild. Offenbar wurden die großen Rasenflächen gezielt gepflegt und auch als Spielplätze benutzt. Seitlich ließen sich im Wald einige Pavillons und eine moderne Turnhalle ausmachen, die aber das Gesamtbild nicht zu stören vermochten. Jetzt jedoch herrschte überall die Ruhe eines Freitagnachmittags.

„Das ist ja mal eine tolle Umgebung für eine Schule!", meinte Kattenstroht zu seiner Assistentin. Die bestaunte das Ensemble zwar ebenfalls, meinte aber doch, dass man hier ziemlich in der Einsamkeit sei: „Ob das im Winter hier auch wohl so schön ist?", zweifelte sie laut.

Seitlich des Schulhauses fanden sie „Parkplätze nur für Lehrkräfte". Die Schule wirkte zwar schon geschlossen, aber das rechte der beiden Portale unterhalb des Kapellenchores war noch geöffnet, und so betraten die Kriminalbeamten über eine Treppe das Foyer, dessen Grundstein nach einer Jahreszahl am Kapellenfundament 1890 gelegt worden war. Kattenstroht war hingerissen, als er die schmiedeeisernen Treppengeländer und vor allem den Fußboden in einer bunten Fliese sah, die den großen gewölbten Raum teppichartig ausfüllte. Eine prachtvoll geschnitzte Tür führte zur Kapelle, und der Kommissar verkniff es sich nicht, auch hier einen Blick hineinzuwerfen. Dann jedoch wurden sie von einem Herrn im grauen Kittel überrascht, der anhand seines Schlüsselbundes und seines Auftretens eindeutig als Hausmeister zu identifizieren war. Der Herr fragte nicht unfreundlich nach dem Begehr der Besucher und teilte ihnen mit, dass er gerade dabei sei, die Schule zu schließen. „Wenn Sie noch einen Termin in der Elternsprechstunde haben wollen, müssen Sie während der Dienstzeiten ab 7.00 Uhr im Sekretariat anrufen. Und unser Chef, der Dr. Drees, ist erst am Montag wieder im Haus. Auch da bitte vorher bei der Sekretärin anrufen, denn er hat ja auch noch ein paar Stunden Unterricht und ist nicht immer da."

Dermaßen beschieden, verabschiedeten sich Kattenstroht und Eilers vom Pedell, wie Kattenstroht den Graukittel hinterher titulierte, und machten sich auf den Weg zu ihrem Auto. Auf der Fahrt zurück zur Hauptstraße hielt der Kommissar vor dem Wald noch einmal kurz an und ließ den Blick über die Landschaft zurück auf die Ludgerusburg schweifen, die jetzt im Licht der Nachmittagssonne aufleuchtete: „Schau dir das an, Kathrin! Kann man sich eine idealere Umgebung zum Großwerden und Lernen vorstellen?"

Kathrin Eilers war etwas zurückhaltender: „Bleib mal auf dem Teppich, Klaus! Hat der Bau nicht irgendwie auch was Düsteres an sich?"

Wie an fast jedem Wochenende machten sich die Kattenstrohts am Samstag auf den Weg zum Markt. Der Kommissar fuhr mit Verweis auf einen notwendigen Abstecher ins Präsidium mit dem Fahrrad voraus, die beste Ehefrau von allen mit Verweis auf die schweren Einkaufstaschen fuhr mit dem Auto. Am Parkplatz nahe der Hörsterstraße trafen sie sich und bummelten langsam in Richtung Markt. Das Wetter verhieß einen glänzenden Markttag, und schon bei Käse Humborg wurde es amüsant. In der Reihe der schnabulierenden und kaufenden Kunden entdeckten die Kattenstrohts ausgerechnet Gis Hoygering, Kattenstrohts Tante, die wieder einmal Landflucht hatte begehen müssen, wie sie es formulierte. „In meiner Mühle an der Reckhölter Aa wird es mir manchmal doch zu ruhig. Was habt ihr denn heute noch vor?" Kattenstroht musste bekennen, während er sich gerade eine Probe mittelalten Goudas aus der großzügig spendenden Hand Humborgs zwischen die Kiemen schob, dass er gleich doch noch ins Büro müsse. Betty aber betonte, sie habe Zeit, und so verabredeten sie sich zu dritt etwa eine Dreiviertelstunde später ins Marktcafé.

Zügig arbeiteten sie daraufhin nach Bettys Liste die Stände ab, kümmerten sich um Hannings Bio-Gemüse ebenso wie um Frank Sautmanns Wild- und Geflügelstand. Mit Willi, dem Wursthändler, wurden heute aber nur einige seiner typischen Philosophien ausgetauscht. Es ging nicht ohne Heiterkeit ab.

Schwer mit den Einkaufstaschen beladen, trafen sie endlich im Café ein, wo Gis bereits auf sie wartete. Schnell war der Kaffee bestellt, ohne den nach Meinung der Damen eine Lehrkraft im Leben nicht bestehen könne. Kattenstroht erinnerte an die behördliche Definition des schwarzen Getränks als „Beamtenblut" und erfreute sich daran, vom bequemen Sessel aus Marktbesucher und Flaneure einer näheren Betrachtung zu unterziehen. Betty und Gis waren dagegen in fachliche Gespräche vertieft. Das Schuljahr hatte vor wenigen Wochen begonnen, und die beiden Englischlehrerinnen diskutierten über Unterrichtsreihen, Arbeitstermine und Vorschläge für Klausuren, die sie wie in jedem Schuljahr per E-Mail untereinander austauschen wollten.

Kattenstroht schaute auf die Uhr, denn er hatte ja noch die Einkaufstaschen zum Wagen zu tragen, bevor er ins Büro radeln konnte: „Du,

Gis, ich habe da noch mal eine Frage: Bei euch im Kreis ist doch das Gymnasium Ludgerianum angesiedelt, zwischen Rodorp und Kerkhövel. Was ist das heute für ein Laden? Früher war das ja mal ein berühmtes Internat. Wie stehen die heute da?“

Gis war über die eigentliche fachfremde Frage Kattenstrohts etwas erstaunt, konnte aber direkt erschöpfend Auskunft geben: „Das Ludgerianum ist zwar bischöflich und damit im eigentlichen Sinne eine private Schule. Im Grunde aber trägt es im östlichen Brinkekreis die gesamte gymnasiale Versorgung. Das ist ja fast ein reiner Landbezirk. Die greifen ihren Einzug über Kerkhövel hinaus, dann die Brinke aufwärts bis nach Reckelsum. Auf der anderen Seite bis Stockhem und Rodorp natürlich. Die Kinder aus Hegemer nehmen wegen der größeren Nähe eher den Zug nach Münster. In diesem Gebiet des mittleren Brinketals hat die Ludgerusburg einen ausgeklügelten Buslinienverkehr und kriegt so ihre 750 bis 800 Kinder zusammen. Einziges Problem: Die haben natürlich eine kleine Oberstufe. Von daher haben sie kein sehr großes Kursangebot und können nicht mit anderen Schulen kooperieren, weil es da ganz einfach keine gibt. Das Problem nimmt aber ab, weil die Betonung der Kernfächer ja zunimmt. Aber die sonstigen Angebote des Ludgerianums, auch und gerade am Nachmittag, sind überzeugend. Der Laden ist brillant ausgestattet, bestens organisiert und wird von einem Dr. Drees wohl ziemlich straff geführt.“

„Und können die was? Will sagen, hat die Schule einen guten Ruf?“, wollte der Kommissar wissen.

„In dem Bau weht natürlich eine Geschichte von über 100 Jahren. Das war ja mal eine Art Edel-Internat für Jungen, die Kaderschmiede des Bischofs von Münster und von einer kleinen Ordensgemeinschaft geführt.“ Gis bemühte sich um eine klare Formulierung. „Die Ludgerianer haben sich eigentlich immer als eine Art Elite verstanden. Die Jungs, die dort hingeschickt wurden, kamen entweder von den Bauernhöfen, wo man sie als Dritt- oder Viertgeborene nicht gebrauchen konnte, oder wurden als begabte Bengels von den Ortspastoren empfohlen. Einige waren natürlich auch Querschläger, die an anderen Schulen gescheitert waren. Für die war die Ludgerusburg das *refugium peccatorum*, die Zuflucht der Sünder! Ganz genau weiß ich das alles auch nicht mehr. Eines nur, die Ludgerianer waren im Münsterland früher mal bis ins Kleinste vernetzt. Der Zusammenhalt untereinander war groß, und die ‚Old-Boy-Drähte' unserer englischen Internate dürften kaum besser gewesen sein. Manches hatte auch schon so einen kleinen Beigeschmack von Dünkel. Ob das aber heute noch funktioniert, weiß ich nicht genau. Es ist diesbezüglich jedenfalls stiller um das Haus."

Kattenstroht wollte es noch genauer wissen: „Wo siedelst du die Schule denn heute an, wenn es um eine schulfachliche Einordnung geht? Die sind doch wahrscheinlich stärker selbstverwaltet als manche öffentliche Schule."

Gis nickte entschieden: „Ja, das stimmt. Die haben zurzeit einen richtig heißen Schulleiter, der denen Erfolge, Zusatztitel und Plaketten in Reihe einfährt: Individuelle Förderung, Elite-Förderung, Europaschule, Methodenvielfalt, Eigenständiges Lernen, Bundeswettbewerbe! Der steht alle naselang mit so einer Ehrung in der Zeitung. Die Kirche tut viel für den Laden, in unserer Schule in der Kreisstadt sieht es keineswegs immer so üppig aus wie auf dem Ludgerianum. Irgendwie sitzt da was in den Pösten, was noch heute nachwirkt und anzieht. Um Anmeldezahlen braucht sich die Schule jedenfalls keine Sorgen zu machen. Die längeren Anfahrten nehmen die Eltern gerne in Kauf."

Kattenstroht überlegte und versuchte, sich ein Gesamtbild zu machen. Immer wieder stand ihm der prachtvolle historistische Schulbau auf den grünen Wiesen an der Brinke vor Augen. Dann drängte er doch zum Aufbruch, da er noch ins Büro musste. Betty und Gis wollten aber noch ein wenig quatern, und so lud sich der Kommissar alle Einkaufstaschen auf, um sie zum Parkplatz zu bringen und im Auto zu verstauen. Zum Abschied erinnerte Tante Gerburgis ihren Neffen Klausi-Mausi doch noch einmal an das eine oder andere Besuchsversprechen: „Und wenn du dann wirklich mal in Reckhölter bist, bringe bitte auch die Kathrin Eilers mit. Die sehe ich inzwischen als Nachbarin alleine häufiger als dich, aber zusammen ist euer Unterhaltungswert als *winning team* noch deutlich ausbaufähig!" Der gescholtene Neffe gelobte Besserung.

Zwanzig Minuten später saß der Kommissar vor seinen Akten. Er hatte es sich im großen Besprechungsraum bequem gemacht und die beiden Stellwände herangezogen, auf denen die Beteiligten des Lambertussingens erfasst und durch Vergrößerungen der Fotos vom Nachbarn Goldstein und eine entsprechende Nummerierung identifizierbar waren. Seite um Seite las er die Protokolle der Befragungen durch, die Pötter und seine Leute durchgeführt hatten. Die Aussagen waren eigentlich alle deckungsgleich. Die Menschen hatten von den etwa zwei Stunden am Mittwochabend eine völlig identische Wahrnehmung. Nur bei einem Vermerk griff Kattenstroht zum farbigen Marker und kennzeichnete die Aussage einer Mutter. Demnach wären zwei ältere Kinder, die nicht mehr in den Spielkreisen hätten mitmachen wollen, im Halbdunkel auf dem Spielplatz herumgeturnt. „Und dort hat auf der Bank am Eingang ein alter Mann gesessen, der aber über die ganze Zeit des Lambertussingens nicht weggegangen ist, sondern nur durch die Hecken zugeguckt hat."

Kattenstroht schaute alle anderen Berichte durch, fand aber keinen Parallelhinweis und machte sich zu dem Thema eine kurze Notiz für die Besprechung am Montag. Ermüdend wurde die Betrachtung der Müllsammler-Thematik. Austrup kam da offensichtlich nicht weiter und schien aufgrund fehlender innerer Überzeugung auch keinen echten Zugang zu gewinnen. Über einen abschließenden Satz in Austrups Übersicht hatte der Kommissar die Stirne gerunzelt: „Es dürfte nicht möglich sein, alle in Münster aktiven Sperrmüllsammler, Profis wie durch Zufall aktive, überhaupt zu erfassen, geschweige denn zu befragen oder auf den Tatort hin festzulegen."

Die Medien hatten erst in der Samstagsausgabe über den Mordfall Dr. Kathmann berichtet. Die Pressekonferenz, zu der der Präsident auf den späten Freitagvormittag eingeladen hatte, war insofern erfolgreich, dass sich die Blätter und auch die lokalen Rundfunk- und Fernsehanstalten insgesamt auf die Mitteilungen der Polizei gestützt hatten. Nur die Zeitung mit den großen Buchstaben hatte mal wieder den Vogel abgeschossen: „Steuerfahnder: Von Unbekanntem gepfählt!", so lautete die Schlagzeile der Revolverpresse. Der Kommissar ärgerte sich insgeheim darüber und entschied, auch dieses Thema am Montag anzusprechen. Auf das durch Boten gebrachte Sektionsprotokoll warf er nur einen kurzen Blick und verschob die Sache. Da im Hause Ruhe herrschte und auch der Präsident entgegen seiner Gewohnheit an diesem Samstagmorgen nicht im Hause auflief, sah Kattenstroht keinen Grund, länger im Büro zu bleiben, und machte sich auf den Weg nach Hause.

Am Nachmittag ruhte der Kommissar und freute sich auf den Abend, der den Freundeskreis bei Dr. Petry zusammenführen würde. Im Laufe der Jahre hatten Kattenstroht und Eilers in dem tiefsinnigen Neurologen und Psychiater einen guten Berater und treffsicheren Analytiker gefunden, den sie nach innerdienstlicher Absprache durchaus auch in Fachfragen hinzuziehen durften. Kattenstrohts milde Entspannung auf dem bequemen Sofa im Wohnzimmer wurde allerdings durch Bettys Aktivitäten gestört. Sie forderte ihren Gatten nachhaltig auf, den Rasen zu schneiden. „Deine Söhne verfolgen ja inzwischen andere Interessen. Wenn Sebastian mit Nachbars Bettina um die Pöste zieht und Benedikt auf dem Bolzplatz Torpfosten hütet, muss der Alte den Rasen wieder selbst schneiden." Seufzend erhob sich der Hausherr und vollzog die Standespflichten eines Gartenbesitzers, wobei Arbeitstempo und Intensität noch nicht einmal im Ansatz eine innere Begeisterung aufflackern ließen.

Gegen 18.00 Uhr traf man sich dann bei Dr. Petry im Garten. Einige Kolleginnen und Kollegen des Gastgebers und ihre Lebensgefährten waren gekommen; Thomas und Kathrin Eilers, Jochen Stellmacher und seine Theresia sowie die Kattenstrohts vertraten – so formulierte es der Leitende Oberstaatsanwalt – in gewisser Weise die organisierte Staatsmacht. Der Abend ließ sich gut an. Viel unterhielt man sich hinüber und herüber über Fragen der aktuellen Politik, aber auch über Kulturthemen. Man lobte den Niveaugewinn des Sinphonieorchesters in Münster und bedauerte das andauernde Fehlen eines geeigneten Konzerthauses in der Provinzialhauptstadt. Die Inszenierungen des kleinen Theaters am Hafen fanden ebenso Beifall wie die speziellen Terrinen des Butterhändlers unter dem Bogen. Die Gespräche waren ebenso bunt wie die Gäste.

Der Zufall fügte es, dass gegen 20.00 Uhr Dr. Petry selbst den Grill übernahm. Bald gesellten sich Kattenstroht und Stellmacher in Lauerstellung auf die nächsten Würstchen und Steaks dazu. „Männer am Feuer, das hat was Atavistisches", kommentierte der Psychiater. „Ich wollte schon immer mal eine Untersuchung über die Disposition beim

Grillen schreiben: Die Hausfrau rührt die Saucen, sie putzt den Grill, sie kauft Kohle, Streichhölzer, Anzünder und Fleisch ein! Der Mann aber schlägt das Feuer, er bewacht und pflegt die Glut und dreht endlich sogar die Würstchen um. Das scheint seit der Altsteinzeit bewahrtes Kulturgut zu sein."

„Sage angesichts solcher Analysen noch einer, die Arbeit unserer Seelenklempner sei nutzlos!", lästerte Kattenstroht, um dann doch auf ein ernsteres Feld abzubiegen: „Wo wir mal zu dritt beisammen sind, was Dienstliches? Ist das in Ordnung?" Und als die beiden anderen Herren nickten, holte Kattenstroht aus: „Wir haben da den Fall des Dr. Paul Wilhelm Kathmann, der am vergangenen Mittwochabend im Kostüm eines Kiepenkerls erschlagen und – ich ziere mich etwas, das zu erzählen – mit seinem Knotenstock gepfählt wurde. Der Mann stammte aus bestem Haus in Münster, machte Abitur auf der Ludgerusburg im Brinketal und studierte anschließend etwa vierzig Semester in Berlin herum, wohl nur Laberfächer. Er bricht seine Wurzeln anscheinend gezielt ab, tritt aus der Kirche aus. Am Ende macht er doch Jura und landet im höheren Dienst der Finanzverwaltung in Münster. Weder Weib noch Kind. Er liest Horkheimer, Adorno und Marcuse, spielt brillant Klavier, ist anscheinend ein Wagner-Kenner und jedes Jahr in Bayreuth. Zu allem Überfluss hat er sich bei schütterem Haar einen dicken grauen Pferdeschwanz bewahrt, der über jeden Kragen hängt. Wir kommen in der Analyse des Mannes und seines Umfeldes kaum weiter. Ich finde das Bild verdammt schräg." Der Kommissar rundete seine Eindrücke durch eine Reihe von Beispielen aus den bisherigen Ermittlungen ab.

Stellmacher hielt sich zurück und überließ es dem Psychiater, eine Einschätzung abzugeben. Der jedoch drehte erst einmal eine Reihe von Würstchen um, kontrollierte mit Sorgfalt die Rückseiten einiger Steaks und hob dann den Grillrost umständlich leicht an, um die Grillzeit etwas zu verlängern. Endlich schaute er auf und meinte dann:

„Was ist denn daran schräg?"

Kattenstroht war engagiert in der Sache: „Ja, aber das passt doch gar nicht zusammen!"

„Was passt nicht zusammen?", parierte der Psychiater ungerührt: „Die Lektüre wollen Sie ihm doch wohl nicht vorwerfen? Jeder kann sich um Bildung bemühen. Aber alles andere: Geboren in Münster und nun wieder in Münster. Absolvent eines erzkatholischen Edel-Internates und am Ende Jurist in der staatlichen Verwaltung im höheren Dienst. Als Kind Klavier gelernt und noch immer guter Pianist! Als Student aus der Kirche ausgetreten und für den Rest des Lebens Ministrant im Parsifal. Als Knabe beim Lambertussingen dabei und heute Kirmesbauer im Spiel, der die Kirmeskronen einfordern darf. Sie scheinen zu vergessen, mein lieber Kattenstroht, dass wir Menschen im Grunde immer gerne abrunden. Zwar nehmen wir aus jeder Lebensphase etwas mit, da kann ja durchaus auch mal Ballast oder Geröll dabei sein, aber im Prinzip schlagen doch Begabung, Prägung und vor allem die frühe Erfahrung durch und werden erstaunlich stabil. So absonderlich finde ich Ihren Dr. Kathmann überhaupt nicht. Der hat einen lebenstypischen großen Kreisbogen geschlagen und ist wieder an seinem Ausgangspunkt angekommen. Ich gebe zu, mit gewissen Varianten."

Sprach's und bot den beiden anderen Herren sein Grillgut an. „Den Zopf würde ich da nicht so ernst nehmen. Manche gefallen sich als Spät-68er, andere eifern einem bekannten Modeschöpfer nach. Ein Patient hat mir mal erklärt, er trage nur schwarze T-Shirts, weil er Jean-Paul Sartre und den Existenzialisten anhänge. Im Ernst: Der Herr kannte keine von Sartres theoretischen Schriften und hatte von seinen berühmten Stücken keines je gesehen, nicht einmal im Fernsehen, von der Bühne gar nicht zu reden. Vergessen Sie nicht, es ist auch viel Mode dabei und in bestimmten Kreisen sehr schick, sich bei den 68ern einzuordnen!"

„Immerhin hat Dr. Kathmann den Weg durch die Institutionen ja geschafft!", wandte Stellmacher ein.

Der Psychiater blieb ungerührt: „Rat oder Oberrat, was ist das noch mal in der Beamtenbesoldung? A13 oder A14? Außenminister mit hoher B-Besoldung, das ist aus meiner Sicht ein langer Marsch oder Fraktionsvorsitzender im Bundestag, meinetwegen. Aber aus dem kleinen Steuerfahnder macht ihr mir keinen Revoluzzer mit nachfolgender bürgerlicher Karriere. Es gab mal in den 1980ern einen Parlamentarier, der ging am Nachmittag mit Lederjacke, löchriger Nietenhose und Turnschuhen in seinen Landtag und hielt fetzige Reden gegen das Monopolkapital und die kleinbürgerlichen Mentalitäten. Derselbe Herr saß noch am selben Abend im eleganten Smoking in der Loge der Oper und hatte Tränen in den Augen, als Mimi in La Bohème ausgerechnet Italienisch singend verblich. Solche Herren sind die Gründungsmitglieder der diversen Toscana-Fraktionen!"

„Ist das nicht alles reichlich verlogen?", ereiferte sich der Kommissar.

„Wieso verlogen?", konterte Dr. Petry: „Das ist ehrlicher, als Sie denken. Denn die Menschen ändern sich in wesentlichen Strukturen nicht. Sie bleiben sich erstaunlich treu und handeln nach Maximen, die ihnen in der Kindheit vermittelt und eingeprägt wurden. Selbst wenn der Kopf was Neues und Revolutionäres will, bleibt der alte innere Esel doch gerne bei dem, was ihm eingebläut wurde. Sie glauben gar nicht, wie viele Ober-Ministranten zu vermeintlichen Ober-Revolutionären wurden. Die haben aber nur ihren Heiland mal eben ausgetauscht oder umgefärbt oder sich einen neuen gebastelt. Stalin war auch Theologiestudent, und die Musikhäuser und Kirchen sind bei Konzerten voller Atheisten, die mit innerer Rührung sakrale Musik oder sogar die gregorianischen Gesänge der Mönche hören wollen. Wenn schon nicht mit Träne im Auge, dann mit weichem Herzen und schlotternden Knien!"

Jetzt wurde Stellmacher aktiv und bekundete, er wolle für sich den Rang eines 1968ers nicht in Anspruch nehmen. Da er aber deutlich älter sei als Kattenstroht, wolle er doch zugeben, dass seine aufmüpfige Gesinnung darin bestanden habe, der damals gerade mal wieder erneuerten FDP unter einem gewissen Professor Ralf Dahrendorf zu folgen, was seinem Vater schon die grauen Haare auf den Kopf getrieben habe. „Aber eines, mein lieber Dr. Petry, können Sie doch nicht bestreiten: Die 1968er haben das Leben der Republik beeinflusst, ja, radikal verändert."

Der Psychiater hantierte mit seiner Glut herum und warf einen Blick auf seine Vorräte: „Beeinflusst? Ja, meinetwegen! Radikal verändert? Bestimmt nicht! Es gibt eine Reihe von bemerkenswerten Untersuchungen, die zum 40. Jubiläum der 1968er-Ereignisse geschrieben wurden. Die Sozialwissenschaften zeigen, dass alle wesentlichen politischen und gesellschaftlichen Entwicklungen, die die 68er für sich reklamierten, schon Jahre zuvor eingestielt worden waren. Gewiss haben sie sie beschleunigt, aber sie haben sie nicht initiiert. – Übrigens sind die Würstchen so weit!“

„Wollen Sie denn die Ereignisse jener Jahre runterreden?“, fragte Stellmacher etwas verbiestert.

„Nein, kleinreden will ich sie auf keinen Fall. Aber bei diesem Thema wie bei dem so genannten ‚Deutschen Herbst‘ von 1977 wirkt das Prinzip des Herrn Tur-Tur. Den kennen Sie doch auch, oder?“

„Tur-Tur, ist das nicht jemand aus irgendeinem Kinderbuch?“, erkundigte sich Kattenstroht unsicher.

„So ist es!“, bestätigte Dr. Petry. „Herr Tur-Tur ist der Scheinriese aus Michael Endes wunderbar weisem Buch ‚Jim Knopf und Lukas, der Lokomotivführer‘. Je weiter man sich von Herrn Tur-Tur entfernt, desto größer und riesiger wird er, je näher man ihm kommt und je klarer man ihn sieht, desto kleiner wird er. Er schrumpft dann auf normales Maß. Eben ein Scheinriese. Vergessen Sie nicht: Viele Menschen brauchen Legenden, besonders im öffentlichen Leben.“

Der Psychiater machte sich an die Verteilung des gegrillten Fleisches; Stellmacher und Kattenstroht hingen noch ein wenig dem Gespräch nach, fanden zu den Thesen des Psychiaters aber keine rechten Gegenargumente. Schließlich begaben sie sich zur Bar und genehmigten sich doch noch ein frisches Pils.

Es sollten noch einige Biere mehr werden. Kattenstroht hielt vergeblich nach einem Single Malt Ausschau, aber immerhin wiesen Petrys Bestände einen hervorragenden Münsterländer Lagerkorn aus. Dem wurde dann auch tapfer zugesprochen.

Der Sonntag verlief ruhiger als geplant. Am Morgen zeigte sich die Stadt im leichten Nieselregen, zu dem programmgemäß die Glocken läuteten: eindeutig ein Münsteraner Sonntag. Gegen 10.30 Uhr ging bei den Kattenstrohts das Telefon, und ein merklich angeschlagener Stellmacher sagte seinerseits den Boule-Treff ab. Dem Kommissar war's recht, und er zog sich mit einer Sonntagszeitung in die Horizontale zurück. Am Nachmittag war die Familie auf dem Patronatsfest der nahen Kirchengemeinde anzutreffen, wo Betty einen Stand zu betreuen half. Auf Mann und Söhne hatte sie bei dieser Veranstaltung nicht verzichten wollen.

Am Montag war Kattenstroht früh im Büro und widmete sich noch einmal dem Untersuchungsbericht der Gerichtsmedizin zum Fall Dr. Paul Wilhelm Kathmann. Er fand auch zwischen den Zeilen nichts, was man in den letzten Tagen nicht schon gehört oder gelesen hatte. So legte er die Akte mit einem Gefühl des Zweifels an die Seite, konnte aber den Grund dafür nicht ausmachen.

Um 8.30 Uhr traf sich die Kommission im großen Besprechungsraum. Aus der Staatsanwaltschaft stieß Frau Engler hinzu, aus der Gerichtsmedizin in Vertretung ein junger Dr. Geertsma. Heute übernahm Kattenstroht selbst die Leitung und fragte zunächst in die Runde, ob es inzwischen was Neues gebe. Da keine Reaktion erfolgte, berichtete der Kommissar zunächst über die Exkursion ins Brinketal, von den Gesprächen mit Schücking und der Familie Wiemann. „Ich gebe zu, die Ergebnisse sind mehr als mager." Aus der Runde kamen keine weiteren Ideen zu diesem Komplex.

Dann griff Kattenstroht selbst zu den Akten und zitierte aus einem Vermerk Pötters die Aussage zweier Kinder:„Und dort hat auf der Bank am Eingang ein alter Mann gesessen, der aber über die ganze Zeit des Lambertussingens nicht weggegangen ist, sondern nur durch die Hecken zugeguckt hat." Er peilte Pötter ziemlich deutlich an und fragte scheinbar gelassen, wo das herkomme und was man daraus gemacht habe.

Der Angesprochene ließ sich nicht erschüttern: „Natürlich haben wir die anderen Familien noch mal abgefragt. Die Beobachtung kam tatsächlich nur aus einer Ecke. Das waren zwei Jungs, die beim Lambertussingen nicht mehr mitspielen wollten, aber sich klein genug fanden, den Spielplatz der Drei- bis Sechsjährigen zu frequentieren. Und wenn Sie hier bitte mal sehen wollen. Es gibt nur eine Aufnahme aus der Sammlung Goldstein vom letzten Mittwoch, bei der der Spielplatz im Hintergrund deutlicher auftaucht." Pötter war glänzend vorbereitet, wie Kattenstroht innerlich zugeben musste, denn nach nur wenigen Tastenschlägen auf dem Laptop leuchtete eine Großaufnahme des Lambertussingens auf: „Hier im Hintergrund der Spielplatz. Das sind in der Hauptsache Holunderbüsche, die den Platz gegen die Straße abgrenzen. Und jetzt wollen wir mal zoomen." Auf der Leinwand entstand Bewegung. „Mit ein bisschen Großzügigkeit kann man hier tatsächlich eine menschliche Silhouette ausmachen. Aber bei der Entfernung, den Lichtverhältnissen und der Auflösung der Kamera haben wir schon Probleme, Männlein oder Weiblein gegeneinander abzugrenzen. Alle anderen Teilnehmer des Abends haben wir übrigens identifiziert und befragt." Nun stutzte Pötter: „Verflixt, dieses ältere Ehepaar, das über den Leinpfad des Kanals hinzukam, muss doch den Weg am Spielplatz entlanggekommen sein. Die haben wir noch nicht wieder angesprochen! – Wird noch heute Morgen nachgeholt."

Kattenstroht nickte und war nicht unzufrieden: „Was meinen Sie, Beucking, könnte man aus der Aufnahme noch mehr rausholen?" Der angesprochene Leiter der Spurensicherung regte an, die Datei dem Fotoexperten im eigenen Haus zu übermitteln, und versprach, sich mit seinen Mitarbeitern in dieser Sache noch einmal zusammenzusetzen. „Kottmann und Fleck sind fixe Jungs, auch auf diesem Sektor. Vielleicht ist in der Aufnahme wirklich noch mehr drin."

Dann kritisierte der Kommissar seinen Mitarbeiter Austrup und bezichtigte ihn der Mutlosigkeit: „Halten Sie es wirklich für unmöglich", und er las aus der Akte vor, „alle in Münster aktiven Sperrmüllsammler, Profis wie durch Zufall aktive, überhaupt zu erfassen, geschweige denn zu befragen oder auf den Tatort hin festzulegen?"

Austrup blieb standfest: „Wir kämen meiner Meinung nach da nur weiter, wenn wir per Aufruf alle Sperrmüllsammler, die am letzten Mittwochabend in Münsters Osten unterwegs waren, zu einer freiwilligen Überprüfung ihrer DNA bewegen könnten. Denn ohne der Rechtsmedizin vorgreifen zu wollen, klang es am Freitag doch so, als hätten wir einen genetischen Fingerabdruck des Täters. Wenn das so ist, dürfte das aus meiner Sicht der einzige Weg sein. Ob sich aber in einer Studentenstadt wie Münster tatsächlich alle melden und welches Interesse der Täter selbst haben könnte, sich zu melden, das bleiben die Fragen des Tages. Entweder starten wir eine wahnsinnig umfangreiche Suche nach möglichst allen und jeden Trödelfreunden mit einem gewaltigen Tamtam drum herum, oder wir geben der Richtung zunächst nicht das größte Gewicht. Sie selbst, Herr Kattenstroht, sind doch auch die Ausforschung des beruflichen Umfeldes ziemlich zurückhaltend angegangen. Wenn ich das richtig verstanden habe, erkennen wir weder in Dr. Kathmanns dienstlicher Stellung noch in seinen Arbeitsfeldern im Brinke-Kreis irgendein Packende!"

Kattenstroht schwieg und blickte über den Tisch. Natürlich sah er auch, dass Austrup in seiner Analyse nicht ganz falschlag. Weder der Kreis der Lambertussänger noch die Kollegenschaft oder die Kunden des Dr. Kathmann hatten bisher einen unmittelbaren Zugang zu einem Tatmotiv geboten. Was die Sperrmüllsammler anbetraf, sah er die Probleme genauso wie sein erfahrener Mitarbeiter.

„Dann doch bitte noch mal die Rechtsmedizin!", band Kattenstroht den Dr. Geertsma ein, der sich erstmals in dieser Runde eingefunden und als neuer Mitarbeiter von Frau Professor Schulze Natrup vorgestellt hatte. „Was ist das für eine Geschichte mit dem Knotenstock?"

„Ich habe Ihnen beide Tatwerkzeuge mitgebracht!", begann der junge Doktor, er wandte sich um, langte auf einen Stuhl hinter sich und legte zwei lange, in feste, durchsichtige Plastikhüllen eingeschweißte Gegenstände auf den Tisch: „Hier ist einmal das Kantholz aus dem Bettgestell, das eigentliche Tatwerkzeug. Klare Sache: Hier ist die Aufprallkante mit den Blutflecken, die wir eindeutig dem Opfer zuweisen können. Der Täter hat hier in diesem Bereich das Holz mit beiden Händen gegriffen. Wir haben sehr frische, klare Abriebspuren und Hautpartikel auf den gehobelten Flächen und vor allem an den scharfen Kanten gefunden. Die DNA ist analysiert und am Wochenende nach Wiesbaden übermittelt worden. Leider haben wir im Zentralregister keinen Treffer, bisher."

„Und die Geschichte mit dem Knotenstock?", trieb Kattenstroht das Gespräch voran.

„Der ist insofern auffallend, dass er eine sehr scharf geschliffene Spitze hat. Der Täter hat ihn seinem Opfer mit einem sehr großen Kraftaufwand in die Brust gerammt. Ich muss wirklich sagen ‚gerammt', denn die Spitze hier ist zwar scharf, aber recht kurz. Das konnte nur mit großer Geschwindigkeit und ergo hohem Druck funktionieren, und er hatte auch noch Glück dabei: Er ist genau seitlich des Sternums, also des Brustbeins, zwischen zwei Rippen und dann fast zehn Zentimeter tief eingedrungen. Das ist reiner Zufall! Was uns nachdenklich gemacht hat, ist der Kraftaufwand, der für diese Aktion erforderlich war."

„Sehe ich das richtig, dass ein solcher Stoß eigentlich nur von jemandem ausgeführt werden kann, der körperlich zumindest fit oder gut trainiert ist?", wollte Kathrin Eilers wissen.

Dr. Geertsma nickte bestätigend: „Anders ist es kaum denkbar!"

Mia Kunsleben fasste nach: „Kann man sich nicht auch vorstellen, dass unser Täter in besonderer Weise, sagen wir mal, motiviert oder beflügelt war? Wie sehr konnte er sich gewiss sein, dass Dr. Kathmann schon tot war, als er ihn um die Ecke schleppte? Und ging er mit dieser Vampiraktion nicht auch noch ein neues Risiko ein?"

Hier mischte sich Beucking ein: „Bitte noch einmal die Tatortfotos, die wir am Donnerstagabend zur ungefähren Tatzeit gemacht haben." Schon leuchteten Bilder vom Röttgerskamp auf und zeigten die hohen Hecke, die das Haus Tekülve mit dem Nebenhaus im Erdgeschoss fast verdeckte. „Unser Mann konnte sich einigermaßen sicher sein. Sein Risiko, beobachtet zu werden, war gering. Die nächste Straßenlaterne steht fast zehn Meter weit weg. Am Haus Tekülve und am Eingang des Nebenhauses sind zwei Lampen angebracht, die aber nur von innen geschaltet werden können. Die an der Wohnung der Vermieterin war definitiv ausgeschaltet, die an der Wohnung Dr. Kathmanns brannte sogar noch am Donnerstagmorgen. Das ist aber irrelevant, denn ein möglicher Täter kann sich sogar hinter der Hecke versteckt und in Ruhe abgewartet haben. Sehen wir von dem schmalen Bereich des Gartentörchens ab, ist das meiste, was hinter der Hecke stattfindet, von außen unsichtbar, denn das Grünzeug ist über zwei Meter hoch, zudem unten um die 70 bis 75 cm dick und bei der Belaubung auch blickdicht." Beucking überlegte kurz: „Um also auf die Frage zurückzukommen, wie das Risiko für den Vampirjäger war: Es war sehr gering. Wer zufällig zu diesem Zeitpunkt auf der Straßenseite der Hecke gegangen ist, konnte was hören. Gesehen hat er in keinem Fall was. Das gilt ja auch für die Nachbarn."

Der Kommissar steuerte die Diskussion zurück. „Wir haben uns eben nach der besonderen Motivation des Täters gefragt. Einmal sind wir uns sicher, dass das Tatwerkzeug ‚Kantholz' ein Zufall ist. Da deutet alles auf eine Affekttat hin, und der Erstschlag war wohl zugleich auch von finaler Wirkung. Will sagen, Dr. Kathmann fällt tot zurück und ist dann auf Rosen gebettet! Der Täter räumt das Schlachtfeld sofort auf und zieht den Körper um die Ecke. Unser Mann pfählt jetzt den Kirmesbauern wie bei einer Vampiraktion nachträglich, da ist vielleicht schon eine Minute nach seinem Zuschlagen vergangen. Dies erfolgt mit einer großen Kraftanstrengung und auch unter einem gewissen weiteren Risiko, vielleicht doch noch gesehen zu werden. All diese Umstände zeigen doch einen immensen Aufwand an innerer Kraft, eigentlich an Hass! – Ja, das ist es, ein abgrundtiefer Hass."

„Also doch eine Beziehungstat!", fasste Kathrin Eilers zusammen.

„Ihr könnt mir sagen, was ihr wollt", bestärkte sich Kattenstroht noch einmal selbst: „Täter und Opfer haben sich gekannt. Die Begegnung am Mittwochabend mag Zufall gewesen sein, aber die Tatabfolge mit diesem abgrundtiefen Hass ist meiner Meinung nach nur denkbar, wenn es eine echte Brücke zwischen den beiden Männern gab."

„Hass kann aber nur da sein, wo zuvor Liebe war!", kommentierte Mia Kunsleben in ironisch andächtigem Ton.

„Dann also verstärkt an das private Umfeld ran!", forderte der Kommissar im Kommandoton. „Wir sollten niemals vergessen, dass in mehr als 90% aller Mordfälle Täter und Opfer sich kannten und dass der gefährlichste Ort, umgebracht zu werden, das eigene Wohnzimmer oder eben der eigene Vorgarten ist. Ich schlage vor, dass wir den Komplex der Sperrmüllsammler etwas zurückstellen. Da die Nachbarschaft abgegrast zu sein scheint, sollten Sie, Pötter, doch noch einmal mit dem engeren Kollegenkreis von Dr. Kathmann reden. Ich denke da an seinen Leitungsbereich, also mindestens die Leute, die ihm unterstellt waren. Dann möchte ich Sie, Austrup, bitten, doch alle und sämtliche Quellen aus dem Kathmann'schen Besitz noch einmal genau unter die Lupe zu nehmen und uns ein möglichst präzisiertes Bild dieses Herrn zu verschaffen. Gehen Sie ruhig noch einmal die Wohnung durch. Die ist ja noch versiegelt." Kattenstroht unterbrach seinen eigenen Gedankengang: „Was machen wir da mit der hübschen Nichte? Hat das Gespräch am Freitag eigentlich noch was ergeben?"

Die Büroleiterin schob ihrem Chef einen schmalen Aktendeckel zu: „Hier ist der Vermerk! Wenn wir verstärkt die persönlichen Hintergründe des Dr. Kathmann aufdecken wollen, wäre ein Gespräch mit seiner Schwester nicht ganz falsch. Das ist die Mutter der kleinen Tersteegen. Die wohnt übrigens, welch ein Glück für eure Landlust, ausgerechnet in Brinkbergen!"

„Na bitte!", kommentierte Kattenstroht. „Weiter, lieber Dr. Geertsma, zu Ihnen! Ihr Haus will die Leiche ja freigeben. Ich habe dabei ein komisches Gefühl, das ich nicht begründen kann. Es mag wegen der Einäscherung und der Meeresbestattung sein. Damit sind ja sämtliche Spurenzusammenhänge erledigt!"

Der junge Rechtsmediziner versuchte, den zweifelnden Kommissar zu beruhigen: „Wir haben alle und jede nach heutiger Kenntnis und nach vorausschauenden Vorsichtsmaßnahmen notwendigen Daten und Proben genommen. Die Proben sind bereits vereist gelagert, wir könnten demnach Dr. Kathmann noch in Jahrzehnten spurentechnisch wiederauferstehen lassen und erneut durchleuchten."

Die Kripo Münster erhob daraufhin auch keine Einwände gegen die Freigabe des Leichnams von Dr. Paul Wilhelm Kathmann „zur finalen Versenkung", wie Kattenstroht etwas despektierlich formulierte.

„Eines möchte ich aber doch noch wissen!", schloss er. „War das nötig, der Presse am Freitag die Sache mit dem Knotenstock zu stecken?" Er zog die Zeitung mit den großen Buchstaben aus der Pressemappe und hielt die Schlagzeile hoch: „Steuerfahnder: Von Unbekanntem gepfählt!"

Mia Kunsleben klärte ihn auf: „Da der zuständige Kommissar und seine Assistentin sich die Pressekonferenz geklemmt haben, war ich am Freitag für das Kommissariat dabei und habe dem Chef assistiert. Die Sache mit dem Knotenstock haben wir, das war mit der Staatsanwaltschaft so abgesprochen, in der Pressebesprechung nicht herausgegeben, auch nicht außerhalb der Kladde. Das müssen die Nachbarn vom Röttgerskamp gewesen sein, die ja zu Beginn das ganze Elend gesehen haben dürften. Immerhin wird in dem Artikel auch die Vermieterin zitiert!"

Kattenstroht wurde einmal mehr lyrisch: „Schwatzhaft ist die Weiberzunge! Wann gibt die Ruh?" Nur unter – teilweise allerdings geheucheltem – Protest seiner Mitarbeiterschaft konnte der Kommissar den Besprechungsraum verlassen.

Für 11.00 Uhr hatten sie sich auf der Ludgerusburg angemeldet und mussten sich ziemlich sputen, um noch pünktlich anzukommen. Die Baustelle auf Münsters Umgehungsstraße erwies sich wieder einmal als dermaßen lästig, dass Kattenstroht die vorgesehene Route über die Autobahn abbrach, einen seiner Schleichwege durch ein Wohngebiet wählte und endlich die Landstraße in Richtung Hegemer erreichte. Vom sonntäglichen Regen war die Natur wie blank geputzt. Das Münsterland zeigte sich bei leicht verschleierter Sonne und mildem Licht in den gedämpften Farben des Spätsommers. Auf den Drähten saßen in Reihe noch viele Jungschwalben, die sich auf den Weg nach Süden machten: „Mariä Geburt ziehn die Schwalben furt!", zitierte der Kommissar und schlug sich vor den Kopf: „Verflixt, wir haben vergessen, Mia Kunsleben zum Namenstag zu gratulieren! Heute ist doch Maria! Am Donnerstag war Mariä Geburt, und morgen ist Telgter Markt! – Der Sommer geht zu Ende!"

Einmal war es an Kathrin Eilers, sich genüsslich zurückzulehnen: „Ich habe daran und an Mia gedacht, mein Bester! Aber du musstest ja heute Morgen erst Aktenstudium betreiben, anstatt mit deinem Team einen Kaffee zu trinken!" Kattenstroht beschloss, spätestens am Mittag im Büro anzurufen. Dass seine Büroleiterin auf die kleinen Münsterländer Eigenheiten zu achten pflegte, nach denen man neben der Feier des Geburtstages auch die Namenspatronin verehrte, war ihm durchaus bewusst: „Ich muss ihr jenseits der Telefonierererei noch irgendeine Kleinigkeit besorgen", dachte Kattenstroht laut, „das kriegen wir im Brinketal bestimmt hin!" Um wieder Oberwasser zu kriegen, bat er wie ein Quizmaster seine Assistentin um Auskunft, warum der Namenstag Mariens auf dem 12. September liege. Hier musste Kathrin Eilers zunächst passen und forderte eine Mehrfachauswahl an, die sich der Kommissar bis zum Mittag überlegen wollte.

An der Ludgerusburg herrschte montäglicher Schulbetrieb. Daher mussten Kattenstroht und Eilers diesmal einen weiter abgelegenen Besucherparkplatz benutzen und wanderten dann über die gepflegten Parkwege seitlich auf den Gebäudekomplex zu. So bekamen sie auch noch die große Dreifachturnhalle, Sport-, Spiel- und Tennisplätze zu sehen. Sogar ein kleines Schwimmbad gab es. „Das war früher bestimmt mal ein Zölibad!", lästerte der Kommissar: „Zutritt für Mädchen verboten!" In der großen Halle der Schule fanden sie schnell Hinweisschilder, die sie zum Sekretariat und zur Schulleitung führten. Man kam während einer Unterrichtsstunde, und in der Schule brummte und summte es. Hin und wieder sausten Kinder und Jugendliche über die Gänge. Verschiedene Sprachfetzen waren dann und wann aus geöffneten Türen zu vernehmen und hallten in den Wölbungen der hohen Gänge des alten Baus leise nach.

Dr. Drees hatte sie bereits erwartet und bat sie in seinem Chefzimmer, an einem modernen Besprechungstisch Platz zu nehmen. Kattenstroht war beeindruckt von dem Kontrast zwischen der alten Architektur und der modernen Einrichtung. Bis auf die Sandsteinwerkstücke und Konsolen in den Ecken, die die auch hier eingewölbte Decke trugen, hatte man alle Wände weiß gestrichen, Decken und Gewölbe mit einem feinen roten Strich in Ochsenblut abgesetzt, einen anthrazitfarbenen Teppichboden verlegt und hochmoderne Büromöbel hineingestellt. An den Wänden prangten wunderschöne Ölbilder in leuchtenden Farben. „Das sind alles Schülerarbeiten, und die Kunstlehrer haben das Recht, alle halbe Jahre das Chefzimmer neu zu dekorieren. Da fühlt sich manch ein Kind geehrt, wenn seine Arbeit hier einen Platz findet!", erklärte Dr. Drees dem sichtlich interessierten Kriminalkommissar.

„Ich vermute, dass meine Mitarbeiterin, Frau Kunsleben, Ihnen den Grund unseres Besuches schon erläutert hat", begann Kattenstroht. Der Schulleiter nickte nur kurz: „Es geht um den gewaltsamen Tod eines früheren Schülers unseres Hauses. Aber der hat ja schon vor mehr als vierzig Jahren sein Abitur hier gebaut. Wie wir Ihnen da weiterhelfen können, sehe ich noch nicht ganz."

Kattenstroht erläuterte knapp, dass man aufgrund der Ermittlungslage in die Breite gehen und den Hintergrund des Opfers abklopfen müsse. Und da es sich bei Dr. Paul Wilhelm Kathmann um einen Ludgerianer gehandelt habe und die Ludgerusburg schließlich nicht irgendeine Schule sei, habe man sich entschlossen, sozusagen vom Beginn aus die Lebensgeschichte des Opfers abzurollen. „Und die prägendsten Jahre seines Lebens hat er doch wohl hier in diesem Hause zugebracht!"

Der Schulleiter stimmte mit Einschränkungen zu: „Prägend ja, aber was bei den klassischen Prägungen herausgekommen ist, zeitigt doch auch so manche Schwierigkeit. Und übersehen Sie bitte nicht die jeweiligen Familienverhältnisse."

Es klopfte, und ein älterer Mann trat ein. Dr. Drees stellte ihn als seinen Stellvertreter und Verwaltungschef des Hauses vor: „Herr Studiendirektor Noster führt nebenbei auch unser Archiv, was keine Kleinigkeit ist, und dort befinden sich auch die wenigen Unterlagen, die wir über unsere Schülerschaft aus Olims Zeiten erhalten haben."

„Immerhin, Herr Dr. Drees, haben wir sogar noch das Schülerstammblatt von diesem Herrn Kathmann, nach dem sich die Polizei erkundigt hat." Er legte einen schmalen Hefter auf den Tisch. „Hier können wir die schulische Laufbahn nachvollziehen. Er kam übrigens damals zu Beginn des zweiten Halbjahres der Quinta, also der heutigen Klasse 6, als Interner im Herbst 1959 auf die Ludgerusburg. Das ist eigentlich schon ein ungewöhnlicher Start. Er ist dann ohne Paptus bis zum Abitur durchgekommen. Das Notenbild, wenn Sie hier mal sehen wollen, ein ständiges Gekurve. Das ging mal rauf und mal runter. Leidenschaft zeigte er vor allem in Musik und in der Theater-AG."

„Ist sonst gar nichts Auffälliges in der Akte?", wollte Kattenstroht wissen.

„Sie dürfen das Schülerstammblatt nicht überbewerten. Das begleitet einen Schüler durch seine Laufbahn und ist ein einfaches Ergebnis-Dokument. Verläufe zum Beispiel von pädagogischen Entwicklungen spiegeln sich darin nicht. Das ist auch ein Problem unseres Archivs." Noster schaute seinen Chef fragend an: „Darf ich einmal kurz erläutern?" Als der zustimmend nickte, fuhr der Archivar fort: „Wir hatten im Hause eigentlich immer zwei oder, besser gesagt, sogar drei Bestände. Einmal haben wir die ganz normalen Akten einer Schule und ihrer Verwaltung als Archivgut. Dazu kamen parallel aber die Unterlagen der Ordensniederlassung, die ja die Ludgerusburg getragen hat. Das ist eine völlig separat zu sehende Aktengruppe, da geht es um Finanzen, um Personal, um innere, auch religiöse Angelegenheiten des Konvents. Die ist auch nicht mehr hier, sondern im Zentralarchiv der Patres in München. Die dritte Gruppe bildeten die Akten der Internatsverwaltung. Das ist eine reine Fundgrube, weil die Patres auch oft die Tinte nicht halten konnten und viel geschrieben haben, auch über ihre Jungen. Aber dieser Bestand ist ebenfalls in München und meines Wissens ziemlich ungeordnet. Zudem kommen wir da in Probleme mit dem Datenschutz. Als der Orden 1970 die Ludgerusburg an den Bischof von Münster abtrat, hat er das Archivgut natürlich aufgesplittet. Leider ist auch das Fotoarchiv nach München gegangen, und für unsere Festschrift zum Jubiläum habe ich einige Tage meiner Ferien dort zugebracht."

Zwischendurch war der Schulleiter aufgestanden und hatte aus einem Fach der Schrankwand zwei umfangreiche Broschüren hervorgeholt, die er nun Kattenstroht und Eilers vorlegte: „Diese Arbeit des Kollegen Noster, bitte schön, zu Ihrer Information!"

Die beiden studierten das Titelblatt „Die Ludgerusburg. Die Schule. – Aus Tradition innovativ!"

„Da war aber ein aktiver PR-Mensch dran, oder?", bemerkte Kattenstroht feinsinnig, als er die Festschrift kursorisch durchblätterte. Dr. Drees beschied den Kommissar dahin, solche Leute habe man zum Glück in der Altschülerschaft genug und die Vereinigung der alten Herren – und seit 1979 auch der alten Damen – sei wirklich eine der Säulen des Hauses.

„Wenn ich noch mal auf das Schülerstammblatt zurückkommen darf", hakte Kattenstroht noch einmal nach. „Keine Besonderheiten bei dem Jüngling Kathmann?"

„Doch, eine Sache ist auffällig". Noster dreht den großen Bogen um und wies auf die Rückseite, wo ein Vermerk mit roter Tinte und Hinweisstrichen an beiden Seiten besonders auffiel: „In der Unterprima bekommt er ziemlich zu Beginn des Schuljahres ein Problem. Es gibt eine gesonderte Konferenz, und er erhält einen schweren Tadel mit Androhung des Verweises von der Schule. Es steht leider keine Begründung für diese Maßnahme dabei. Die ist selten genug und wurde nur in ganz dicken Fällen mal ausgesprochen. Es gibt bestimmt ein Protokoll dazu oder nähere Unterlagen. Da Kathmann ja Interner war, tippe ich aber drauf, dass das Zeug irgendwo auf einem großen Papierberg in München liegt."

Ein wohltönender Gong hallte durch das Haus, und Dr. Drees übernahm die Gesprächsführung wieder: „Zweite große Pause! Frau Eilers,

Herr Kattenstroht: Es wird jetzt etwas unruhiger, und ich werde wahrscheinlich am Telefon oder im Sekretariat benötigt. Wenn Sie noch Fragen haben, können wir das nach der Pause erledigen." Er überlegte einen Augenblick: „Kollege Noster, hätten Sie eventuell Zeit und Lust, unsere Besucher einmal durch den historischen Bau zu führen? Dann bekommen sie noch einen besseren Eindruck von unserer Ludgerusburg."

Der Kollege war angetan von dieser Aufgabe, und schon sehr bald zeigte sich, dass Noster sich in den Ecken und Winkeln des alten Internatsgebäudes ebenso gut auskannte wie in dessen Geschichte. Sie stiegen das beeindruckende Treppenhaus mit den prächtigen schmiedeeisernen Gittern hoch, die mit ihrem dunkelroten Anstrich einen deutlichen Kontrast zu den weißen Wänden boten. Allerlei Zierformen, aber auch Fabelwesen, geflügelte Drachen und Schlangen waren in die Geländer eingearbeitet. Vor den Kopfstellen der beiden folgenden Stockwerke leuchteten verschiedene Wappenschilder und Medaillons mit Heiligenfiguren auf.

„Hier im oberen Geschoss unter dem hohen, gewalmten Dach waren früher die Wohnräume der Internen. Die kleineren Jungen von der Sexta, also der fünften Klasse, bis zur Obertertia, der neunten Klasse, das mögen so im Schnitt 120–150 Kinder gewesen sein, hatten Schlafsäle mit bis zu 30 Leuten. Auch so eine vergessene Lebensform mit einem schönen lateinischen Titel: Juvenat! Ab der Untersekunda, also der heutigen Klasse 10, zogen die Jungs auf Stuben mit sechs Leuten zusammen. Immer noch eine Menge Druck." Der Schularchivar zückte seine Festschrift: „Hier sind Bilder dieser Schlafsäle. So sahen dann die Sechser-Zimmer aus, von denen bis zu zwanzig zur Verfügung standen. Für die Jungs war das die Befreiung, wenn sie die Klasse 10 erreicht hatten und endlich einen Platz auf einer Bude bekamen. Für die letzten vier Jahre blieben sie dann in dem Raum, wobei die Besatzung durchaus wechselte. Man bildete nämlich in der Regel nicht fünf oder sechs Jahrgangsbuden, sondern sah zu, dass drei Jahrgänge von 10 bis 13 jeweils vertreten waren. Die Älteren sollten die Jüngeren ein wenig mitbetreuen und miterziehen. Das organisatorische Kommando hatte ein Stubenältester, das war einfach der Lebensälteste der Gruppe."

„Können wir erfahren, mit wem Kathmann diese vier Jahre hier zusammengewohnt hat?", fragte Kattenstroht mit nachdenklichem Blick auf die Bilder.

„Ich weiß gar nicht, ob das überhaupt rekonstruierbar ist", antwortete Noster zweifelnd. „Wahrscheinlich gibt es Jahresbelegungslisten oder so etwas in der Art. Das aber wird alles in München liegen. Ihre Frage halte ich dennoch für sehr wichtig. Sehen Sie, etwa Ende April bzw. Anfang Mai ist in jedem Jahr ein Treffen der Alt-Schülerschaft auf der Ludgerusburg, und da kommen doch meist 200 bis 300 Menschen zusammen. Ich habe dabei beobachtet, dass das Miteinander der Alt-Ludgerianer aus dem Internat sich eigentlich auf die Stube bezieht, nicht so sehr auf die Abiturientia, die endgültige Jahrgangsstufe. Das sind teils schon sehr aktive Lebensfreundschaften."

„Freundschaft mal her oder hin, können wir es irgendwie erfahren?", bohrte Kattenstroht weiter.

Der Archivar schien verschiedene Möglichkeiten zu erwägen und meinte dann: „Am ehesten vielleicht über den Sprecher unserer Altherrenschaft, das ist ein Kaufmann in Rodorp, der den ganzen Verein zusammenhält. Bernd Wintersbrock heißt er. Der Mann hat ein großes Versicherungsbüro und ist ein meisterhafter Organisator. Ich kriege das mit meinen Möglichkeiten hier nicht hin, Wintersbrock vielleicht. Dem ist die Erforschung der Alltagsgeschichte seiner Schule ein Herzensanliegen."

Kathrin Eilers notierte sich den Fall und hängte sich in einer stillen Ecke kurz ans Handy. Gemeinsam stiegen sie von der früheren Wohnetage, die jetzt mit von Licht durchfluteten Klassen- und Kursräumen mit modernster Lehreinrichtung belegt war, herunter ins erste Stockwerk. Dort waren zusätzlich hochmoderne Fachräume für die Naturwissenschaften zu besichtigen. Auch hier bestaunte Kattenstroht die teppichartig bunt befliesten Gänge und konnte von Noster erfahren, dass der gesamte Bodenbelag in Fliese und Mosaik von derselben Firma aus Mettlach an der Saar stamme, die auch den Kölner Dom bei seiner Fertigstellung im 19. Jahrhundert in weiten Flächen ausgestattet habe.

„Da kam ja in der Gründerzeit hier richtig Geld zusammen!", bemerkte der Kommissar ein wenig sticheld.

„Aber sicher!“, konterte Noster: „Die Münsterländer Katholiken wollten es nach dem Kulturkampf den evangelischen Preußen doch mal richtig zeigen. Und ob sie einen neugotischen Dom in Billerbeck erbauten oder die Ludgerusburg im Brinketal, in beiden Fällen wurde geklotzt und an Spenden nicht gespart. Unser Architekt hier war zugleich Dombaumeister. Der Name unseres Hauses entspricht übrigens dem der verschwundenen Residenz und Festung des Fürstbischofs Christoph Bernhard von Galen in Coesfeld: Ludgerusburg – klingt doch wie ein Programm! Wehrhaft wie ehrhaft!“

„Zum Schluss noch die beiden schönsten Räume des Hauses!“, führte Noster die beiden Polizisten durch das Erdgeschoss. Er öffnete eine hohe, mit reichem Zierat geschnitzte Eichentür, hinter der sich die Bibliothek mit ihrer komplett erhaltenen Inneneinrichtung aus der Wende zum 20. Jahrhundert öffnete. Kattenstroht war hingerissen und hätte am liebsten erst mal einige der Regalwände inspiziert. Leider reichte dazu die Zeit nicht, denn der Gong ertönte, und die Pause ging zu Ende: „Ganz schnell noch einen Blick in die Aula, das war der Speisesaal der Internen. Hier nahmen in den größten Zeiten des Internats etwa 220 Jungen und die Lehrer ihre gemeinsamen Mahlzeiten ein.“

Der Kommissar war hingerissen und schritt bewusst durch die Mitte des Saales unter seinem historistisch bunt gemalten Gewölbe. Der Raum füllte offensichtlich die gesamte Länge und Breite eines der Eckpavillons der Ludgerusburg aus. Hohe gotische Fenster mit schlichter heller Verglasung ragten an einer Längs- und beiden Schmalseiten auf. Zwischen den Fenstern standen auf Konsolen die Figuren verschiedener Heiliger, die dem Orden und wohl auch dem Bistum Münster verbunden waren.

„Die Verglasung hier ist leider im Zweiten Weltkrieg zerdeppert worden. Unser Internat wurde ja 1938 von den Nazis geschlossen. Dann waren hier Einrichtungen der Partei und am Ende interessanterweise wieder eine Schule, diesmal für den braunen Nachwuchs. Dann kamen Engländer, dann Flüchtlinge und Vertriebene. Der Orden bekam das Haus erst 1947 zurück, und mit dem Schuljahr 1948/49 hat man wieder richtig begonnen“, erläuterte Noster wie ein professioneller Fremdenführer.

„Habe ich richtig verstanden? Der Orden gibt 1970 Internat und Schule auf, und der ganze Brassel fällt an den Bischof von Münster. Der macht ein richtiges Gymnasium für Jungen und Mädchen daraus. Reichte der alte Bau denn dafür aus?“ Die Wissbegierde des Kommissars ging gegen unendlich!

„Natürlich nicht. Wir haben heute in der Regel um die 750 Schüler“, erläuterte der Studiendirektor. „Allein der Bedarf an Klassenräumen ist damit beachtlich und hier im alten Haus nicht mehr zu decken.“ Während sie zum zentralen Treppenhaus zurückschlenderten und dabei reihenweise quirlig-heiteren Mädchen und Jungen ausweichen mussten, versuchte Noster, trotz des gestiegenen Lärmpegels weiter zu erklären: „Wir bezogen erst Notunterkünfte, Behelfspavillons, und haben später in einem gewissen Abstand im Wald zwei Klassentrakte gebaut. Die zentralen Räume der Verwaltung sowie die für die Oberstufe wichtigsten Einheiten wurden hier im Altbau zusammengefasst. Dabei konnten wir auch die Wohnräume des Konventes umbauen, denn sie wurden ja nicht mehr benötigt. Die Sportanlagen liegen alle im Park. Die Kapelle haben wir natürlich erhalten und behutsam modernisiert. Übrigens steht der gesamte Altbau, wie Sie sich vorstellen können, unter Denkmalschutz.“

Im Direktorenzimmer verabschiedeten sie sich vom Schulleiter Dr. Drees, der gerade ein längeres Telefonat mit seinem zuständigen Dezernenten bei der Bezirksregierung in Münster hatte führen müssen. Das sei bei allem Zeitaufwand auch eine der wichtigsten Beschäftigungen seiner Schulleitung, denn Dezernenten müsse man bei Laune halten, da gehe es um Stellen, Statistiken und letztlich um Geld.

Kattenstroht beglückwünschte die beiden Vertreter der Ludgerusburg zu einer solch schönen Schule. „Ich habe mir aber nur vorgestellt, wie das Leben der jungen Menschen hier ausgesehen hat, wie ein Paul Kathmann hier real existierte und auch lernen und sich bilden konnte. Das Ludgerianum heute ist doch was ganz anderes als das Internat der Zeit um 1960 oder meinetwegen 1930.“

„Wissen Sie, da müssen Sie schon mit Zeitzeugen sprechen!“, warf der Schulleiter ein. „Von den Lehrkräften, die die Hochzeit des Internats erlebt und gestaltet haben, leben nur noch sehr wenige. Empfehlen kann ich Ihnen Pater Desiderius. Der wohnt übrigens in einem Altenheim in Münster, also für Sie leicht erreichbar. Steinalt, an die neunzig, aber ein toller Typ, als Mensch wie als Lehrer und als Geistlicher. Er kommt uns mehrfach im Jahr besuchen." Dr. Drees tippte nur kurz auf der Tastatur seines Computers herum, und schon lief der Drucker an und spuckte die Adresse und die Kontaktdaten des alten Paters aus. Kathrin Eilers nahm den Adressbogen dankend zu den Unterlagen.

„Meine Frage ging eigentlich viel tiefer", schloss Kattenstroht. „Ich frage mich, ob die Leute, die hier in diesem Haus für Jahre aufeinanderhockten, eigentlich glücklich waren."

Noster wagte sich vor: „Die Antwort kann Ihnen nach meiner Erfahrung nur jeder Absolvent für sich geben! Übrigens: Gilt das nicht für jede Kindheit und Schulzeit? – Nebenbei bemerkt, auch für die Ihre?"

Sie schlenderten zurück zum Auto und genossen noch einmal die parkähnlichen Anlagen der Ludgerusburg. In einem offensichtlich von Schülern gepflegten Garten blühten viele Sonnenblumen unterschiedlichster Größen und Farben. Kathrin Eilers' Handy ging, und sie erfuhr auf ihre vor etwa einer Viertelstunde erfolgte Anfrage bei Mia Kunsleben, dass sie den Versicherungsmakler Bernd Wintersbrock in Rodorp noch heute besuchen könnten, aber erst gegen 13.30 Uhr, da er zuvor noch auf einem auswärtigen Termin sei.

Kattenstroht schaute auf die Uhr, auf das wunderbare Wetter, auf seine ihm so ans Herz gewachsene Assistentin und machte einen Vorschlag: „Ich habe bei unserer Tour nach Kerkhövel am Freitag in der Nähe der Kirche eine Kneipe mit einer Metzgerei und einem offensichtlich sauberen Imbiss gesehen. Wie wäre es, wenn wir das kurze Stückchen die Brinke runterfahren und uns da unsere Mittagspause leisten?"

Kathrin Eilers war einverstanden, und kaum eine Viertelstunde später hatten sie den kleinen Metzgereigrill an der Hauptstraße gefunden. Seitlich des Hauses, unmittelbar an den Kirchplatz von St. Martin herangerückt, der durch eine niedrige Mauer aus Bruchsteinen gegen das übrige Dorf abgegrenzt war, fanden sie unter sorgfältig beschnittenen Linden einen Platz an einem reinlichen Tisch. In Ruhe studierten sie die schmale, im Angebot jedoch gute Speisekarte. Während Kathrin Eilers sich für einen Salatteller mit warmen Geflügelstreifen entschied, bevorzugte Kattenstroht ein richtiges Jägerschnitzel und war von der Größe des Fleischhappens, der ihm dann serviert wurde, begeistert.

Während sie in Ruhe aßen und tranken, ließen sie ihre Blicke über das Dorf schweifen, beobachteten unter anderem die in der Mittagszeit recht ruhige Hauptstraße und bewunderten den Kirchhof, der wie eine ruhige grüne Oase inmitten des Dorfes lag. Nachdem sie gegessen und bezahlt hatten, blieb noch etwas Zeit bis zu ihrem Termin in Rodorp, und Kathrin Eilers regte an, einmal um die Kirche zu bummeln. Tatsächlich konnte man vom Biergarten der Gaststätte aus direkt auf den Kirchhof und zum Gotteshaus gehen. „Wie überall im Münsterland!", kommentierte Kattenstroht: „Kirche und Kneipe gehören zusammen."

Sie schoben das eiserne Törchen auf, das in der Bruchsteinmauer eingelassen war, und betraten den grünen Wiesenplan, der durch einige Pflasterwege gegliedert war. Unter den alten hochgewachsenen Linden standen verstreut noch einige alte Grabsteine aus Sandstein, die in malerischen Inschriften an längst vergessene Gemeindemitglieder erinnerten. Sie folgten dem Weg am Langhaus von St. Martin bis zum Turm, der nahe am westlichen Abhang des Kirchberges stand. Hier führte eine gepflasterte Stiege mit zahlreichen Stufen bis zur Brinke hinunter, und sogar eine Anlegestelle für Boote war von oben zu erkennen.

Der Blick vom hohen Kirchenhügel hinunter ins Brinketal selbst war pittoresk. Die Kreisstraße folgte unten im grünen Grund dem Flüsschen, das von zahlreichen Bäumen und Hecken gesäumt wurde. Nahe der Brinke dehnten sich überwiegend Wiesen und Weiden aus. Auf den höher gelegenen trockenen Geländestreifen standen die einzelnen Höfe, oft noch in ihrem typischen Fachwerk, meist aber flankiert von modernen landwirtschaftlichen Gebäuden. In den Gärten leuchteten die Blumen des Spätsommers. Nach Westen stiegen die Rodorper Berge an, und jenseits eines mächtigen Hochwaldes konnte man auf der Höhe die kleine Turmspitze der Ludgerusburg erkennen.

„‚Aus den Baumeswipfeln ragte eines Türmchens spitzer Kegel, Haus und Kirche eines Klosters nach St. Benediktus' Regel'", rezitierte Kattenstroht einen seiner westfälischen Poeten. „Wirklich ein wunderbares Fleckchen Erde." Anschließend wollte er nun selbst einen Blick in das Gotteshaus werfen. „Auf dem Lande ist der Vandalismus noch nicht so weit verbreitet, da kann man auch Kirchen zum Glück noch unverschlossen lassen."

Tatsächlich war die Tür an der Südseite geöffnet, und sie betraten das Langhaus von St. Martin, das sich in einem renovierten Glanz der Neugotik zeigte. „Alles 19. Jahrhundert!", meinte Kattenstroht. „Sollte mich nicht wundern, wenn das auch ein Werk des Ludgerusburg-Architekten wäre." Tatsächlich präsentierte sich die Kirche ihren Besuchern mit einer vollkommen intakten Einrichtung der Erbauungszeit. Alles passte zusammen: Bemalung und Bleiverglasung, Altar und Bänke, Fußboden und Decke. Selbst die Leuchter in glänzendem Messing zeigten im bunten Licht der Fenster ihren eigenen Glanz. „Einer so kleinen Gemeinde muss es wirklich was wert gewesen sein, eine solche Kirche zu bauen."

Kathrin Eilers hatte sich in eine der Kirchenbänke gesetzt und schaute sich um. Schließlich wandte sie sich Kattenstroht zu, der im Gang stand und gerade einige Deckenbilder zu entschlüsseln schien: „Sag mal, Klaus, sind die Münsterländer eigentlich fromm?"

Der Kommissar war ob dieser Frage zweifellos etwas erstaunt und flapste zunächst herum: „Ich war doch gestern auf dem Pfarrfest bei uns in der Gemeinde. Über dem Imbissstand hing ein Plakat: ‚Wi dooht en gued Wiärk: Iät't un drinkt för de Kiärk!'* Der Münsterländer nimmt seine Frömmigkeit manchmal etwas leicht. Am Biertisch wurde dazu mehrstimmig vorgetragen: ‚Trinkfest und arbeitsscheu – aber der Kirche treu! Halleluja!' – Meintest du das mit Frömmigkeit?"

Kathrin Eilers schüttelte ablehnend den Kopf: „Genau das meinte ich nicht! Ich frage mich, ob da was tiefer geht?"

Nun setzte sich Kattenstroht auf der anderen Seite des Hauptganges ebenfalls in eine Bank, so dass sie sich in Ruhe unterhalten konnten, und ordnete seine Gedanken: „Das ist eine gute Frage, Kathrin. Ein früherer Minister, der aus dem Münsterland kommt und den ich wegen seiner direkten Art wirklich schätze, hat das mal folgendermaßen formuliert: ‚Bei uns hatten die Leute früher einen Stall voller Kinder und einen festen Glauben; sonst hatten sie nichts!' Ich denke manchmal, da ist was dran. Die Leute im Münsterland sind nicht so mit Selbstzweifeln behaftet und grübeln nicht so viel. Wenn's einer doch tut, gilt er als sinnig. Der Plattdeutsche nennt das „döer". Das kann man kaum übersetzen: So etwas wie ‚neben der Spur' vielleicht. – Ein gewisser Realitätssinn überwiegt da doch in der Bevölkerung. Aber es muss auch nicht falsch sein, sich mit dem Himmel zu vertragen."

„Aber die Sache mit dem Kulturkampf", setzte Kathrin Eilers nach. „Wenn ich das richtig verstanden habe, auch das, was wir heute wieder auf der Ludgerusburg gesehen haben, dann haben da doch die Münsterländer richtig gegen die evangelischen Preußen gekämpft, für ihre Kirche und ihre Glaubensauffassungen. So ganz habe ich das nicht verstanden."

„Du weißt wahrscheinlich nicht, wie der erste Münsterländer erschaffen wurde. Das geschah, als unser Herr Jesus selbst durch dieses schöne

* „Wir tun ein gutes Werk: Essen und Trinken für die Kirche."

Land wanderte und es menschenleer vorfand. Petrus schlug seinem Herrn und Meister daher vor, für diese wunderbare Ecke bitte schön den geeigneten Menschenschlag zu erschaffen!“ Der Kommissar nickte bedeutungsschwanger: „Und was tut Gott? Er stößt mit seinem Fuß an einen Eichenklotz, der da am Wege herumliegt, und schon erhebt sich der erste Münsterländer und raunzt seinen Schöpfer an: ‚Wat stött he mi?‘ Auf Hochdeutsch: ‚Was stößt er mich?‘“

„Das war dann so ein Typ wie du!“, lachte Kathrin Eilers. „Die Anrede in der dritten Person hat doch auch was!“

„Stimmt, die gehört dazu, aber entscheidend ist was anderes. Ob der Münsterländer ein guter Christ ist, weiß ich nicht. In Westerbauer, in meines Vaters Heimat, haben die Pferdezüchter noch jede Nachgeburt eines Fohlens unter einem Birnbaum vergraben. Das ist ein Opfer für den germanischen Gott Wodan. Im Volksleben blüht da noch ganz viel Heidentum. Aber es war für die Leute hier undenkbar, sich in Glaubensdingen und auch sonst was vorschreiben zu lassen. Daher der Gegensatz zu den Preußen. Schau dir doch mal den Kulturkampf an: Das war eine einzige geniale Bürgerbewegung gegen den autoritären Staat. Nur ein Beispiel: Als die Schulkinder in Münster nicht an der traditionellen Großen Prozession auf einem Montag im Juli teilnehmen durften, machten an diesem Tag, ich glaube, im Jahr 1875 war das, fast 2.500 Schulkinder blau. Die Regierung musste, weil sie selbst die Latte so hoch gelegt hatte, 2.500 schriftliche Strafbefehle herausschicken, gegen die prompt in 2.500 Fällen schriftlich Widerspruch eingelegt wurde, der natürlich wieder in allen Einzelfällen beschieden werden musste. Die Behörde war für ein halbes Jahr durch Papierfluten paralysiert.“ Kattenstroht lächelte versonnen und pries das Glück moderner Serienbriefe aus dem Computer: „Das war aber nur ein Fall. Da gab es einen Kaplan, der in seiner Zeitung heftige Artikel gegen die preußische Kulturverwaltung schrieb, aber eine Gruppe von zwölf befreundeten Herren zur Seite hatte, die seine Kommentare unterschrieben. Die gingen für ihn wechselweise als so genannte Sitzredakteure tageweise ins Gefängnis. Die Preußen waren am Ende so bescheuert, den Bischof von Münster einzusperren und sogar aus dem Land zu jagen. Damit erreichten sie nur noch eine weitere Auflehnung der an sich friedlichen Münsterländer.“

„Aber an sich galten die Preußen doch als clever?“, warf Kathrin Eilers ein.

„Man kann sich heute kaum noch vorstellen, dass ein Mann wie Bismarck sich derart täuschen und verrennen konnte. Dabei kannte er die Münsterländer. Ein Mitglied seiner Verbindung in Göttingen, ein Baron Landsberg-Velen, saß zeitgleich als Landrat im südlichen Münsterland. Er hätte nur auf seinen Kommilitonen und Bundesbruder hören müssen, aber Bismarck mit seinem Dickkopf hat den Baron abgesetzt und aus dem Amt gejagt. Eben das war's: Kopf gegen Kopf“, fasste der Kommissar zusammen. „Es gibt deswegen übrigens in einigen Kirchen im Münsterland Kreuzwegstationen, auf denen Bismarck als römischer Soldat dargestellt ist, der Christus zur Kreuzigung nach Golgatha führt! Das war noch politische Stimmungsmache.“

„Also ging es weniger um Religion als um Status und Selbstbewusstsein?“, bohrte Kathrin Eilers weiter.

„Natürlich ging es um Religion und Lebensauffassungen. Wer ein echter Katholik ist, muss eigentlich immer Probleme mit der Nation und dem Nationalgedanken bekommen, weil er ja jenseits der Alpen, also ultramontan, noch einen Herren in Rom sitzen hat. Aber man darf den anderen Aspekt nicht vernachlässigen: sich auf keinen Fall zu etwas zwingen lassen wollen!“ Der Kommissar lächelte hintergründig: „Ein alter Wanderfreund meines Vaters zitierte häufiger einen Bericht seines eigenen Vaters von jenem Tag, als Bischof Bernhard Brinkmann nach Münster zurückkehren durfte. Der fromme Mann war Kind eines Schuhmachers aus Everswinkel und äußerst volksverbunden. Als der aus dem jahrelangen Exil in Holland zurückkehrt, ist ganz Münster geflaggt und geschmückt. Selbst die Damen in einem kleinen Freudenhaus haben voller Begeisterung mitgemacht, das Haus bekränzt und ein Schild vor ihrer Tür aufgehängt mit der Aufschrift: ‚Die Röcke hoch und auf das Mieder! Unser Bischof isser wieder!' Kattenstroht stand auf und reckte sich: „Und glaub mir, aus der zitierten Verbform ‚isser' schließe ich auf die Richtigkeit dieses Berichtes. Münsterischer geht es nicht mehr!“

Kathrin Eilers schüttelte ihren blonden Lockenkopf, und sie rügte den Kommissar, mit einer solch frivolen Geschichte in einer der alten Kirchen des Münsterlandes aufzuwarten.

Gemeinsam gingen sie den Mittelgang der Kirche hinunter, um zum Ausgang zurückzukehren. Am Ende des Langhauses öffnete sich ein runder Bogen zur Kapelle des alten romanischen Turms. Wenig Licht fiel aus dem Langhaus in den niedrig gewölbten Raum, der zusätzlich nur von drei kleinen Schlitzfenstern mit eher dunkler Bleiverglasung erleuchtet wurde. In seiner Mitte erhob sich ein runder Taufbrunnen. Rechts an der Wand deutete ein kalligraphisch gestaltetes Schild auf einen Lichtschalter hin. Kathrin Eilers war neugierig geworden: Sie bediente den Schalter und schritt die zwei Stufen vom Langhaus der Kirche in den älteren Turmraum hinunter. Der Taufbrunnen erregte ihr Interesse. Während Kattenstroht sich noch am Schriftenstand aufhielt und die Auslagen durchstöberte, umrundete seine Assistentin die aus Sandstein gehauene Taufe, deren eigentliches Becken mit einem aus Kupfer getriebenen Deckel verschlossen war, auf dessen Spitze ein Bergkristall aufleuchtete. Bald rief sie ihren Chef hinzu: „Kannst du mir mal erklären, was das alles hier bedeutet?"

Kattenstroht kam dazu: „Ach richtig, der Kerkhöveler Taufstein. Das ist so ein Unikum aus dem Mittelalter. 13. oder 14. Jahrhundert, glaube ich. Steht in jedem Kunstführer mit einem Sternchen drin. Mein Vater hat sich mal vor Jahren damit beschäftigt, und deswegen habe ich diese Kirche und diese Taufe schon als Kind mal gesehen. Das sind so merkwürdige Dämonenfratzen." Der Kommissar hockte sich hin, um den Taufstein besser in Augenschein nehmen zu können: „Und wenn du richtig hinguckst, dann sind diese komischen Masken jeweils in diesen Feldern eingesperrt. Darüber sind immer sieben Rosetten oder andere Blüten, und in den Zwickeln oberhalb sind Pflanzen dargestellt, die als heilkräftig galten. Das hat mir mein alter Herr mal erklärt. Ganz oben der Kranz aus Weinranken als Zeichen des Glaubens, so ähnlich jedenfalls habe ich das in Erinnerung. Also unten das Böse, nach oben die Erlösung, oder so!" Dem Kommissar war's unbehaglich. Er fühlte sich kunsthistorisch auf dem falschen Fuß erwischt.

Sie schritten um den Taufstein herum und schauten sich die Motive in den sechs Feldern an. Ein Löwe saß dort auf seinen Hinterbeinen und hatte seinen Schweif lanzenförmig aufgestellt. Aus dem nächsten Feld starrte sie ein männliches Gesicht an, das von einem Flammenkranz umgeben zu sein schien. Dem folgte ein zweibeiniger Drache mit einer durch Punzen geschuppten Haut, der wie die Saurier der Vorzeit tatsächlich nur drei Zehen vorweisen konnte. Sein Schwanz war wie der des Löwen aufgestellt, hatte aber eine breitere, lanzettartige Spitze.

„Dieses Vieh kommt mir irgendwie bekannt vor“, bemerkte Kathrin Eilers. „Was soll das denn wohl für ein Wesen sein?“, fragte sie dann jedoch überrascht, als aus dem vierten Feld ein Fabelwesen herausragte, bei dem ein Männergesicht mit dem Hinterteil eines Tieres so kombiniert war, dass es auf den Betrachter zuzulaufen schien.

„Es gibt eine Erläuterung dafür, aber die Kunstführer im Schriftenstand sind leider vergriffen. Ich meine, dass mein Vater was darüber hatte, und vielleicht steht es ja bei mir sogar in seiner Bibliothek im Keller. Als Junge hatte ich Besseres zu tun, als ewig Opas weitschweifigen Ausführungen zur Landeskunde zu lauschen.“

„Du warst also auch kein braver Schuljunge?“, wollte Kathrin Eilers wissen.

„Bestimmt nicht! Wenn mein Vater mal wieder dozierte, habe ich immer wieder versucht auszureißen!“, bestätigte der Kommissar. Und nach einer kleinen Pause: „Für einige Themenfelder tut mir das heute leid.“

„Dann mal das fünfte Feld!“, schritt die Assistentin voran. „Was haben wir denn hier? Ein Männergesicht nur aus Blättern!“

„Das kann ich dir erklären!“, war Kattenstroht geradezu erleichtert. „Das ist natürlich ein Silvanus, eine eigentlich römische Waldgottheit, ein so genannter grüner Mann mit wilden Naturkräften. Dieses Viech soll durch die Taufe und ihre Gnade natürlich auch überwunden werden. Wusstest du übrigens, dass man im Mittelalter die Babys tatsächlich ganz in diese Becken eintauchte?“

„Und ihnen damit die erste und möglicherweise letzte Lungenentzündung verpasste“, kommentierte Kathrin Eilers kritisch. „Dann mal lieber zum letzten Feld: Das ist nur ein Herr mit hoher Stirn und langen Seitenlocken. Sieht ein bisschen alt aus, findest du nicht?“

Der Kommissar war gleicher Meinung. Sie gingen noch einmal um das merkwürdige Denkmal aus grauer Vorzeit herum und verließen dann die Kirche. Draußen beschwerte sich Kathrin Eilers, der Taufstein sei politisch unkorrekt. „Da sind sechs Felder, und alle sind mit eher männlich zu verstehenden Wesen besetzt. Alles Männer! Typisch Mittelalter!"

Kattenstroht zeigte wenig Verständnis: „So ganz stimmt das nicht. Da war doch ein Drache dabei!"

Die Quittung war ein zwar freundschaftlich gedachter, aber doch entschiedener Knuff, den die Assistentin auf dem Oberarm ihres Chefs platzierte.

Kapitel 13

In Rodorp angekommen, fanden sie im Dorfzentrum schnell das Versicherungsbüro Wintersbrock, mit einem springenden grünen Pferd dekoriert: „Kein Wunder, dass sich die Blagen in der Naturkunde mehr und mehr vertun. Erst lila Kühe, jetzt grüne Pferde!", moserte Kattenstroht und war doch von der freundlichen jungen Dame am Empfang – Typ blondes Rehlein – recht angetan.

Bereits in der geöffneten Tür seines Büros begrüßte sie Bernd Wintersbrock. Direktor Drees von der Ludgerusburg habe just vor einer Viertelstunde mit ihm telefoniert, und so habe er sich seine Unterlagen schon bereitgelegt. Bernd Wintersbrock war ein agiler Typ von kaum mehr als vierzig Jahren, schlank und sportlich, aber korrekt gekleidet in Kombination und Krawatte.

„Wir versuchen zurzeit, den persönlichen Hintergrund eines Ihrer Con-Ludgerianer, so nennt man das wohl, zu erörtern. Der Mann hatte das Unglück, dass ihn ein Unbekannter gewaltsam vom Leben zum Tode befördert hat. Frau Eilers und ich leiten die Untersuchung. Hier mein Dienstausweis und meine Karte. Das Opfer ist ein Dr. Paul Wilhelm Kathmann."

Kathrin Eilers war etwas verwundert, dass Kattenstroht so formell begann, aber der Vorzug bestand darin, dass der Versicherungsmann sich sputete. Er bot den Beamten aus Münster Platz vor seinem Schreibtisch an, setzte sich selbst dahinter und bediente seinen Computer.

„Klar, da habe ich ihn schon, Paul Wilhelm Kathmann, Abiturientia 1966 II. Interner auf der Ludgerusburg. Leider im Status VS."

„VS? Was ist das für ein Status?", wurde Kattenstroht schlagartig sehr neugierig.

„Das ist einer meiner internen Witze: VS steht für ‚Verlorener Sohn', wie im Neuen Testament", erläuterte Wintersbrock seinen Besuchern. „Das heißt nur, dass wir von diesem Ludgerianer leider keine aktuelle ladungsfähige Adresse haben und auch sonst über ihn so gut wie gar nichts wissen. Weiter bedeutet es, dass in der Regel auch seine Abiturientia, also der Freundeskreis desselben Abiturjahrgangs, keinen Kontakt zu ihm hat. Der Mann ist eben in der weiten Welt verloren gegangen."

„Wenn Sie dann einen verlorenen Sohn wiederfinden, gibt es bestimmt ein Fest, und ein Kalb wird geschlachtet", bewies Kattenstroht seine Bibelfestigkeit. „Nun ist Kathmann leider verschieden, aber er wohnte nicht weit weg von hier, nämlich in Münster."

Der Versicherungsmann lachte: „So feierlich wird es meistens nicht, aber gefreut hätte es mich doch, aus einem dieser Jahrgänge jemanden wiederzufinden. Der wertvollste Besitz der Altschülerschaft unserer Schule ist das Netzwerk unserer Kontakte. Und das knüpfen wir natürlich besonders intensiv. Deswegen haben wir im Netz eine eigene Seite eingerichtet, die natürlich mit der der Ludgerusburg verlinkt ist." Wintersbrock schaute auf: „Haben Sie etwas Zeit mitgebracht, dann will ich Ihnen das gern mal näher erläutern!"

Kaum hatten Kattenstroht und Eilers bejahend genickt, leuchtete an der Seitenwand zu ihrer Rechten ein großer Bildschirm auf, und der Oberste aller Ludgerianer erläuterte sein Lieblingsspielzeug: „Das ist unsere Startseite. Hier haben wir natürlich einiges an Informationen bereitgestellt. Zu unserer Schule und ihrer Geschichte, zu unserem Verein der Altschülerschaft. Dann zu einzelnen Persönlichkeiten, das sind so die Promis unserer Ludgerusburg: Vorzeigeleute. Wir sind natürlich ein e.V. und gemeinnützig. Wir sammeln auch Spenden für die Schule und ihre Projekte." Der Mauszeiger wanderte etwas nervös über den Bildschirm: „Das ist alles mausgeführt. Sie brauchen nur zu klicken. Hier haben wir dann die einzelnen Abiturientien, also die Abschlussklassen. Natürlich haben wir die Listen aus Jahrzehnten, aber aus der Zeit vor dem Zweiten Weltkrieg lebt jetzt nur noch eine Handvoll hochbetagter Männer. Das letzte Vorkriegsabitur war 1937, danach war die Schule von den Nazis ja geschlossen worden. Die Jungs mussten sich verteilen, machten woanders ihr Abitur, und sehr viele sind leider auch schon im Krieg umgekommen. Im Grunde zeigt unsere Seite ganz viel von der Schulgeschichte, aber auch von der Geschichte des vergangenen Jahrhunderts."

„Mal weiter", trieb Kattenstroht, der sehr neugierig geworden war, das Gespräch voran: „Es ist klar, zu Beginn haben Sie in jedem Jahr die Namen und wahrscheinlich auch die Heimatadressen aller abschließenden Schülerinnen und Schüler, denn seit 25 oder 30 Jahren haben Sie ja auch junge Damen im geistlichen Gemäuer. Die Namen stehen in der Zeitung, und wahrscheinlich können Sie problemlos auch an die Adressen kommen. Wie halten Sie aber die Daten gepflegt? Das ist doch auch nicht so ganz einfach. Da kommt das Studium, da kommt das Leben, da kommen Karrieren oder eben andere Entwicklungen."

„So ist es!", bestätigte Wintersbrock. „Da hilft uns aber ein wenig das System. In früheren Jahrzehnten bestanden die Abiturklassen ja nur aus Jungen, von denen meistens klar war, dass sie nach dem Abitur studierten. Damals zogen viele Brauchtümer, die in Studentenverbindungen üblich sind, bis in die Schulen herunter. Man wählte sich in jedem Jahr eigene Farben, trug entsprechend bunte Mützen, man nähte sich zum Abitur eine eigene Fahne, man besoff sich gemeinsam mit Vätern und Lehrern, dichtete ein Jahrgangslied und sang auch aus dem Kommersbuch. Damals war das üblich, dass sich die Jahrgänge einen Präsiden wählten, einen jungen Mann aus ihrer Mitte, und der bekam auch noch zwei Stellvertreter!"

„Völlig korrekt!", knurrte der Kommissar verhalten vor sich hin. „Man kann sich ja auch nicht ohne Vorstand um den Verstand saufen, das tut ja nur das liebe Vieh!"

Wintersbrock überging den Einwurf ohne erkennbare Reaktion und fuhr in seinen Erläuterungen fort: „Wenn die dann ihr Abitur gefeiert hatten und ins Leben gingen, zur Bundeswehr oder unmittelbar an die Uni, dann hielt meist der Präside den Laden zusammen. Der pflegte die Adressenlisten, informierte seine Con-Abiturienten über die Wechselfälle des Lebens, organisierte auch an den Studienorten mal hier und da ein Treffen und erinnerte an das jährliche Farbenfest auf der Ludgerusburg. Das ist ja noch heute meist am Sonntag nach dem Weißen Sonntag, also am zweiten Wochenende nach Ostern, zusammen mit dem Patronatsfest des Hauses."

Kattenstroht war heute nicht zu schlagen: „Aber der Namenstag des ersten Bischofs von Münster ist doch Ende März, am 26., denke ich? Wieso denn dann das Fest erst so spät?"

Jetzt war es an Wintersbrock, nachsichtig zu grinsen: „Ein gut katholisches Fest muss für Seele und Leib was bringen. Wie sagt Theresia von Avila: ‚Wenn Fasten, dann Fasten! Wenn Rebhuhn, dann Rebhuhn!' Der 26. März fällt in aller Regel in die Fastenzeit. Wie wollen Sie da nach alter Sitte ordentlich katholisch feiern? Zudem wird die Ludgerusburg mit jedem Frühlingstag immer schöner."

Das verstand der Kommissar und pries ob so lebensnaher Regeln die Vorteile dieser Konfession: „Also ist doch nicht alles nur dogmatisch geregelt. Dann mal weiter. Sie sagten eben, Sie haben hier die Listen auch des Jahrgangs von unserem Dr. Kathmann. Können wir die mal sehen?"

Der Versicherungsmann reagierte mit ein paar Tastenschlägen: „Hier haben Sie die Ausgangsliste aus dem Winter 1966. Da stehen alle 29 Abiturienten drauf. Wenn Sie wollen, drucke ich die für Sie beide mal aus."

Kattenstroht warf einen Blick auf die Tabelle, fand Kathmann mit einer früheren münsterischen Heimatadresse, die als ungültig markiert war, und bat nun auch um die Liste des Ist-Zustandes. Während der Drucker summte und zwei Seiten auswarf, leuchtete schon das aktuelle Verzeichnis der Abiturientia des Dr. Kathmann auf.

„Diese Tabelle zeigt unser großes Problem gerade aus den Jahrgängen etwa zwischen 1965 und 1985." Tatsächlich waren zahlreiche Adressfelder leer und viele Fragezeichen erkennbar. „Da kommen die wilden 1968er Jahrgänge auf, denen die klassische Bildung, die Kirche, die Schule und das Abitur fast nichts mehr bedeuten. Da brechen in wenigen Jahren lang gehegte Gewohnheiten zusammen. Dann übergibt der Orden die Schule an den Bischof. Alles wird neu aufgestellt, und unsere damalige Altherrenschaft hat Probleme über Probleme, den Verein zusammenzuhalten. Von den Schwierigkeiten des neuen Namensrechtes will ich gar nicht erst reden."

„Und dann auch noch Mädchen, wie?", bemerkte Kathrin Eilers spitz.

Wintersbrock schüttelte den Kopf: „Nicht das Problem! Ohne die ginge es heute gar nicht mehr, Frau Eilers. Die Damen halten den Laden und den Verein doch zusammen. Die Alt-Ludgerianer haben ja schon Networking betrieben, als man das noch Klüngel nannte. Die heutigen jungen Damen können das noch viel besser als unsere ältesten Alt-Herren. Gucken Sie sich doch mal um. Als ich in Münster zu Ende studierte und meinen Diplom-Kaufmann machte, wurde gerade ein Verein der Alumni der Uni gegründet. Die Mehrzahl der Abiturienten und der Hochschulabsolventen ist heute übrigens weiblich. Die jungen Leute vernetzen sich schon von den Lehrstühlen aus bis ins Kleinste. Das wird heute zudem durch das Internet mitgetragen. Schauen Sie sich mal die diversen Netzgruppen an, unter denen Informationen ausgetauscht und Strippen gezogen werden."

„Und so kam und kommt manch Alt-Ludgerianer auch an seinen schönen Posten. Also noch immer Vitamin B als Grundlage des eigenen Fortkommens!", zog Kattenstroht kritisch nach.

„Als Beamter fehlt Ihnen da wohl der Durchblick, mein lieber Herr Kattenstroht. Bitte verübeln Sie mir meine klaren Worte nicht. Kontakte zu knüpfen und Empfehlungen auszusprechen kann ganz schön gefährlich sein. Sie brauchen nur einmal auf einen falschen Mann oder die falsche Frau gesetzt zu haben – und sind in der Szene verbrannt." Der Versicherungsmann war ziemlich deutlich geworden. „Was wir können, auch als Alt-Ludgerianer, das ist die Präsentation im Umfeld, ein Türöffnen, das vertrauliche Gespräch oder auch mal der Tipp. Unser Patronatsfest ist im Grunde eine Kontaktbörse, unser Internetauftritt und unsere kleine Zeitschrift nicht minder. Wir bitten die beruflich erfolgreichen Ludgerianer auf ein Forum ins Haus." Wintersbrock klickte auf seiner Internetseite herum und präsentierte seinen Gästen einen Veranstaltungskalender des laufenden Schuljahres zur Studien- und Berufsorientierung: „Da werden Vorträge gehalten, Adressen ausgetauscht, Praktikumsstellen vermittelt, Infos weitergegeben. Deswegen haben wir auch die Internetauftritte unserer besonders bekannten Mitschülerinnen und Mitschüler aus Politik, Wirtschaft und Kultur hier verlinkt. Und was im Netz dann noch tobt, das sehe ich ja zum Teil gar nicht. Schauen Sie mal hier!" Wintersbrock ließ es wieder einige Male klicken. „Hier haben wir geschützte Bereiche. Jeder Jahrgang hat einen Vertrauensmann, dem ich als Netzadministrator einen solchen Bereich zuweise, den er selbst ausschließlich für seine Abiturientia öffnen, per eigenem Passwort schützen und auch selbst betreuen kann. Selbst uralte Damen und Herren bloggen inzwischen. Glauben Sie mir, da spielt sich das Leben ab. Es sind nicht mehr unbedingt nur die feinen Clubs in Münster, in denen die Strippen gezogen werden."

„Alles ganz interessant", knurrte Kattenstroht mürrisch, „aber für unseren Fall nicht so relevant. Kommen wir mal auf die aktuelle Liste des Jahrgangs von Dr. Kathmann zurück. Da waren wirklich viele freie Felder. Können wir das noch mal sehen?"

Schon entstand Bewegung auf dem Bildschirm. „Da haben wir den Jahrgang, November 1966!"

Kathrin Eilers wunderte sich: „Wieso Abitur im Herbst?", und musste sich belehren lassen, dass man wegen der bundeseinheitlichen Umstellung des Schuljahres auf den Sommertermin in Nordrhein-Westfalen zwei Kurzschuljahre durchgeführt hatte, die zwischen Ostern 1966 und Sommer 1967 angelegt waren: „Das erste Kurzschuljahr begann Ostern 1966 und endete schon zum 1. Dezember, das zweite reichte dann von Dezember 1966 bis zum Juli 1967. Da hatten wir also zwei Abiturientien in einem Jahr. – Tja, 29 Mann, vier Verstorbene und acht verlorene Söhne!", seufzte Wintersbrock. „Den Dr. Kathmann muss ich dann noch übertragen!"

Nachdenklich studierten sie die Namensliste. „Acht Verschollene, das ist sehr viel; aber der Präside, das ist der Ludgerianer hier an der Spitze, der Bergfeld, ein Lehrer im Kreis Warendorf, der hält die restlichen Siebzehn eigentlich ganz gut zusammen, kommt zu jedem unserer Treffen und ist auch in unserem Beirat, dem Siebener-Ausschuss. Der bedauert immer wieder, dass er seine Leute nicht zusammenkriegt. Von denen müssen damals mehrere nach Berlin gegangen sein, das hat er mal angedeutet. Dabei kommen die endgültigen Einschläge auch immer näher." Wintersbrock wanderte mit dem Mauszeiger weiter über die Tabelle: „Sehen Sie mal hier. Hohnwald und Deibel sind dieses Jahr im März und im Juni verstorben. *Tres faciunt collegium!** Respekt! Mit dem Dr. Kathmann drei Tote in einem halben Jahr: Die beiden anderen sind ganz früh verstorben, einer durch einen Unfall schon drei Jahre nach dem Abitur."

„Meinen Sie nicht, dass Sie bei Ihrer Listen-Lust auch mal Last mit dem Datenschutz kriegen?" Kattenstroht schliff sich mal wieder einen wohltönenden Satz zusammen.

„Nö", lachte Wintersbrock, „macht doch auch Spaß. Zudem haben wir einen unserer Promis just in dieser Abiturientia. Das haben die 1960er Jahre auch gebracht. Unter Präsidenten, Prälaten, Professoren und Generalmusikdirektoren haben wir bei den alten Herren auch einen berühmten Rockmusiker. Hinter Friedhelm Drake verbirgt sich ja niemand anders als Free Dragon, der Verrückte!" Der Drucker sprang erneut an und warf jetzt die aktuelle Liste aus.

* Drei bilden eine Gesellschaft. Rechtssatz aus dem Corpus Juris des Kaisers Justinian (6. Jh.). Wird heute noch in der Universität als Regel angewandt, nach der jeder Dozent mindestens zwei Zuhörer haben muss, um seine Vorlesung beginnen zu können.

Da war es mal wieder an Kattenstroht, nachdenklich zu sein. „Dass die Ludgerusburg auch so einen Bürgerschreck hervorbringen kann, das muss doch Patres und Nonnen ins blanke Entsetzen stürzen!"

„Ach wissen Sie, die verrücktesten und kitschigsten Geschichten schreibt sowieso das Leben. Was glauben Sie, was man alles erfährt, wenn man sich mit einer solchen Corona wie den Ludgerianern beschäftigt. Da könnte man ganze Bände schreiben. Aber wenn Sie mehr über Ihr Opfer erfahren wollen, dann sollten Sie wirklich mit dem Bergfeld Kontakt aufnehmen. Die Listen, alt und aktuell, haben wir hier." Wintersbrock griff zur Seite zu seinem Drucker, tütete die vier Blätter ordentlich in eine Klarsichthülle und schob sie den Polizisten zu.

Kattenstroht fragte noch einmal nach der Zimmerverteilung: „Können Sie hier mit Ihren Bordmitteln irgendwie herauskriegen, wer mit dem Kathmann damals die Bude geteilt hat? Die Herrschaften kamen ja, wie uns Herr Noster oben in der Ludgerusburg erklärt hat, immer aus mehreren Jahrgängen."

„Richtig, das waren bei den älteren Internen meist jahrgangsübergreifende Sechser-Buden." Wintersbrock überlegte einen Augenblick. „Aus meinen Listen kriege ich das nicht heraus. Man müsste Betroffene fragen, also den Bergfeld zum Beispiel. Allerdings", er unterbrach sich kurz, „allerdings tauchen viele Zimmerbelegungen gelegentlich in Jahresberichten per Bild auf. Die stehen bei mir zu Hause im Regal. Ich will das gerne heute noch nachschauen, und falls ich was finde, maile ich es Ihnen umgehend zu."

Freundlich verabschiedete man sich bei dem Obersten der Ludgerianer. Während sie zum Auto gingen, sinnierte Kathrin Eilers über den Rockmusiker: „Ausgerechnet Free Dragon, diese verkiffte Heulboje, ausgerechnet der war ein Schüler dieser edlen katholischen Penne. Man glaubt es fast nicht. – Und das Komische ist, noch heute Morgen war der mir irgendwie in den Sinn gekommen!"

„Wahrscheinlich wegen seines klassischen Songs vom Liebestod?" Der Kommissar konnte es mal wieder nicht lassen und blickte seiner Assistentin treuherzig gefasst in die leuchtend blauen Augen. „Habt ihr etwa Probleme, Thomas und du?"

Bevor sie sich auf den Rückweg nach Münster machten, telefonierte Kattenstroht mit Mia Kunsleben und gratulierte ihr erst einmal offiziell zum Namenstag. Die Büroleiterin schien angetan zu sein und teilte ihrem Kommissar danach mit, dass er gegen 15.30 / 16.00 Uhr in Münster im Altersheim bei Pater Desiderius willkommen sei. „Solltet ihr dann noch ins Büro zurückkommen, darf ich darauf hinweisen, dass ich eigentlich schon längst weg bin. Die Damen meines Kartenkränzchens kommen zur Namenstagsvisite, und der Kaffeetisch ist auch schon gedeckt. Macht mir jetzt bitte keinen Wiggel mehr heute!“

Der Kommissar versprach ruhiges Arbeiten, gelobte die Einstellung aller Kontaktversuche für die nächsten Stunden und wünschte seiner Mitarbeiterin einen schönen Nachmittag. Kathrin Eilers rief dazwischen, sie werde dafür sorgen, dass Kattenstroht keinen Unfug machen könne. Und so war auch das geregelt. Kurz hinter Stockhem steuerte der Kommissar den Dienstwagen auf einen an der Landstraße gelegenen Hof, der mit einem wunderschönen Hofcafé prunkte. „Ein schneller Kaffee muss dransitzen. Zudem haben die hier sehr schöne Marmeladen. Mia hat mindestens eine zum Namenstag verdient.“ Tatsächlich fand er ein schön dekoriertes Glas Pflaumenmus: „Das ist das Richtige!“, murmelte er vor sich hin.

„Pruumen-Prüett mag sie, glaub' ich, nicht wirklich!“ Kathrin Eilers protestierte und erwarb sicherheitshalber ein Glas „Kassebeeren-Marmelade von der Schwarzen Johannisbeere“, verbunden mit dem Angebot an den Kommissar, das im Zweifelsfall zu tauschen. „Manchmal kannst du wirklich nickelig sein!“, meckerte sie ein bisschen herum.

Im Wagen erinnerte Kathrin Eilers ihren Chef an die Quizfrage vom Morgen, warum das Namensfest Mariens ausgerechnet auf dem 12. September liege. „Du wolltest mir doch wie im Fernsehen eine Auswahl an Lösungen anbieten!“ Der Kommissar gneeste vor sich hin und legte dann sein Angebot vor: „Also das Namensfest Mariens am 12. September, a) weil es ihr Geburtstag ist, b) weil es ihr Todestag ist, c) weil es der Weihetag der ersten Kirche unter ihrem Patronat ist, d) weil an diesem Tag im Jahr 1683 die Türken vor Wien besiegt wurden. – Du hast 30 Sekunden!“

Kathrin Eilers dachte laut nach: „In Nazareth gab es, glaube ich, vor 2.000 Jahren noch kein Standesamt. Also fallen a) und b) schon mal aus. Lösung c) klingt nach dir, aber d) ist der politisch unkorrektere Vorschlag. Ich tippe auf d)!"

„Grandios! Absolut korrekt! Und dies ist Ihr Preis!" Kattenstroht griff ins Seitenfach und präsentierte seiner Assistentin das Glas mit dem Pflaumenmus. „Du darfst dann auch selbst aussuchen, was wir Mia schenken. – Diese Sache mit dem Namenstag der Muttergottes ist genau so eine Geschichte, die uns heute fremd vorkommt. Aber es hat keinen Sinn, die Vergangenheit immer mit dem Urteil des gegenwärtigen Tages zu belegen. Immerhin entstanden nach dem Sieg über die Türken 1683 die ersten Kaffeehäuser in Wien und anderswo. Und was wäre der Münsterländer heute ohne den Türkentrank?"

Unter dergleichen Philosophien erreichten sie den südlichen Stadtrand Münsters und fanden mit Hilfe des Navis das kleine kirchliche Altenheim, das im Grünen in einzelnen, untereinander verbundenen baulichen Einheiten an einem Wäldchen lag. Sie wurden schon erwartet und von einer freundlichen Helferin in einen kleinen Besprechungsraum geführt, in dem bequeme hohe Stuhlsessel um einen Tisch gruppiert waren. Der Blick ging durch das breite Fenster in einen parkähnlichen Garten mit zahlreichen Wegen. Vereinzelt sah man ältere Herren, die sich am Stock oder mittels Rollator bewegten und offensichtlich miteinander diskutierten. Ein anderer saß allein auf einer Bank und hatte seine Nase in ein Buch gesteckt.

Es klopfte kurz an der Tür, und die Helferin geleitete einen alten Herrn ins Zimmer, der zwar leicht gebeugt und etwas vorsichtig ging, aber doch noch eine beachtliche Ausstrahlung hatte. Ein markantes Gesicht, wache Augen hinter einer feinen Goldrandbrille und sorgfältig gekämmtes weißes, noch recht volles Haar ließen nicht unbedingt auf ein Alter von neunzig Jahren schließen. Der schwarze Anzug mit Kollar war gepflegt, und selbst die Schuhe waren blitzblank. Der alte Herr begrüßte seine Gäste mit einer klaren, kraftvollen Stimme und bot ihnen einen Platz am Tisch an: „Wissen Sie, hier sitzt es sich besser als in den niedrigen Sesseln im Clubzimmer. Da dürften wir zwar noch mal ein Zigarillo rauchen, aber anschließend komme ich kaum mehr auf die eigenen Beine hoch!"

Irgendwie gelang es dem alten Pater, seine Besucher zu beeindrucken. Sie nahmen Platz, lehnten den angebotenen Kaffee dankend ab, schlugen das Mineralwasser aber nicht aus und befanden sich nach kurzer Zeit in einem lebhaften Gespräch:

„Also, Paul Wilhelm Kathmann, nach dem musste mich Ihre Frau Kunsleben nur einmal fragen, da stand der fast leibhaftig vor mir. Eigentlich habe ich mich gewundert, dass ich so lange nichts von dem gehört habe." Pater Desiderius legte seine Hände an den Fingerspitzen zusammen. „Paul war ein ungemein schwieriger Fall, als Junge wie als Heranwachsender. Ich weiß noch, wie wir alle froh waren, dass just zu seinem Abitur die Schulzeit verkürzt wurde und der Bengel fast ein halbes Jahr früher von der Ludgerusburg scheiden konnte. Weg mit Schaden! Das meinten die meisten meiner Mitbrüder. Ich selbst war ja damals als Präfekt für das Internat zuständig, ich habe ihn differenzierter gesehen."

Kattenstroht bemerkte, bevor man sich auf Kathmann konzentriere, wolle er gerne etwas über das damalige Leben auf der Ludgerusburg hören. „Wir wissen alle, dass dies die prägenden Jahre eines Menschen sind, aber genau schaut man nicht so dahinter, wenn man die Lebensformen einer solchen Institution überhaupt nicht kennt."

„Na ja, ein solches Internat stellen wir uns ja auch meist nicht richtig vor!", bemerkte Pater Desiderius mit einer gewissen Resignation im Tonfall. „Speziell bei aktuellen Diskussionen und in dem Berg der Internatserinnerungen überwiegt in aller Regel die vernichtende Kritik. Das hat aber auch modische Züge. Sehen Sie mal, just in den letzten Jahren unserer Internatstätigkeit auf der Ludgerusburg kam ein englischer Film in die Kinos: ‚If'. Ein preisgekrönter Streifen mit einer wirklich schonungslosen Darstellung, wie ein Internat auf keinen Fall sein darf. Im Traum richten die unterdrückten jungen Leute am Ende mit Maschinengewehren ein Massaker unter Lehrkräften und Eltern an. Wir haben damals den Film mit Gruppen unserer älteren Schüler in Münster gesehen und darüber diskutiert. Thematisch ging es um die zwangsläufige Revolution der Jugend als Folge der von uns Erziehern zu verantwortenden Repression! Das haben uns natürlich sogar einige unserer Jungens um die Ohren gehauen! Der Film überzog natürlich bis nach Absurdistan, aber das Thema war richtig gewählt!"

„Wie repressiv war denn die Ludgerusburg?", fragte der Kommissar sehr direkt.

„So repressiv, wie man sein muss, wenn man etwa 220 Jungen, von denen einige in der drängendsten Altersstufe ihres Lebens stecken, in einem Haus zusammenhalten muss. Das Haus soll ihnen für meist neun Jahre für jeweils etwa vierzig Wochen und mehr eine gute Heimat werden. Wir als Ordensleute hatten natürlich den Auftrag, die Jungs zu positiven Christen zu erziehen, und mussten sie obendrein noch zum Lernen bringen."

Kattenstroht schüttelte den Kopf: „Schwere Aufgabe. So etwas, wie die eierlegende Wollmilchsau zu stricken!"

Der Pater schob seine Brille gerade und lächelte etwas verhalten: „Ich meine jetzt nicht die offiziell stets vernichtende Internatskritik. Ich denke mal an die Erinnerungen, die mir auf den vielen Jahrestreffen auf der Ludgerusburg begegnen. Da gibt es auch viel Positives, da tauchen aus dem Meer der Zeit wunderbare Stunden, Tage und Wochen wieder auf, und da bekommt mal als alter Pädagoge und Lehrer manchmal so etwas wie Dank und Anerkennung." Er nahm jetzt seine Brille ab, hielt sie ein wenig gegen das Licht, zog ein Putztüchlein aus seiner Westentasche und begann, die Gläser zu reinigen: „Sie müssen etwas schärfer hinschauen. Fangen wir doch mal vorne an! Die Gründe, weshalb man damals die Jungs auf das Internat schickte, waren vielfältig. Zunächst machte die Kirche, also unser Orden in Abstimmung mit dem Bischof von Münster, dieses Angebot der Internatsschule. Dahinter steckte natürlich auch der Plan, Priesternachwuchs zu gewinnen. Damit war die Ludgerusburg ein geschlossener Kasten, aus der einen Sicht. Zwischen 1890, als die Mitbrüder da anfingen, und etwa 1950 war das Münsterland noch ziemlich immobil. Es gab zwar Lateinschulen in den meisten alten Städten, aber ein Bauer aus der abgelegenen Bauerschaft oder dem kleinsten Dorf im letzten Winkel des Münsterlandes konnte seinen dritten oder vierten Jungen, der meinetwegen auch was im Kopf hatte, im Allgemeinen schon wegen der Entfernungen und der Verkehrsverbindungen nicht zu einer höheren Schule schicken. Und Sie kennen doch die alte Regel für die Versorgung der überzähligen Söhne, oder?"

Kattenstroht nickte: „Klar doch: Der älteste Sohn bekommt den ganzen Hof, der zweite bleibt als Reserve und als unverheirateter Öhm ebenfalls zu Hause, der dritte darf sich beim Nachbarn einheiraten, mit dem vierten Sohn bedient man Kirche oder Staat, also der wird Pastor oder Jurist, allenfalls noch Schulmeister! Wie mein Vater!"

„So war es, das war die eine Gruppe unserer Jungen, ursprünglich. Dann kamen die hinzu, die von den Ortspastoren so spätestens nach der Quarta, der späteren 7. Klasse, geschickt wurden. Die kamen meist von kleinen Leuten und waren durch ihre besondere Begabung aufgefallen. Sie bekamen oft ein Stipendium einer Stiftung, hatten beim Pastor oder Kaplan im Dorf drei Jahre Latein gemacht und stiegen nun in die Untertertia mit Griechisch ein. Im Rückblick ist für mich interessant, dass diese Jungs oft unsere Besten waren: fix im Kopf, hungrig auf das Leben und bereit, sich für ihre Ziele wirklich langzumachen und sich abzumühen. Die kannten nämlich den Mangel. Aus denen ist ganz oft was geworden. Aus dieser Gruppe kamen dann auch die meisten geistlichen Berufe. Hat Herr Drees, der Schulleiter, Ihnen erzählt, dass die Ludgerusburg verschiedene Schulen und Hospitäler in Afrika und im pazifischen Raum als Dritte-Welt-Projekte unterstützt?"

Kattenstroht verneinte, die Eilers hatte aber einen Bericht darüber in der Festschrift gesehen. Also fuhr der Pater fort: „Das sind ursprünglich alles Gründungen unseres Ordens, und auf den Stationen saßen in vielen Fällen Absolventen der Ludgerusburg, die als Missionare oder Missionsärzte in die ganze Welt hinausgingen."

„Wie sah dann nach den Schultensöhnen und Kötterbengeln die übrige Besatzung aus?", wollte Kathrin Eilers mit leicht ironischem Unterton wissen.

„Da war so eine Gruppe, die kam interessanterweise meist aus der Stadt, vielfach aus Münster. Wir brauchten die wegen der Schülerzahlen! Wir waren oft froh, dass sie aus wohlhabenden Elternhäusern kamen und damit das Spendenpolster der Schule indirekt erhöhten; dennoch, mit denen hatten wir die meisten Probleme. Die Jungs waren oft zu süß groß geworden, materiell jedenfalls. Man soll doch nicht glauben, dass die Jahre nach dem Krieg im Wirtschaftswunder konfliktfrei waren. Die Katastrophe 1933–1945 wurde durch den Wiederaufbau oft nur verhüllt. In den Familien gab es ebenso Probleme wie heute, nur damals kehrte man sie eher unter den Teppich. Kinder kann man aber nicht belügen, und dann wächst natürlich die Renitenz, in der Familie genauso wie in der Schule. Kurz gesagt, es gab auf den Gymnasien immer eine Reihe von Schulversagern und pädagogisch schwierigen Jungen, für die dann die Ludgerusburg als letzte Möglichkeit stand, doch noch zum Abitur zu kommen. Wie heißt es, passend zum heutigen Tag, in der Lauretanischen Litanei: O refugium peccatorum – Du Zuflucht der Sünder!"

„Und genau in diese Gruppe gehörte Paul Kathmann!", lenkte der Kommissar das Gespräch in eine neue Richtung.

„Exakt!", nickte Pater Desiderius: „Dabei war Paul aber weder doof noch geistig ungelenk. Er war schon als Schüler hochintelligent. Dem konnten Sie nichts vormachen, und er stellte eigentlich immer die richtigen Fragen. Der Bengel war philologisch brillant, hatte ein eidetisches Gedächtnis mit einer Gehirnkapazität, einfach atemberaubend. Dabei musikalisch und schauspielerisch begabt und als Pianist der beste Schüler, den unser Musiker Pater Hugo je gehabt hat. Er war von einem unbändigen Willen, auf gewisse Weise stark ichbezogen. Für mich hatte er zwei Gesichter. Sie konnten mit ihm am Morgen im Unterricht glänzend klarkommen, am Nachmittag reizte er Sie im Silentium bis aufs Blut. Am nächsten Tag war es umgekehrt. Was habe ich dem allein literarisch an Futter gegeben."

„Aber waren solche Jungs nicht in einem Kasten wie eingesperrt?", bemerkte Kathrin Eilers vorsichtig. „Die wollen doch raus, und ab einer bestimmten Altersstufe fehlen doch auch die Mädchen, oder?"

„Sehen Sie, junge Frau", lächelte der Pater Kathrin Eilers an, „das Haus hat denen ja was geboten, viel mehr, als sie daheim erfahren konnten. Wir haben zwar auch gebetet und die Bengel jeden Morgen in die Frühmesse geholt, was wahrscheinlich falsch war, wie ich heute denke. Aber schauen Sie sich die Angebote an, die es schon damals gab: Sport, Spiel, Bücherei, eine eigene Feuerwehr, Kurse und Ausbildungen in zahlreichen Fertigkeiten. Bei uns war immer was los, daheim standen die Jungs oft als Letzte in der Reihe. Was die Mädchen betrifft, so hatten alle unsere Knaben eigentlich Schwestern. In den Ferien besuchte man sich gegenseitig, und so wurden viel mehr Ehen angebahnt, als Sie sich vorstellen können. Zum zölibatären Priester macht man übrigens keinen, indem man ihn einsperrt. Mir war meistens schon bei den Sekundanern klar, ob bei dem einen oder anderen der Weg in den Priesterberuf überhaupt möglich oder sinnvoll war."

„Bitte noch mal zurück zu Paul Kathmann!", griff Kattenstroht wieder ein.

„Der Paul ein Pastor? – Ja, komischerweise. An dem hätte bei seinem Idealismus und seinem Können ein guter Seelsorger drangesessen, aber der hätte sich die Hörner abstoßen, erhebliche Selbstdisziplin trainieren müssen. Da waren die internen Kräfte zu divergierend. Eigentlich fehlte ihm die Demut vor dem Leben. Er kam aus einer schwierigen Familie. Ich erinnere mich dunkel, dass es Spannungen zwischen den Eltern gab und Vater und Mutter sehr verschiedene Lebensauffassungen hatten. Der Junge spiegelte das natürlich und musste das unbewusst am Haus und an seinen Lehrern und Erziehern abarbeiten."

„Können Sie sich denn noch erinnern, wer seine Stubenkameraden waren?", wollte der Kommissar wissen. „Uns ist gesagt worden, diese Stubengemeinschaften seien zum Teil wichtiger gewesen als die Jahrgangsstufen."

Der Pater stimmte zu: „Vergessen Sie nicht, das Wort Kameradschaft leitet sich vom lateinischen *camera* ab, der Kammer, der gemeinsamen Stube der Zöglinge, der Seminaristen oder Rekruten. Aber da überfordern Sie meinen 90-jährigen Kopf. Ich erinnere mich nur, dass zu seiner Gruppe der Bernd Döring gehörte. Ich habe das deswegen noch vor mir, weil man die beiden über Jahre nie ohne einander gesehen hat. Wo Kathmann auftauchte, war auch Döring nicht weit – und vice versa. Dabei waren die beiden sehr unterschiedlich. Döring war klein und untersetzt, Kathmann rank und schlank. Deswegen hießen die auch Pat und Patachon, literarischer zu anderer Zeit mal Don Quijote und Sancho Pansa. Die waren aber auch vom Charakter her völlig auseinander. Kathmann oft herrisch und aufbrausend, Döring eher angepasst, manchmal fast liebedienerisch. Mir war der eine oft zu wenig diplomatisch und der andere meist zu folgsam. Die Verbindung der beiden machte aus meiner damaligen Sicht übrigens den Bernd Döring zum Verlierer."

„Sagen Sie mal, Herr Pater", Kattenstroht eierte mal wieder herum, wie Kathrin Eilers bemerkte, „sagen Sie mal, wie sah das denn mit sexuellen, sagen wir mal, Kontakten oder Erfahrungen unter den Heranwachsenden aus, damals, meine ich?"

„Hätte mich doch sehr gewundert, wenn die Frage nicht gekommen wäre", nickte der Pater entschieden. „Man muss sich natürlich darüber im Klaren sein, dass ein Internat die Geborgenheit einer liebenden Familie nicht oder nur teilweise ersetzen kann. Ich denke noch mit Grausen an die Schlafsäle mit zwanzig oder dreißig Jungen, an die öffentlichen abendlichen Gewissenserforschungen, die ich damals abgeschafft habe. Das war aus meiner Sicht der kommunistischen Selbstkritik bei Stalin oder Mao zu ähnlich. Natürlich hatten die Kinder Heimweh. Natürlich suchten sie Geborgenheit und Wärme. Natürlich krochen sie auch mal zueinander. Heute sehen wir viele Dinge viel offener, wir bewerten manche Handlung, die damals mit dem Urteil der Todsünde belegt wurde, als erklärlich. Dann kam es für die Pädagogen darauf an, in der Reaktion das rechte Maß zu finden." Der alte Mann lehnte sich in seinem Stuhl zurück: „Wie so oft im Leben war es das Schicksal, welchem Menschen man begegnete. Da es im theologischen Sinne keinen Zufall gibt, war das dann die Fügung, mit der man leben musste." Wieder führte der Pater seine Hände an den Fingerspitzen zusammen: „Und weil das ja auch ständige Diskussion seit einiger Zeit ist, spreche ich es auch selbst an. Missbrauch habe ich in meinen fast vierzig Jahren auf der Ludgerusburg in einem Verdachtsfall tatsächlich erlebt. Da war ein junger Mitbruder, der sich nicht in der Gewalt hatte. Diesen Fall haben wir registriert und sofort mit allen Mitteln reagiert, die uns damals im Orden und im Bistum disziplinarisch möglich waren und zu Gebote standen. Die weitere Frage, die kommen muss, ist die, ob ich als Pädagoge Kinder körperlich gezüchtigt, also geschlagen habe. Da soll ja bis hoch in Bischofsämter aktuell gewesen sein. Meine Feststellung dazu entspricht der meines damaligen Novizenmeisters: Mit geweihten Händen schlägt man nicht auf Menschen ein!"

Der Pater hielt ein wenig inne: „Also Paul Kathmann, bei dem habe ich durchaus mal die Lust verspürt, ihn ordentlich zu verdreschen, wenn er uns mal wieder einen ganzen Tag verbiestert hatte, oder eine ganze Nacht! Vergessen Sie nicht: Körperliche Züchtigung wurde in den Schulen von Nordrhein-Westfalen offiziell wann abgeschafft? – 1970! Jetzt sind Sie dran."

„Im Internat sind die Nächte lang, wie?", suchte Kattenstroht die etwas gespannte Stimmung zu entkrampfen.

„Die Jungs haben natürlich die Nacht oft zum Tage gemacht. Dabei hatten sie durchaus ihre kreativen Ideen, die unseren Pater Superior zur Weißglut brachten. Ich erinnere mich, dass Kathmann mit seiner ganzen Stube mehrfach in Sommernächten ausgerückt ist. Die haben sich unten am Anleger zwei Boote geklemmt und sind im Mondenschein die Brinke heruntergepaddelt. Ich weiß nicht, ob Sie den schönen Kirchberg von Kerkhövel kennen?"

Kathrin Eilers berichtete, man sei noch heute Mittag dort gewesen.

„Dann haben Sie vielleicht den Anleger an der Brinke gesehen. Man kann vom Fluss einfach die Stiegen hoch bis zur Kirche kommen. Im Dorf sieht einen dann niemand. Die Bengels hatten einen Dieterich für die alte Kirche, den hatte ihnen prompt unser Pilo, der Hausmeister, für ein Trinkgeld gebastelt. Damit haben sie die Kirche aufgeschlossen und dort mit ihren Gitarren und einem Liter Schnaps, stellen Sie sich vor, in der Kirche, so eine Art schwarze Messe bei Kerzenschein gefeiert. Das muss ihnen wohl mehrfach gelungen sein, jedenfalls hatte sich der Küster schon über Wachsspuren gewundert. Im Herbst jenes Jahres kam das dann irgendwie heraus, und der Küster fing die Bengels in der Kirche, morgens um drei Uhr."

„War das wohl der Verstoß gegen die Hausordnung, dessentwegen man Kathmann feuern wollte?", fragte Kattenstroht. „Wir haben in seinem Personalstammblatt einen entsprechenden Eintrag gefunden."

„Das könnte sein, das muss so in der Obersekunda oder Unterprima gewesen sein. Ich habe wie ein Löwe dafür gekämpft, den beteiligten Jungen, das war ja die gesamte Bude, nicht die Chance auf das Abitur zu nehmen. Es gab dann irgendwie Verweise oder die Androhung des Rauswurfs speziell für Kathmann, weil er offensichtlich der Anführer war."

Der alte Pater seufzte auf und erhob sich etwas mühsam. „Bitte verzeihen Sie, mein Gedächtnis lässt da nach, und ich werde auch müde.

Das war das längste Gespräch, das ich in diesem Jahr bisher geführt habe, sehen wir von denen mit dem Herrgott mal ab. Bitte entschuldigen Sie mich. Sie können gern wiederkommen, müssen sich aber vorher anmelden."

Kathrin Eilers half dem alten Mann hoch, zog den Stuhl beiseite und sah auf dem Flur nach seiner Begleitung. Müde winkend, verabschiedete sich Pater Desiderius von ihnen.

„Und was haben wir jetzt gelernt?", fragte sich die Assistentin nach dem abrupten Abschied laut und nachdenklich.

„Zumindest, dass unser Kathmann nicht irgendeine Persönlichkeit war; der war wohl schon als Kind und Jüngling eine heiße Nummer", meinte Kattenstroht. „Ich stelle mir vor, wie die – so die kirchenamtliche Vorstellung – mit Gitarren, Schnaps und vielleicht auch einem Joint eine münsterländische Kirche entweihen! Vorher und nachher eine romantische Flussfahrt im Mondenschein mit Nacktbaden im Brinkekolk. Irgendwie grotesk, aber als Ventil jugendlicher Agilität nicht gänzlich abwegig."

Sie trennten sich erst im Präsidium, Mia hatte noch eine Nachricht hinterlassen, dass man die Schwester Paul Kathmanns gerne am folgenden Dienstagvormittag möglichst früh besuchen könne. Sollte sich das Team Kattenstroht & Eilers trennen, ging der Vorschlag der Büroleitung dahin, Kathrin möge vor Beginn des Dienstes in Münster vom Forsthaus in Reckhölter Hagen nach Brinkbergen fahren, Kattenstroht gleichzeitig nach Warendorf. Dort sei der Sprecher der Abiturientia Kathmanns als Pensionär ebenfalls schon früh am Morgen anzutreffen. Beide Gespräche könne man offensichtlich auch alleine führen.

Kattenstroht war zwar mit der Lösung nicht ganz einverstanden, weil ihnen da eine schöne Chance auf gemeinsam zu erfahrende echte Landlust durch die Lappen gehe. Aber er fügte sich doch dem Vorschlag seiner Büroleiterin. Kathrin Eilers rätselte auf der Heimatfahrt, welche echte Landlust auch immer ihr Chef diesmal wohl gemeint haben könnte.

Kapitel 15

Da Thomas dienstags erst um 10.00 Uhr sein Seminar in Bochum zu leiten hatte und für Kathrin der Besuch im nahen Brinkbergen auf der Agenda stand, frühstückten die beiden etwas später als sonst und besonders ausgiebig in ihrem kleinen Esszimmer im Forsthaus. Die späte Sommersonne hatte trotz der Morgenstunde eine beachtliche Kraft. Kathrin hatte daher die große Tür zur Terrasse aufgestellt und auch das Fenster am Esszimmer geöffnet, um die frische Morgenluft ins Haus zu lassen. Der Blick ging über die gepflegten Staudenrabatten herunter zur Reckhölter Aa und auf den Zippenberg. Die junge Frau hatte schon früh einen bunten Strauß aus Herbstanemonen, Phlox, Malven und einigen kleinblütigen Sonnenblumen geschnitten und aufgebunden. Der schmückte nun den Saal und konnte auch vom Frühstückstisch im Esszimmer aus bewundert werden. Die Voraussetzungen für den Tag schienen glänzend.

Am Vorabend war Kathrin Eilers ein wenig unaufgeräumt nach Hause gekommen und hatte sich mit ihrem Mann ausgiebig unterhalten. Danach hatten sie gemeinsam in den CD-Sammlungen gewühlt und auch die beachtliche Kollektion an Schallplatten, die Thomas von seinem Vater geerbt und in einem trockenen Keller deponiert hatte, durchstöbert. Tatsächlich waren sie dort, am späteren Abend aber auch im Internet, fündig geworden.

Kathrin Eilers schaute auf die alte Schallplatte mit ihrer an vielen Stellen verknickt wirkenden Papphülle, von der sich die Glanzfolienkaschierung schon löste. Auf der neueren CD dagegen war alles noch glatt und glänzend. Das gemeinsame Symbol auf beiden Tonträgern war es, das sie irritiert hatte.

Gemeinsam räumten sie den Frühstücktisch ab, und Thomas verabschiedete sich. Bald hörte man draußen die Reifen seines Autos auf dem Kiesweg knirschen. Kathrin Eilers schaute noch einmal nachdenklich auf die Tonträger und ging dann zur Bibliothek herüber, wo ihr Computer stand. Sie löste das kleine Booklet aus der CD, erstellte über den Flachbettscanner eine Datei und speicherte diese ab. Einige Minuten darauf schickte sie Mia Kunsleben eine E-Mail mit der Bitte, Kattenstroht, der ja sowieso zu selten in seine Mailbox zu schauen pflegte, über ihre Funde zu informieren. Das gescannte Bild hatte sie angehängt, ebenso einen Link auf eine Website eingebunden.

Bald danach brach auch Kathrin Eilers auf. Nachdem sie Türen und Fenster verriegelt, das Forsthaus geschlossen und die Alarmanlage scharf geschaltet hatte, fuhr sie auf Seitenwegen durch die Bauerschaft Handrup an Reckhölter vorbei und durch Rechterfeld nach Brinkbergen. Dort sollte sie Paul Kathmanns Schwester aufsuchen.

In einem Wohngebiet am Dorfrand fand sie ein großzügiges Einfamilienhaus in ansprechender Architektur vor, wo sie von Frau Gisela Tersteegen auch schon erwartet wurde. Sie nahmen im Wohnzimmer Platz, und die etwa 55 Jahre alte Dame stellte sich erfreulich offen den Fragen der jungen Polizistin.

„Gut, er war mein Bruder, aber glauben Sie, nach dem mehr oder weniger gemeinsamen Lebensweg wirft mich die Trauer nicht um. Interessanterweise ist das bei unserer Nina anders. Der geht der Onkel wirklich schwer ab."

„Sie hatten keinen guten Draht zu Dr. Paul Kathmann! Immerhin war er doch Ihr Bruder", bemerkte Kathrin Eilers leicht provokant.

„Wenn ich es richtig erinnere, habe ich ihn ab etwa 1959 oder 1960 nur noch in den Ferien erlebt. Nach dem Abitur verschwand er ganz nach Berlin und durfte sich jahrelang hier nicht sehen lassen. Als er dann in den 1990ern wiederkam und in Münster Stellung und Wohnung kriegte, legte er sich wie schon Jahrzehnte vorher mit unserem älteren Bruder an. Es war schwierig. Gut, er war mein Bruder und auch ein Stück meiner eigenen Geschichte, meiner Familie – aber ich kann nicht sagen, dass er mir sehr nahestand."

„Nun können Sie doch einen Blick über den gesamten Lebensweg von Dr. Paul Kathmann werfen! Da ist doch einiges passiert." Kathrin Eilers versuchte, der Frau mehr Raum zum Reden zu geben.

Gisela Tersteegen reagierte instinktiv darauf. „Sehen Sie mal, wir hatten den Betrieb, diesen Großhandel in Münster. Natürlich war mein Vater im Krieg gewesen, kam aber nach relativ kurzer amerikanischer Gefangenschaft schon wieder. Unsere Mutter hatte versucht, den Laden mit einigen älteren Leuten über die Hürden zu kriegen, was ihr gut gelungen war. Dann kam 1948 die Währung. und die Firma fing tüchtig an zu brummen. Wir waren drei Kinder und hatten bald wieder eine schöne Wohnung mitten in Münster. Unser Josef ist der Älteste, seinem

Sohn gehört die Firma heute noch. Paul war der Zweite, der kam kurz nach der Währung zur Welt. Ich selbst bin ja so ein kleiner Nachzügler. Münster in den 1950er und 1960er Jahren, das war schon interessant, eine Stadt im Wiederaufbau."

„Und Ihre Brüder, wie lief es mit denen im Wiederaufbau?", trieb Kathrin Eilers das Gespräch voran.

„Nun, wir haben alle die Volksschule bei uns im Stadtviertel besucht. Wir konnten alle drei gut lernen und wurden deshalb aufs Gymnasium geschickt. Ich kam natürlich aufs Marien-Lyzeum, eine reine Mädchenschule, andere sagen: eine reine Schlangengrube! Meine Brüder gingen natürlich auf das Ratsgymnasium, weil das die Schule der Kaufmannschaft war. Die fingen zwar auch noch mit Latein an, hatten dann aber einen Schwerpunkt auf den neuen Sprachen. Unser Jopp kam glänzend klar, unser Paul machte vom ersten Tag an Schwierigkeiten."

Kathrin Eilers wollte wissen, wie diese Schwierigkeiten denn wohl ausgesehen hatten, und Gisela Tersteegen schüttelte den Kopf: „Die waren unendlich. Wenn es nicht dieses war, dann war es jenes. Paul war auf der einen Seite ein heller Kopf mit einem tollen Gedächtnis, auf der anderen Seite ein Zappelphilipp. Er konnte sich für Gott und die Welt interessieren, las ein Buch nach dem nächsten, schrieb tolle Aufsätze und hielt große Predigten zu jedem Thema. Dabei verklüngelte er ständig was, vergaß Butterbrot oder Sportsachen und Schreibzeug. Mutter sagte manchmal, wenn sein Hintern nicht angewachsen wäre, würde er den auch noch zu Hause vergessen. Ich habe übrigens hier beim Bildungswerk mal einen interessanten Vortrag über Zappelphilipp-Kinder gehört, denen fehlen ja angeblich irgendwelche Botenstoffe im Gehirn, weswegen man die mit Medikamenten behandeln kann. Die Beschreibung, die der Referent damals abgab, passte erstaunlich gut auf unsern Paul als kleinen Jungen."

„Deswegen kam er zur Hälfte der 6. Klasse dann ins Internat, auf die Ludgerusburg", stellte Kathrin Eilers fest.

„Das war nur der eine Grund. Der andere war, dass sich Paul nirgendwo einfügen oder unterordnen konnte. Er war dazu waghalsig und steckte seine Nase überall hinein. Wenn's Krach in der Klasse oder Schule gab, war Paul Kathmann niemals weit. Ich habe mir das später so erklärt, dass er kein echtes Risikogefühl hatte. Schauen Sie mal: Wenn wir heute von kleinen Klassen in der Schule reden, dann dürfen Sie nicht vergessen, dass wir um 1960 am Lyzeum noch mit vierzig Mädchen in der Klasse anfingen. Unser Jopp erzählt immer, dass er in der Volksschule mit 55 weiteren Kindern in der Klasse war und auf der Sexta am Rats mit 42 weiteren Jungs. Und trotzdem konnten alle lesen, schreiben und rechnen! Erzählen Sie das mal meinem Mann, wenn der für unseren kleinen Maschinenbaubetrieb Lehrlinge einstellen will!"

„Und Ihr Bruder Paul, wie stand der da?", hakte Kathrin Eilers nach.

„Na so einen konnten die Lehrer doch überhaupt nicht gebrauchen. Die kriegten die Leistungen bei den großen Zahlen doch nur mit Disziplin hin. Da war schon nach einem Jahr klar, dass der kleine Kathmann mehr als lästig wurde. Der große Kathmann war dagegen vorbildlich. Dann gab es in unserer Familie Streit darum, weil Mutti immer zu ihrem jüngeren Sohn hielt. Papa und Mutti kriegten sich immer mehr an die Köpfe und stritten sich immer häufiger, nicht nur über den Jungen. Am Ende hat der alte Herr sich durchgesetzt, und Paul kam auf die Ludgerusburg." Gisela Tersteegen seufzte noch jetzt, in der Erinnerung daran, fast erleichtert. „Endlich hatten wir wenigstens im Haus Ruhe!"

„Und die Patres auf der Ludgerusburg übernahmen dann den Ärger!", fasste Kathrin Eilers zusammen.

Das könne man nicht so generell sagen, bemerkte die Tersteegen: „Er ist nach seinen eigenen Berichten damals mindestens zwei geistlichen Herren begegnet, die ihn mochten. Der eine war der Hausleiter, Desiderius hieß der, der hat ihn sehr gefördert, aber auch wohl gefordert. Ohne den hätte Paul nie das Abitur gekriegt. Mindestens einmal wollten ihn ja die anderen Lehrer alle am liebsten feuern. Der andere war der Kirchenmusiker da. Bei dem hatte Paul Klavierunterricht, und der hat ihn in die Musik eingeführt. Sie müssen wissen, Paul war ein brillanter Klavierspieler und Wagner-Verehrer." Nun wurde Kathmanns Schwester doch etwas traurig gestimmt. „Den kleinen Stutzflügel, den er da in Münster stehen hat, will unsere Nina unbedingt übernehmen. Den werden wir wohl hier zunächst aufstellen müssen." Die Hausfrau blickte sich um, als vermesse sie schon das große Wohnzimmer neu.

„Dann das Abitur und der Umzug nach Berlin!", setzte die Eilers wieder ein.

„Das war auch so eine Dämlichkeit. Der Chef des Internates hatte Paul immer gesagt, bei seinen Kenntnissen in Musik und Literatur und seiner Freude an Kunst und Theater müsse er Philosophie und Theaterwissenschaften studieren. Stellen Sie sich vor, der hatte für Paul schon vorab eine Zusage für einen Praktikumsplatz an einem Theater in München. Da war ein Bekannter von dem Pater Desiderius Regisseur oder Oberspielleiter, oder so was. Der tauchte übrigens später immer mal wieder im Fernsehen auf und kam auch hier aus Westfalen. Da sollte Paul hin, aber er musste ja erst zur Bundeswehr. Damals hing er aber schon im linken Politik-Kram und wollte den Wehrdienst sowieso verweigern. Das wäre ja gegangen, aber er wollte auch nicht, wie er sagte, alten Leute im Altenheim den Hintern waschen. Sich bloß nicht unterordnen! Das war seine Devise! Also hat er das Abiturzeugnis abgewartet und ist umgehend über Hannover nach Berlin geflogen und hat sich da den grünen Personalausweis besorgt. Der Stellungsbefehl lag da aber schon bei uns im Briefkasten. Damit war er offiziell fahnenflüchtig, als er sich nicht an seinem Standort in der Kaserne blicken ließ. Jahrelang kreuzten bei uns zu Hause die Feldjäger auf, und mein Vater hat sich irgendwie geschämt und schwarz geärgert."

„Und Ihre Mutter, wie ging sie damit um?"

„Mutti hat unermüdlich Geld, Fress- und Wäschepakete nach Berlin geschickt. Das war das Thema jahrelanger Streitigkeiten zwischen Papa und ihr. Paul hat uns das Alltagsleben versaut, wenn man zudem bedenkt, dass er etwa zwanzig Jahre rumstudiert hat und zu keinem richtigen Ende kam. Erst als unser Vater starb, unsere Mutter tatterig wurde, Josef die Firma übernahm und der Geldhahn zugedreht wurde, kam Paul zur Besinnung. Auf einmal ging es, er studierte Jura, machte ein brillantes Examen und kriegte mithilfe alter Genossen eine Stelle in Berlin. Von dort hat er sich dann nach Münster versetzen lassen. Angeblich wurde es ihm, ausgerechnet ihm, nach der Wende in der neuen Bundeshauptstadt zu unruhig. Dass er dann mit Josef und mir noch über Erbansprüche vor Gericht gehen wollte, gab uns den letzten Rest. Das haben wir zwar abgebogen, aber es sagt doch was über ihn aus, oder?"

„Immerhin ist er doch Patenonkel Ihrer Tochter Nina geworden. Das muss doch auch Ende der 1980er Jahre gewesen sein", merkte Kathrin Eilers an.

Gisela Tersteegen lächelte: „Formell war er niemals Pate unserer Tochter. Das wäre ja auch gar nicht gegangen, denn in seinem linken Überschwang hat er ja alles aus seinem früheren Leben gestrichen, was uns doch wichtig war, eben auch Familie und Religion. Nein, nein, er hat sich diese Patenschaft irgendwie angeeignet. Auf der Beerdigung unserer Mutter kreuzte er erstmals wieder im größeren Familienkreis auf, und komischerweise gab es keinen Krach. Sie kennen doch solche Leute, die tauchen irgendwo auf, in der Kneipe meinetwegen, setzen sich an den Tisch, und nach fünf Minuten zanken sich die Leute. So einer war Paul in seinen besten Jahren. Nina war damals so'n kleiner Toddler, zwei oder drei Jahre alt, und Paul war von ihr begeistert. Sie von ihm übrigens auch, nicht nur weil er so toll Klavier spielen konnte. Er hat dann sehr viel für sie getan. Ich weiß, dass er Sparbriefe für sie angelegt hat, und daraus hat er ihr richtig dicke Zuschüsse gegeben, als sie damals mit dem Studienaustausch für ein Jahr nach Italien, nach Padua ging. Das Kind müsse was sehen, die Welt wäre größer als Brinkbergen, das hat er immer gesagt. Er hat ihr auch andere Reisen und zum Beispiel Theater-Abonnements geschenkt. Einmal hat er sie im Sommer für zwei Wochen sogar nach Bayreuth zu diesen Wagner-Festspielen mitgenommen."

„Wissen Sie noch was über seine Freundeskreise?", fragte die junge Kriminalbeamtin.

Gisela Tersteegen schüttelte den Kopf: „Nein, nichts. In Münster ist er wohl ziemlich zum Einzelgänger geworden. Auf der Ludgerusburg hatten die immer einen engen Freundeskreis. Sein größter Spezi war der Bernd Döring, der in den Ferien gelegentlich zu uns zu Besuch kam. Aber von dem weiß ich wirklich nichts mehr."

„Und seine frühere Frau?"

„Gretchen, Gretchen Harnischmacher. Die lebt in Bayern, in der Nähe von Forchheim, und arbeitet als Lehrerin in einem Dorf in der Fränkischen Schweiz. Sie hat nie wieder geheiratet und sich bis heute keinen anderen Partner genommen. Stellen Sie sich vor, wir haben bis heute, nach mehr als dreißig Jahren, noch immer so ein- oder zweimal im Jahr brieflichen oder telefonischen Kontakt. Mit Paul aber hat sie nie wieder gesprochen. Gretchen war eigentlich die richtige Frau für ihn, aber dann hätte Paul am Ende Kompromisse machen müssen. Sie wollte einen ordentlichen Beruf, ein Haus, eine Familie, vielleicht etwas Ruhe. Paul wollte ständig die Welt verändern und am liebsten selbst regieren. Man kann aber die Butter nicht auf beiden Seiten der Brotschnitte haben. Ich habe Gretchen jedenfalls am Samstag angerufen und ihr von Pauls Tod berichtet."

Wie denn die frühere Frau von Dr. Kathmann reagiert habe, wollte Kathrin Eilers zum Abschluss wissen.

„Ich habe das Gefühl, sie trauert, trotz allem. Immerhin hängt an diesen Geschichten ein ganzes Leben mit Hoffnungen und Enttäuschungen."

Kathrin Eilers war von der Offenheit der Frau Tersteegen beeindruckt. Nachdem sie im Wohnzimmer auch die Bilderwand zur Familiengeschichte der Kathmanns ausführlich betrachtet und die Erläuterungen dazu angemessen gewürdigt hatte, verabschiedete sie sich von der Schwester des Mordopfers nicht ohne Herzlichkeit.

Im Auto warf sie gerade einen ersten Blick auf die Notizen, die sie während des Gesprächs gemacht hatte, als das Handy ging und sie von Mia Kunsleben aus Münster neue Anweisungen erhielt. Der Tagesplan war auf den Kopf gestellt worden. Kattenstroht hatte angeblich eine neue Idee …

Der Kommissar kam an diesem Dienstag für seine Verhältnisse recht spät ins Büro und konnte sich für die Besprechung, die um 8.30 Uhr beginnen sollte, nur noch oberflächlich vorbereiten. Am Tag zuvor hatten die Teams von Austrup und Pötter noch einmal das persönliche und berufliche Umfeld des erschlagenen Dr. Kathmann durchkämmt, aber keine zusätzlichen besonderen Anhalts- oder Ansatzpunkte gefunden. „Wir haben jetzt mit allen unmittelbaren Mitarbeiterinnen und Mitarbeitern Kathmanns im Finanzamt gesprochen", berichtete Pötter. „Das Bild bewegt sich nicht, wir haben keine internen Konfliktpunkte gefunden, weder persönlich noch dienstlich. Da sind keine Brüche spürbar. Der Mann war korrekt wie ein preußischer Beamter unterm Alten Fritz. Intensiv war unsere Recherche auch; wir haben bis in den späten Nachmittag mit den Leuten gesprochen."

Austrup berichtete von der intensiven Durchsuchung der gesamten Wohnung Kathmanns. „Wesentliche neue Elemente haben wir nicht gefunden. Wir haben praktisch jedes Buch der Bibliothek aufgeschlagen, haben die Fotoalben inspiziert, die Briefmappen, seine kleine Registratur. Teilweise hatten wir die ja schon hier. Aufgefallen ist uns, dass Dr. Kathmann verbindliche Quellen über sich selbst offenbar erst seit der Zeit seines Jura-Examens und seiner Anstellung in Berlin aufgehoben hat. Davor ist viel Nebel und wenig Konkretes. Man hat das Gefühl, dass er Kindheit und Jugend nahezu auslöschen wollte. Sie berichten, Herr Kattenstroht, von der Schule, die er besucht hat. Das findet – vom Abiturzeugnis mal abgesehen, das er für die Uni wohl brauchte, und einer einzigen Namensliste – keinen Niederschlag in seinen eigenen Unterlagen. Die Musiksammlung ist übrigens aufwendig und muss sehr teuer gewesen sein. Warum man aber Wagners ‚Parsifal' in sieben Gesamteinspielungen haben muss, erschließt sich mir eigentlich nicht. Auch die Phono-Gerätschaften sind spitze. Und der Flügel hat bestimmt ein kleines Vermögen gekostet."

„Was ist mit privaten Briefen?", wollte Mia Kunsleben wissen und wurde von Austrup beschieden, dass es derartige Korrespondenzen in Kathmanns Besitz nicht gegeben habe. Wie es dann mit Familiärem ausgesehen habe, hakte der Kommissar nach.

„Da liegt viel weniger vor, als wir in solchen Fällen sonst zu Gesicht bekommen. Für seine Nichte hat er allerdings eine ganze Mappe angelegt." Austrup schlug einen Hefter aus dem Bestand des Opfers auf: „Die hat ihm wohl was bedeutet. Der Kleinen hat er sogar das Klavier für ihre Studentenbude in Bielefeld bezahlt. Aber es gibt auffälligerweise keine Familienbilder, weder in Alben noch an der Wand. Wir haben immerhin, Herr Kattenstroht, diese Bilderwand, auf die Sie mich hingewiesen haben, im Detail und im Einzelbild erfasst. Irgendwie, glaube ich, liegen Sie mit Ihrer Einschätzung richtig, dass da was nicht zusammenpasst."

Der Fahnder deutete auf die Stellwände. „Da hängen das Abschlussbild seiner Klasse und dieses Foto von der gewalttätigen Demo in Berlin. Die weiteren zehn Bilder erscheinen mir irgendwie wahllos: Da ist ein historisches Porträt von Richard Wagner, dann haben wir ein Foto, das zeigt Dr. Kathmann mit einem kleinen Mädchen, zusammen im Gespräch mit einem Herrn mit einer mächtigen schwarzen Haar- und Bartpracht." Austrup ließ das Bild per Beamer aufleuchten.

„Klarer Fall", meinte der Kommissar selbstsicher. „Die Kleine ist seine Nichte, noch vorpubertär, der Schwatte aber war eine Koryphäe: Giuseppe Sinopoli, Stardirigent, ist leider am Pult tot umgefallen. Sogar ich habe ein paar Aufnahmen von ihm, aber eher Verdi und Puccini." Und nach einer gedankenschweren Pause: „Das muss dem Dr. Kathmann aber eine wichtige Begegnung gewesen sein. Der Hintergrund sieht mir nach dem Grünen Hügel in Bayreuth aus."

Austrup fuhr fort: „Drei weitere Farbfotos zeigen Bühnenbilder mit einer Männergruppe, die er rückwärtig mit römischen Ziffern beschriftet hat. ‚Parsifal' steht dahinter. In allen drei Fällen scheint das dieselbe Szene mit einem Gottesdienst zu sein. Dann aber komischerweise in unmittelbarer Nähe eine Schwarz-Weiß-Aufnahme aus einer kleinen Kirche!" Die Bilder auf der Leinwand bewegten sich.

„Ei der Daus!", zeigte Kattenstroht seine Überraschung. „Das ist ohne Zweifel die Kapelle auf der Ludgerusburg, aber vor einer Renovierung. Da ist noch ein älterer Hochaltar zu sehen. Heute haben die den Chorraum weiter geöffnet und in die Mitte nur einen kleinen Altartisch gestellt. Verblüffendes Bild bei dem Gottlosen."

Die Kunsleben quengelte dazwischen, Kattenstroht solle seine Vorurteile zügeln: „Kirchenfern heißt ja wohl nicht gottlos!“, meinte sie.

Austrup klickte die Bilder weiter durch. „Dann haben wir zwei Landschaften, die könnten glatt aus dem Münsterland sein, aber vor der Flurbereinigung. Dann hier eine Art Tempel, aus Italien. Auf der Rückseite steht was von ‚Villa Almerico Capra, Vicenza', was immer das sein mag!“

„Gottes Güte, Austrup!“, echauffierte sich der Kommissar etwas manieriert: „Die Villa stand bis zur Euro-Einführung auf dem 10.000-Lire-Schein der Italiener. ‚La Rotonda' von Palladio: ‚Kennst du das Haus? Auf Säulen ruht sein Dach im Land, wo die Zitronen blühn!' Goethe, mein Lieber, Goethe! *Italienische Reise!*“

Austrup blieb unbeeindruckt: „Das letzte Foto zeigt Kathmann mit Menschen, die wir so nicht identifizieren können. Das Bild stammt nach Haartracht, Bärten und Kleidung etwa aus den 1970er Jahren und zeigt ihn im Kreise von Studienfreunden, tippe ich mal. Es ist wohl auf einem Marktplatz in Südeuropa gemacht worden. Man sieht im Hintergrund einen für diese Region typischen Brunnen.“

„Und die Herren daneben sind wohl Musiker“, bemerkte Kattenstroht. „Ob die junge Dame an Dr. Kathmanns Arm dann wohl seine Frau war?“

Die Frage war in der Runde nicht zu beantworten. Ein Extrakt aus der Bilderwand bot sich für Kattenstroht nur insofern, als er eine gewisse Zerrissenheit der Person des Dr. Kathmann glaubte, erkennen zu können. „Die wird mir aber doch mit einem gewissen System abgefeiert. Er hasst offensichtlich seine alte Schule, aber hängt das Foto seiner Abiturklasse auf. Er dokumentiert seinen Widerstand durch das Bild mit der Demo, an der er in erster Reihe mit den Ikonen der 1968er teilgenommen hat. Dann sein neuer Gott Richard Wagner, in gewisser Weise auch vertreten durch Bayreuth und den Stardirigenten.“

„Vergessen Sie das Mädchen nicht!“, warf die Büroleiterin ein.

„Es erscheint also doch die Familie! Richtig! Es ist doch so, wie Dr. Petry das am Sonntag beim Grillen sagte. ‚Die Lebenskreise werden immer irgendwie geschlossen.'“ Der Kommissar hing ein wenig seinen Gedanken nach: „Und so sehe ich auch diese Bühnenbilder: Es ist anscheinend immer dieselbe Szene aus ‚Parsifal' in verschiedenen Inszenierungen. Das muss ich aber nachschlagen. Bei Wagner kenne ich mich nicht aus. Sollte mich aber nicht wundern, wenn das auf gewisse Weise zur Kapelle der immer noch verhassten Ludgerusburg passt."

Was er denn dann über die Landschaften denke, hakte die Kunsleben nach, und Kattenstroht entzog sich etwas unsicher klaren Beurteilungen. Das müsse man noch prüfen. Bei den Landschaftsfotos habe er spontan an das Brinketal gedacht, aber Italien und die Rotonda des berühmten Baumeisters Palladio seien eben wieder so etwas Bildungsbürgerliches, fast eine Idealwelt: „Es ist verrückt, Dr. Kathmann lehnt das alles nach außen entschieden ab und hängt es sich doch wieder verrätselt an seine Wand!"

Offensichtlich drehte man sich im Kreis.

Mia Kunsleben griff nun ihrerseits zu einer Akte und gab eine Information des Altherrenvorsitzenden Bernd Wintersbrock aus Rodorp weiter: „Der gute Mann hat mich heute schon sehr früh angerufen und mitgeteilt, dass er die Zimmergruppe, mit der Kathmann in seinem letzten Jahr auf der Ludgerusburg zusammengelebt hat, identifiziert habe. Er hat in einem Jahresbericht einen Artikel über ein Sportfest gefunden, bei dem die Zimmergruppen gegeneinander antraten. Kathmanns Gruppe hat gewonnen, sie sind als strahlende Helden fotografiert und mit Bild und Namen abgedruckt worden. Er hat uns dann alles als E-Mail geschickt und das Bild auch eingescannt. Den Ausdruck habe ich schon mal hier." Sie schob die Unterlage dem Kommissar zu. „Vielleicht kann Pötter das Bild mal eben von meinem Rechner abrufen." Der Angesprochene machte sich am Laptop an die Arbeit und folgte mit dem Mauszeiger den Anweisungen der Büroleitung. Bald leuchtete die Schwarz-Weiß-Aufnahme aus der Mitte der 1960er Jahre auf.

„Da haben wir auch die Namen zu den Gesichtern!", meinte der Kommissar und zitierte aus der Unterlage: „Sieger wurde die Zimmergemeinschaft ‚Stanislaus Kostka' mit (stehend) Jost Hermann Bergfeld, Hanns Philipp Deibel, Friedhelm Drake, (kniend) Bernd Leo Döring, Paul Wilhelm Kathmann und Franz Anton Hohnwald."

Nachdenklich schaute die Runde in die strahlenden jungen Gesichter. Kattenstroht hatte plötzlich eine Eingebung und blätterte nahezu hektisch in Unterlagen und Listen, die vor ihm auf dem Tisch lagen. Man hörte nur das Rascheln der Blätter: „Da fällt mir was auf. Das waren also sechs Jungen in dieser Zimmergemeinschaft. Wenn wir die aktuelle Liste der Abiturientia 1966 II sehen, die wir von dem Wintersbrock bekommen haben, dann hat diese Truppe aber einen erheblichen Schwund zu verzeichnen." Er markierte mit einem roten Stift die drei Namen aus der früheren Zimmergemeinschaft Kathmanns, die gemeinsam Abitur gemacht hatten: „Der Doktor selbst wurde vorige Woche erschlagen. Mal weiter: Hier, Deibel und Hohnwald, sind noch in diesem Jahr verstorben, wie uns Wintersbrock sagte. Der Vierte ist bekannt wie ein bunter Hund! Der Fünfte, der Vorsitzende der Truppe, lebt in Warendorf und wird noch heute Morgen von mir besucht werden. Verdammt viele Einschläge in kurzer Zeit! Die Hälfte der Truppe wird in einem Zeitraum von vielleicht einem halben Jahr abgeräumt. Da passt aber was nicht mit der Jahrgangsverteilung."

Jetzt meldete sich auch Austrup. „In den Adressenlisten von Kathmann, das ist ein eigener Ordner mit nur ein paar Blättern, ist ausgerechnet eine der wenigen Spuren seiner Schulzeit. Er hat eine Namensliste der Oberstufe mit der Oberprima, der Unterprima und der Obersekunda aufgehoben. Da stehen etwa achtzig Leute drauf. Kann ich die sechs Namen der Kathmann-Truppe noch mal haben?"

Kattenstroht rief sie noch einmal fast zum Mitschreiben auf, und Austrup hakte ab: „Es sind in dieser Liste verschiedene Markierungen mit übereinstimmenden Bezeichnungen: Das scheinen mir Zimmer-Gruppen zu sein: Zum Beispiel Borromäus, Gonzaga, Xaverius und eben auch Kostka. Der letzte Namen steht vor unseren sechs Jungen, die wir auch auf dem Bild haben. Genau bei denen steht aber mit roter Tinte noch eine Zeichengruppe, die ich nicht identifizieren kann." Austrup hatte fünf der Jungen in der Abiturstufe des Kurzschuljahres 1966 gefunden: Bergfeld, Deibel, Drake, Hohnwald und eben Kathmann. „Dagegen besuchte nur Döring die Unterprima, die 12. Klasse."

„Lassen Sie mal sehen, Austrup", bat der Kommissar um die Liste. Tatsächlich fand sich vor den sechs Jungen aus Kathmanns Stube eine merkwürdige Gruppe aus drei Zeichen: „καθ ". Der Kommissar stutzte etwas. „Sieht mir irgendwie wie Griechisch aus. Der zweite Buchstabe ist ein Alpha, so wie in der Geometrie in der Dreieckslehre!“, brummte er vor sich hin, um dann lauter fortzufahren. „Von wegen: Eine Stube wird aus drei oder manchmal vier Jahrgängen zusammengesetzt. Diesmal waren es nur zwei, und das kann doch auch heißen, dass die länger zusammen waren.“

Kattenstroht bedauerte, dass Kathrin Eilers den Termin in Brinkbergen hatte, griff seufzend zum Edding, notierte in seiner Krakelschrift auf einem großen Bogen die sechs Namen und befestigte das Papier an einer noch freien Stellwand. Vor drei Namen setzte er ein schwarzes Kreuz, vor Bernd Leo Döring ein rotes Fragezeichen. Auf Nachfrage erläuterte er auch die Identität des „bunten Hundes“ und rief bei einigen Anwesenden doch Erstaunen über das Vorleben der Rocklegende Free Dragon hervor.

„Tja, dann will ich mich mal nach Warendorf aufmachen.“ Der Kommissar schien so etwas wie Vorfreude zu empfinden. Er bat Austrup und Pötter, bis zur Morgenlage am folgenden Tag aus den üblichen Quellen Erkundigungen über die fünf anderen Mitglieder der Kathmann-Gruppe einzuholen. Dann schloss er die Besprechung. Die Mitglieder der Kommission erhoben sich und verließen einer nach dem anderen den Raum. Kattenstroht war noch sitzen geblieben, er rief sich die Bilder aus der Wohnung Kathmanns ins Gedächtnis und blätterte unschlüssig in den Unterlagen. Den Kommissar trieb etwas um.

Just wollte er sich erheben, um nach einem letzten Blick auf den eigenen Schreibtisch nach Warendorf aufzubrechen, als Mia Kunsleben noch einmal auflief und ihm einen „Morgengruß von Kathrin“, wie sie es formulierte, auf den Tisch legte. „Das hat sie eben während unserer Besprechung geschickt. Ich soll's, bitte schön, an Sie weitergeben, weil unser Kommissar ja nur frühmorgens in die eigene Mailbox guckt. Ich hatte die Mail schon eben im Display gesehen, als Pötter Text und Bild von Wintersbrock aufrief.“

Die Büroleiterin zog ab, nicht ohne ihren Kommissar doch noch ein bisschen zu ärgern: „Mir ist vollkommen klar, dass Sie gleich über Telgte nach Warendorf fahren. Ich wünsche für die Pause einen schönen Telgter Markt und ein angenehmes Bratwurstessen!“

Kattenstroht aber hatte nicht angebissen; er hatte die Akte mit der Nachricht von Kathrin Eilers aufgeschlagen, hatte sie kommentarlos gelesen, hatte die Scans betrachtet und war einfach sitzen geblieben. „Kattenstroht klärt!", hatte sich die Büroleiterin nur gedacht und war wortlos gegangen.

Zehn Minuten darauf stürmte ein allerdings deutlich erregter Kommissar über den Flur und rief die Büroleitung sowie seine Mitarbeiter Austrup und Pötter zu einem kurzen Info-Termin in seinem Büro zusammen. Kattenstroht stellte die gesamte Tagesplanung auf den Kopf:

„An Sie, Frau Kunsleben: Bitte Folgendes erledigen: a) Anruf bei dem Herrn Bergfeld in Warendorf. Ich sage für heute Vormittag ab. Fragen Sie den Herren freundlichst, ob er für uns eventuell noch am späten Nachmittag Zeit hat, sonst erst am morgigen Mittwoch. Dann weiter: b) Anruf bei dem Professor Adamek von der Uni hier in Münster, der sitzt bei den Historikern am Domplatz; ob ich den heute noch sprechen kann. Und: c) bitte Kathrin anrufen, sie möge nach ihrem Gespräch in Brinkbergen versuchen, mich auf dem Handy anzurufen. Wir müssen uns für den Rest des Tages neu verabreden. Ich habe sie gerade selbst nicht gekriegt, wahrscheinlich ist sie noch in ihrem Gespräch und hat ihr Handy im Wagen liegen lassen. Dann weiter an Sie, meine Herren. Lassen Sie bitte alles stehen und liegen, und versuchen Sie, möglichst viel über die beiden anderen Todesfälle aus der Kathmann-Truppe, also über die Herren Deibel und Hohnwald zu erfahren. Die Adressen der beiden in der aktuellen Wintersbrock-Liste waren ja die richtigen. Setzen Sie bitte noch einen Ihrer Jungs nur auf den Döring, den Verschollenen, an. Sie selbst kümmern sich aber zunächst intensiv um die beiden anderen Toten dieses Jahres, und halten Sie mich, falls Sie was haben, bitte per Handy auf dem Laufenden."

Kattenstroht holte einmal tief Luft: „Dann noch ein Letztes. Eventuell müssen wir uns heute am Nachmittag noch einmal kurz abstimmen. Je früher wir zwischen Mittag und 14.00 Uhr den Termin bei Professor Adamek kriegen, desto besser!" Mia Kunsleben erhob den Einwand, dass eine solche Terminierung ja Kattenstrohts eigenen höchst gelobten Gepflogenheiten zur Wahrung der Mittagsruhe ganz und gar widerspreche. Diesen Appell und ihre Frage, ob er denn wirklich einen deutschen Professor in der Mittagszeit stören wolle, überhörte der Kommissar geflissentlich.

Schließlich kritzelte Kattenstroht eine Telefonnummer auf seinen Zettelklotz, riss das Blatt vom Block, faltete es einmal zusammen und überreichte es mit leicht gespielter Sorgfalt seiner Büroleiterin. „Sollte mein Mobiltelefon kein Netz haben, erreichen Sie mich in den nächsten zwei Stunden wahrscheinlich unter dieser Festnetznummer! Ferner sind Sie bitte doch so nett und sagen auch meinen Tisch am Bratwurststand auf dem Telgter Markt ab. Das ist ein Jammer! Das ist wirklich ein Jammer. Erstmals seit Jahren kriege ich zu Mariä Geburt kein Festessen auf den Emswiesen!"

Schon war der Kommissar entschwunden. Seine Mitarbeiter grinsten hinterher, und Mia Kunsleben schaute ratlos auf den Zettel mit der Telefonnummer. Es dauerte diesmal doch etwas länger, bis bei ihr der Groschen fiel.

Betty Kattenstroht hatte keinen leichten Vormittag hinter sich gebracht. Die fünf Unterrichtsstunden hatten sich in einer gewissen Gleichmäßigkeit über Unter-, Mittel- und Oberstufe verteilt und eine Spannbreite gezogen, die von den schwarzen Raben der Königin auf den Zinnen des Londoner Towers bis zu den Globalisierungsproblemen Indiens reichten. Einigermaßen abgekämpft steuerte sie ihren Wagen in die Seitenstraße mit dem Kattenstroht'schen Heim, konnte jedoch nicht wie gewohnt parken, da ein Dienstwagen der Polizei und ein weiteres Gefährt die Garagenauffahrt besetzt hatten.

Etwas verwundert identifizierte sie den zweiten Wagen als fahrbaren Untersatz der Assistentin ihres Mannes. Mit Mühe schlörte die Oberstudienrätin die Tasche mit den Schulunterlagen, eine Tragetasche mit Klassenarbeitsheften sowie die Einkaufstüten für die Familie vor das Haus, sie schloss umständlich auf und machte sich etwas unsicher durch lautes Rufen bemerkbar. Im Wohnzimmer fand sie schließlich Kathrin Eilers vor. Die junge Frau hatte es sich am Esstisch gemütlich gemacht und las in aller Seelenruhe die Tageszeitung.

Was denn hier gespielt werde, wollte Betty wissen, erfuhr aber nur, dass Kathrin Eilers auf ihren Chef wartete: „Dein Gatte spukt in eurem Keller herum und sucht irgendein Buch oder eine Fotoreihe. Er hat mich vor mehr als zwei Stunden nach einem Termin in Brinkbergen anrufen und herbestellen lassen. Ich sitze jetzt schon bestimmt eine Dreiviertelstunde hier herum und höre gelegentlich merkwürdige Geräusche aus dem Keller. Er hat mir zwar mit einem Buch in der Hand die Tür aufgemacht, war aber so in seine Recherche versenkt, dass ich ihm einfach gefolgt bin. Und weil er da Regalreihe um Regalreihe kontrolliert und ich nicht weiß, was er eigentlich sucht, habe ich mich mal lieber um die Tagesaktualitäten gekümmert. Ich wollte ihn nicht weiter stören."

„Der hat dir nicht mal ein Mineralwasser angeboten?" Betty schüttelte verwundert den Kopf und stieg dann auch ins Souterrain, wo sie ihren Klaus wie vermutet in jenem Keller fand, in dem seinerzeit die Bibliothek des Schwiegervaters aufgestellt worden war. Sie sah nur hinter dem Schreibtisch einen Ausschnitt von der Rückenansicht ihres Mannes, der sich vor einem Regal auf die Knie begeben hatte und Seite um

Seite eines Registers durchstudierte. Auf ihre freundliche Ansprache hin begrüßte der Kommissar seine Frau eher abwesend, um sich direkt der nächsten Regalreihe zuzuwenden: „Ich weiß genau, dass es hier im Keller ist. Ich sehe das Heft vor mir! Wieso finde ich das jetzt nicht? – Verdammt!" Kattenstroht hatte sich den Rücken an der Schreibtischecke gestoßen.

Da Betty von ihrem Mann ohnehin einiges gewohnt war, verklüngelte sie sich wieder ins Erdgeschoss, brühte für Kathrin Eilers und sich selbst einen Kaffee auf und machte sich auf eine längere Mittagspause gefasst. „Mit komplettem Mittagessen ist es leider etwas schwierig. Die beiden Jungs haben heute Nachmittagsunterricht, und ich wollte mich eigentlich auf die Zweimeterbahn zurückziehen. Wie wäre es mit einem kleinen Toast?"

Kaum hatte sie dieses Angebot ausgesprochen, als aus dem Keller ein Triumphgeheul ertönte und ein höchst motivierter Kattenstroht die Treppe hochgestürmt kam: „Ich habe es, ich wusste es doch! Los, Kathrin, wir müssen weg, Adamek hat nur bis 15 Uhr für uns Zeit!" Er griff nach seinem Jackett, schob seinen Schlips zurecht und machte sich, wie er zu sagen pflegte, stadtfein.

„Muss dieser Stress denn sein? Lass Kathrin doch wenigstens ihren Kaffee austrinken. Sie kann ja auch noch nachkommen!", wollte Betty ihren Mann besänftigen.

„Nachkommen iss nich!", konstatierte Kattenstroht in typisch münsterischer Diktion. „Am Domplatz gibt's keinen Parkplatz." Er wandte sich schon fast drängelnd seiner Assistentin zu: „Wir lassen deinen Wagen am besten stehen und fahren mit meinem Dienstwagen. Ich bringe dich heute am Nachmittag hierher zurück."

Kathrin Eilers sah Betty nur fragend und achselzuckend an. Eine Erklärung für das Engagement des Kommissars hatte sie noch nicht bekommen. Der stürmte schon los, und ihr blieb nichts anderes übrig, als ihm zu folgen. Wenigstens sie bestand noch auf der Einhaltung gewisser Verhaltensregeln und sagte der Frau ihres Chefs anständig Adieu.

Kaum zwanzig Minuten später und nach einer ziemlichen Jagd, vor allem durch schmale Seitenstraßen, hatte Kattenstroht tatsächlich den

Domplatz erreicht. Seine Methode, einen Parkplatz im Herzen Münsters zu ergattern, hatte Kathrin Eilers die Schweißperlen auf die Stirn getrieben: „Ich wünschte, du würdest mal abgeschleppt. Seit wann bist du denn Behördenleitung? Und wieder so ein amtsanmaßendes Parkschild!", moserte sie aufgebracht.

„Meine Liebe", auch Kattenstroht japste ein bisschen nach Luft, „wir haben nur noch heute die Gelegenheit, einen der besten Kenner der europäischen Geschichte des Mittelalters zu sprechen. Ab Morgen ist der nämlich auf einem Kongress in Cambridge. Und Professor Adamek wird uns weiterhelfen. Gut, dass er sich noch an meinen Vater erinnert. Ich hatte aber keine Ahnung, dass ich so lange nach diesem blöden Heft würde suchen müssen."

In der Uni fragten sie sich zügig zur Abteilung der Mittleren und Neueren Geschichte durch und wurden tatsächlich nach Passieren eines Vorzimmers bei dem namhaften Hochschullehrer vorgelassen.

Der Mann war wirklich eine imposante Erscheinung: Großgewachsen, breitschultrig, mit leicht angegrautem Haar und Bart und in einer typisch englischen Aufmachung. Hinzu kam die sonore, warme Stimme, die so viele Nuancen erkennen ließ. Humor hatte Professor Adamek auch: „So, so, das ist also der junge Herr Kattenstroht, der unbedingt Polizist werden musste, statt sich den Interessen seines Erzeugers hinzugeben!"

Kattenstroht lamentierte, diese alten Geschichten würden ihm doch ewig nachhängen. Aber der Professor meinte nur, auf die Karriere des Sohnes habe der alte Kattenstroht am Westfalenstammtisch trotzdem hin und wieder eine Runde ausgegeben. „Sie wissen aber, die Zeit drängt. Worum geht es ? Wie kann ich helfen?"

Kattenstroht verzichtete auf jegliche Vorrede und schlug ein dickes Heft im DIN-A4-Format auf. Es handelte sich offensichtlich um eine regionale Fachzeitschrift für Kunst und Kultur: „Ich habe mich, Herr Professor, nur vage an diese Veröffentlichung erinnert. Die ist mal von einem heimatbegeisterten Lehrer aus dem Brinketal geschrieben worden. Ich erinnere mich nur noch dunkel, dass Sie sich an einer Diskussion hierzu beteiligt haben und diese Bilder entschlüsseln konnten, und zwar besser, als es der Verfasser hier vermocht hat. Ich habe das Gefühl, dass uns das in einem Fall, der uns gerade heftig beschäftigt, weiterhelfen könnte."

In der Zwischenzeit hatten sie an einem Besprechungstisch Platz genommen. Professor Adamek schaltete eine seitlich stehende Lampe mit mehreren beweglichen Leuchterarmen ein und setzte sich eine pfiffig montierte Lesebrille auf. „Dann lassen Sie mal sehen! – Ach ja, der Kerkhöveler Taufstein. Da gab es mal eine kleine Debatte drüber. Daran können Sie sich noch erinnern? Donnerwetter!"

„Ja, aber meine Erinnerung reicht nicht weit genug." Kattenstroht zeigte sich bescheiden. „Ich weiß nur noch, dass es auch auf einem Vortragsabend des Altertumsvereins einen Disput darüber gab. Meinen Vater hat das seinerzeit sehr interessiert."

„So war es!", bestätigte Adamek. „Der Kollege hatte damals ziemlich mutig den gesamten Taufstein als unmittelbare Reaktion auf die Ketzerpredigten von 1233 / 1234 bezogen und das Thema des Kreuzzuges gegen die Stedinger mit der Bulle ‚Vox in Rama' von Papst Gregor IX. ziemlich undurchsichtig verquickt. Dabei kommt das Stück wohl aus der zweiten Hälfte des 13. Jahrhunderts, ist also etwa fünfzig Jahre jünger als die Vorgänge, mit denen man es in Verbindung bringen wollte. Es ist aber auch eine diffizile Thematik, über die schon dicke Bücher geschrieben worden sind."

„Könnten Sie es in eine Kurzform gießen?", bat Kattenstroht den Professor.

Der lächelte nur: „Ich will es mal versuchen und bitte darum, dass Sie es keinem Kollegen gegenüber in dieser schlichten Form wiederholen." Dann setzte er sich ein wenig zurecht und holte aus. „Ich muss Ihnen nicht sagen, dass sich auch im Mittelalter die Bauern in den einzelnen Regionen des Reiches durchaus gegen ihre Herren auflehnten. In der Wesermarsch zwischen Bremen und Oldenburg liegt das Stedinger Land. Die Bauern dort kämpften nach längeren Spannungen seit etwa 1227 offensiv gegen den Bischof von Bremen um ihre Rechte und eine gewisse Unabhängigkeit. Nachdem es ihnen zweimal gelungen war, Truppen des Landesherren zu schlagen und dabei, nebenbei gesagt, auch einen Bruder des Bischofs zu töten, wurde tatsächlich ein Kreuzzug gegen die Stedinger gepredigt. Man beschuldigte sie nun der Ketzerei und warf ihnen vor, Dämonenbilder zu beschwören, Wahrsagerinnen zu konsultieren und Zauberei zu betreiben. Daraufhin wurde 1232 in ganz Norddeutschland in Abstimmung mit Rom, auch im Bistum Münster übrigens, das Kreuz gegen die Stedinger gepredigt. Nur so viel: 1234 wurden die Stedinger bei Altenesch vernichtend geschlagen. Mit ihrer Freiheit war es vorbei."

„Und der Kerkhöveler Taufstein. Wie hängt der damit zusammen?", brachte sich Kattenstroht wieder ein, während seine Assistentin Seite um Seite die Bilder betrachtete, die sie am Montagmittag in der kleinen Kirche im Brinketal zum ersten Mal gesehen hatte.

Der Professor tippte nun auf die Abbildung, die eine Kombination aus einem Gesicht mit einem Tier zeigte: „Das, liebe Kriminalisten, ist ein Katersymbol. Ein Chronist jener Zeit hat, natürlich erst nach dem Sieg der immer gerechten Sache, die Stedinger Bauern als Ketzer, als Verehrer des bösen schwarzen Katers dargestellt, als ‚catiers', die sich an geheimen Orten getroffen hätten, um den Teufel in der Gestalt eines schwarzen Katers zu verehren, aufs Hinterteil zu küssen und miteinander Unzucht zu treiben. Diese Bilder wiederum kommen eigentlich aus einer in mehreren Fassungen vorliegenden Bulle des Papstes aus dem Sommer 1233, mit der ebenjener Gregor IX. in Deutschland zur Ausrottung der Ketzer allgemein aufruft. Schauen wir uns doch mal die sechs Masken von dem Taufstein aus Kerkhövel an. Zwei sind meiner Ansicht nach schnell mit Blick auf zahlreiche Bibeltexte erklärt. Der Löwe ist etwas ganz Mächtiges: Der Teufel geht unter seiner Gestalt umher und brüllt und sucht, wen er verschlingen kann. Der Drache vertritt das Dunkel, das überwunden werden kann: ‚Über Drachen und Basilisken wird der Gerechte wandeln!'"

Der Professor schlug die Seiten um: „Der Silvanus, diese Blattmaske hier, steht für das Untergründige der Natur, für die geheimnisvolle Macht der Triebe. Tatsächlich hat man sich so Buhlteufel vorgestellt, die sich Menschen nähern und sie im Schlaf sexuell vereinnahmen: Ein Echo des Unbewussten und seiner Wünsche – das sagen uns heute die Psychiater."

Kattenstroht und Eilers hörten gebannt zu, während der Professor mit seinen Erläuterungen fortfuhr. „Jetzt mal die Papstbriefe ‚Vox in Rama' von 1233. Der Titel rührt von einem Bibelzitat, das den Texten vorsteht:

‚In Rama ward gehört der Ruf einer Stimme voller Weinen und Klagen, Rachel beweint ihre Söhne, die der Satan schlachtet und ins Verderben stürzt!' "

„Für meinen Geschmack reichlich dramatisch!", brummelte Kattenstroht.

Professor Adamek stand auf, zog mit sicherer Hand ein Fachbuch aus dem Regal, blätterte darin ein wenig und fuhr dann fort: „Mit diesen Briefen, die an Bischöfe in Deutschland und an den Kaiser gingen, ermunterte der Papst zur Bekämpfung der Ketzerei, von der man ihm berichtet hatte. Also bitte, das alles hier ist sehr fragmentarisch. Jedenfalls beschreibt der Mann Gottes in dem Text, wie die Ketzer sündigen und – im Besonderen – wie ein Neuling in den Kreis aufgenommen wird: Sie versammeln sich in ihrer Gruppe an einem geheimen Ort. Dort erscheint ihnen zunächst ein bleicher Mann mit kohlschwarzen Augen, der fast nur aus Haut und Knochen besteht. Der küsst den Neuling mit einem Kuss, kalt wie Eis. Schon verliert dieser Mensch den Glauben. Und nun schauen Sie mal auf dieses Bild aus Kerkhövel! Was sehen Sie? Einen bleich wirkenden alten Mann. Mal weiter. Es steigt von einer Säule rückwärts ein schwarzer Kater herab, und die Ketzer küssen ihn aufs Hinterteil. Hier bitte: das Katzensymbol – auch in Kerkhövel. Das ist eindeutig das Hinterteil eines katzenartigen Tieres, allerdings in Verbindung mit einem menschlichen Antlitz. Schließlich erscheint aus einer Ecke ein leuchtender Mann, ein Luzifer, obenrum vollends glänzend, untenrum struppig und rau. Was sehen wir in Kerkhövel? Einen Mann mit einem strahlenden Gesicht im Flammenkranz. Es fehlt eigentlich nur eine dicke Kröte, die am Anfang des Briefes aus Rom erwähnt wird. Das Tier ist angeblich manchmal so groß wie ein Backofen, dann wie eine Gans oder eine Ente und muss auch ziemlich eklig geküsst werden. Am Ende betreiben alle miteinander Unzucht."

„Wenn ich es richtig verstehe, gibt der Taufstein also in gewisser Weise Figuren aus den Ketzerbriefen oder Berichten darüber wieder", wollte sich Kathrin Eilers versichern.

Der Professor war vorsichtig: „Oder aus den Ängsten und untergründigen Vorstellungen der Menschen. Da ist natürlich ganz viel Psychologie drin, und die hält länger vor, als man meint."

„Kattenstroht überlegte ein wenig, bis er fragte: „Wie schätzen Sie die Ausstrahlung, die Wirkungskraft solcher Bilder auf die Menschen unserer Zeit ein? Bewegen die noch heute die Menschen?“

„Mein lieber Herr Kattenstroht! Diese Bilder berühren die Grundängste aller Menschen. Der Taufstein soll ja gerade die Überwindung der Ängste und Abgründe durch die Botschaft Christi zeigen. Und seine Bilder sind, so sehe ich es jedenfalls, weitgehend überzeitlich. Wir wissen zwar, dass alle Motive der Ketzerbriefe eine Vorgeschichte haben, aber mit dem beginnenden 13. Jahrhundert werden sie virulent publiziert und gepredigt, auch in unserer Gegend, im Münsterland. Zwar hat ein Kollege mal richtig bemerkt, der schwarze Kater sei nicht ohne Umwege aus dem Keller der Ketzer auf den Rücken der Hexen gesprungen, aber in jeder Konditorei finden Sie zu Weihnachten Hexenhäuschen. Zeigen Sie mir eines ohne den Kater, der einem – bitte schön – nicht am Morgen begegnen und tunlichst nicht von links kommen soll.“

„Aber sind das nicht Märchenmotive?“, warf Kathrin Eilers fragend ein.

„Meinetwegen tauchen sie auch im Märchen auf, aber die Wurzel ist älteren Datums. Der Krötenkuss ist so ein ekelbesetztes Motiv. Welchen Frosch haben Sie, liebe Frau Eilers, geküsst, dass er Ihr Prinz wurde? Welche Kröte mussten Sie, lieber Herr Kommissar, schlucken, um Karriere zu machen? Mal weiter. In manchen Texten wird der bleiche Mann mit den kohlschwarzen Augen zum Schwarzen Mann. Das ist historisch betrachtet nicht etwa ein Bewohner Afrikas. Noch heute spielen die Kinder in ganz Norddeutschland ein Spiel: ‚Wer fürchtet sich vorm Schwarzen Mann? – Niemand! – Wenn er aber kommt? – Dann laufen wir!‘ “

„Das ist aber doch nur ein Spiel unter Kindern!“, hielt Kattenstroht entgegen.

„Na, in Ihnen lebt aber der Geist des Widerspruchs, mein lieber Herr Kattenstroht. Als Kind mussten Sie bestimmt mal in der Klasse in der Ecke stehen!“ Der Professor lächelte, und der Kommissar guckte etwas unsicher. „Die Ecke, das ist die Teufelsecke, aus der in all diesen Geschichten der Luzifer auftaucht. Sage mir keiner, das Mittelalter sei nur sehr fern.“

„Und ein gewisses Echo findet dieses Brimborium natürlich in gewissen Kreisen junger Leute!", meinte Kathrin Eilers nachdenklich, und der Professor ergänzte: „So ist es! Dann gehen Sie zum Beispiel mal über den Markt von Camden Lock in London. Was da bei den Gothic-Anhängern an Teufeln, Masken, abstrusem Schmuck, Tattoos und Bildern auftaucht, das ist unserm Mittelalter in Kerkhövel gar nicht so fern, im Gegenteil: Es ist ihm eng verwandt!"

„Und die aktuelle Hard-Rock-Szene bei uns ist es in Teilen auch!", schloss Kattenstroht. Er blätterte in seiner Handakte und legte ein Blatt mit vergrößerter Abbildung der Zeichengruppe auf den Tisch, die sie in den Listen gefunden hatten: „Mit diesen drei Zeichen, meiner Meinung nach ist das Griechisch, wurde eine Gruppe von Leuten in einer Liste markiert. Hätten Sie, lieber Professor Adamek, dafür eine Erklärung?"

Der Wissenschaftler zog das Blatt heran und setzte seine Brille gerade. „Aha, καθ – Kappa, Alpha und Theta: Natürlich Griechisch." Adamek überlegte nur kurz. „Es würde sogar in Ihrem Zusammenhang passen: Es könnte eine Sigle sein für καθαρσί. Das bedeutet ‚die Reinen' und bezieht sich auf die Katharer in Südfrankreich, die wichtigste Glaubensgemeinschaft, die zu Beginn des 13. Jahrhunderts verketzert und planmäßig vernichtet wurde. Auf diese Leute bezog sich aus das Wortspiel mit dem Kater. Da sind Sie aber in einer phantasievollen Gesellschaft gelandet." Adamek schaute unter seinen buschigen Augenbrauen fast erheitert auf: „Das mitten im Herzen des Münsterlandes?"

Schon auf dem Weg zum Auto begann der Kommissar, intensiv zu telefonieren. Er sprach mit Austrup und Pötter und fragte Ergebnisse ihrer Recherche ab. Dann ließ er sich mit der Büroleiterin verbinden und trug ihr auf, für den späteren Nachmittag zu einer Besprechung zu laden. Auch die Staatsanwaltschaft solle bitte dazukommen. Mia Kunsleben war etwas verblüfft über diesen Randtermin und die sehr ungenaue Festlegung der Zeit. Somit entschied sie allein und setzte den Termin auf 16.15 Uhr fest: „Dann ist noch Kaffeezeit, und es wird auch nicht allzu spät", hatte sie in der ihr eigenen patenten Art bemerkt. „Schließlich wollen alle mal nach Hause!"

Im Präsidium zog sich Kattenstroht mit seiner Assistentin ins eigene Büro zurück und trug ihr seine Ansicht des Falles mit einer eigenartigen Theorie vor, die letztlich auf ihre, Kathrins, Idee zurückgehe. Die junge Frau hörte ihrem Chef mit Interesse zu, stellte die eine oder andere Frage, machte die eine oder andere kritische Anmerkung, war aber letztlich nicht wirklich überzeugt: „Trotzdem, faszinierend ist das schon. Warten wir mal ab, was die Kollegen dazu sagen." Gerne übernahm es Kathrin Eilers, den großen Besprechungsraum vorzubereiten. Sie drehte mehrere der Pinnwände und Schautafeln einfach um, denn der Kommissar, das war klar, benötigte Platz. Wieder einmal kamen Austrup und Pötter zu Kattenstroht, der sich einen Spickzettel erarbeitete, und diskutierten mit ihm über Einzelaspekte des Falles. Kathrin Eilers erstellte eine Reihe großformatiger Kopien, die Kattenstroht zur Illustration benötigte. Mia Kunsleben schaute dem lebhaften Treiben etwas verständnislos zu.

Gegen 16.00 Uhr begann sich der Besprechungsraum langsam zu füllen. Die Kommission war fast komplett, und die Engler hatte sogar ihren Leitenden Oberstaatsanwalt im Schlepptau. „Was ist denn bei euch los?", wollte Stellmacher von Kathrin Eilers wissen. Die aber lachte nur: Die Staatsanwaltschaft möge doch noch ein bisschen auf die Bescherung warten.

Wenige Minuten vor dem verabredeten Termin erschien Kattenstroht selbst, der mehrere Mappen und große, fast plakatartige Blätter bei sich trug. Seine Assistentin hatte es ihrerseits übernommen, auf den Tafeln mit Hilfe von Magneten sechs Bilder aufzuhängen, ordentlich, im gemessenen Abstand zueinander.

Dann legte Kattenstroht los. Er war jetzt tatsächlich glänzend vorbereitet und wirkte souverän: „Ich habe zu dieser relativ späten Stunde noch um eine große Besprechung gebeten, weil ich da etwas gesehen habe, was ich zwar nicht als Lösung unseres Falles, vielleicht aber als Lösungsidee oder als denkbaren Ermittlungsweg für nicht völlig abwegig halte. Ich muss Sie jetzt für einige Minuten um Geduld für einen längeren Vortrag bitten!"

Stellmacher warf lächelnd ein: „Wir werden alle so aufmerksam und leise sein, wie du es bei unseren Beiträgen in Diskussionen zu sein pflegst!" Der Kommissar ignorierte diesen Hinweis kühl und legte los:

„Am Mittwochabend der vorigen Woche wird Dr. Paul Wilhelm Kathmann erschlagen und bereits tot – noch mit einem Stock, sagen wir mal, durchbohrt. Wir haben den Fall ausführlich dokumentiert und nach Motiven und Verbindungen gesucht. Die Kollegenschaft seiner Dienststelle wurde abgegrast, Kunden aus seinem Arbeitsbereich, der Steuerfahndung, aufgesucht und befragt. Die komplette Nachbarschaft und sogar zwei zufällige Passanten konnten identifiziert werden. Wir haben im Bereich der Sperrmüllsammler Anknüpfungspunkte gesucht, allerdings vergeblich. Die meisten Menschen, denen Dr. Kathmann in seinen letzten Lebensstunden begegnet ist, haben wir sogar auf Fotos, alle sehr scharf, bis auf einen Schattenmann auf dem Kinderspielplatz. Das Spurenbild ist hervorragend, selbst ein genetischer Fingerabdruck des Täters liegt vor. Der Ablauf der Tat ist voll und ganz erschlossen und rekonstruierbar, zudem zeitlich scharf eingegrenzt." Kattenstroht holte etwas Luft: „Weitergekommen sind wir nicht."

Er legte ein Blatt um und fuhr fort: „Seit dem Montag haben wir uns dann verstärkt um den persönlichen Hintergrund und die Lebensgeschichte des Dr. Kathmann gekümmert. Wir haben seine Familie durchleuchtet, mit der Nichte und am Dienstag auch mit seiner Schwester gesprochen. Schon am Montag sind wir auch im Brinketal gewesen und eher zufällig auf seine frühere Schule gestoßen, die Ludgerusburg. Mich hat dann der Anspruch dieses Hauses, ich nenne das mal die Klasse, die Qualität dieser Institution, ebenso angesprochen wie auch interessiert; das eine oder andere hat mich auch ein bisschen abgestoßen. Wir haben weit gegrast und immerhin herausbekommen, dass Dr. Kathmann als Junge ebenso schwierig war, wie er es als erwachsener Mann anscheinend auch gewesen ist. Kathrin und ich haben am Montag in der Mittagspause eher zufällig die Kirche in Kerkhövel besucht. Dabei haben wir auch den alten Taufstein entdeckt, auf dem sechs Symbole, Dämonenmasken genauer gesagt, dargestellt sind. Sie hängen hier an den Tafeln. Frau Kollegin, übernimmst du mal?"

„Gerne!" Kathrin Eilers stand auf und wies in der Reihe der Bilder auf das Drachenmotiv hin. „Mir kam das gleich bekannt vor. Erst am Montagabend fiel es mir im Gespräch mit meinem Mann wieder ein. Der Rocksänger Free Dragon verwendet dieses Getier als sein persönliches Wappen. Das schon seit mehr als dreißig Jahren." Die junge Frau ging zum Tisch und hob eine alte Schallplatte mit einem grellfarbigen, zumeist in tiefem Schwarz, dunklem Gelb und leuchtendem Gold gestalteten Cover hoch. „Dazu bitte eine moderne CD, die gerade zwei Jahre alt ist: Auch hier ist der Drache vom Kerkhöveler Taufstein in derselben Farbgebung zu sehen. Erst bei einem Besuch des Altherrenvorstandes wurden wir daran erinnert, dass Free Dragon der Künstlername eines gewissen Friedhelm Drake ist! Der Drache taucht überall auf seiner Website auf. Ich habe mich gewundert, dass es mir so spät aufgefallen ist. Allerdings lag der Zusammenhang aber nicht unmittelbar nah. Wichtig für uns ist nur, dass Friedhelm Drake Schulkamerad und Zimmergenosse von Dr. Kathmann war."

Kattenstroht ging zur Schautafel und befestigte mit einem schweren Magnet eine Papptafel unter dem Drachenbild. Darauf stand nur der Name ‚Friedhelm Drake'.

„Am Montagnachmittag waren wir dann bei dem früheren Leiter des Internates, einem gewissen Pater Desiderius. Der gute Mann, mit neunzig Jahren noch mit einem brillanten Gedächtnis ausgestattet, berichtete uns, dass die Sechsergruppe, in der der junge Kathmann im Internat gelebt hat, im Jahr vor dem Abitur mehrfach nachts ausgekniffen ist. Die Bengels sind im Mondenschein die Brinke heruntergepaddelt, haben sich die Kirche aufgeschlossen und dort eine kleine Party mit mystischem Hintergrund und reichlich Schnaps abgehalten. Das war in jenem Jahr, es muss 1965 gewesen sein, mehrfach der Fall, bis es aufflog. Den Kathmann als Kopf der Gruppe hätten sie fast gefeuert, aber wegen seiner Begabung, vielleicht auch wegen einer ordentlichen Spende der Familie hat er seine Chance aufs Abi bewahrt. Wie mein Chef darf auch ich einmal literarisch werden: ‚Jugendliche Räusche sind die stärksten, und jugendliche Küsse sind die süßesten!' " Kathrin Eilers sah sich aufgrund dieses Zitates mit einem anerkennenden Pfiff ihres Chefs konfrontiert. Sie schüttelte die blonden Locken und fuhr dann unbeeindruckt fort. „Wir stellen uns einen Club von Jungen vor, die in dem Internat mehr oder minder einkaserniert sind. Sie sind enge Freunde, sie erleben gemeinsam den Druck eines solchen Hauses und planen gemeinsam die notwendigen Regelverstöße. Das prägt sich doch fürs Leben ins Gedächtnis ein. Wer sind die sechs Knaben, die sich da für einige Jahre gefunden haben? Wir konnten über das Archiv der Alten Herren die Zimmerliste der letzten Schuljahre bekommen. Eigentlich haben wir sie alle vor Augen: Nummer 1 also ist Friedhelm Drake!"

Kattenstroht nahm ein zweites Pappschild und wies auf das Katersymbol hin: „Paul Wilhelm Kathmann, unser Opfer. Ich tippe auf den Spitznamen ‚Kater'!" Er hängte das Namensschild unter das Bild, bei dem Gesicht und Hinterteil einer Katze merkwürdig miteinander verschmolzen waren.

„Bei Nummer 3 sehen wir diesen Waldgott, einen Silvanus, dargestellt als Blattmaske. Der dazugehörige Junge heißt Hermann Anton Hohnwald! Ein hoher Wald, in der Tat! Klaus, gib mir bitte mal das Namensschild!"

„Jetzt haben wir im vierten Feld dieses bleiche alte Gesicht. Heute hat uns Professor Adamek von der Uni Münster erklärt, dass in den mittelalterlichen Phantasien die Neulinge im angeblichen Ketzerkreis von einem alten bleichen Mann begrüßt und geküsst wurden."

Jetzt wirkte Kattenstroht etwas unsicher: „Bei diesem Bild haben wir nur eine unbestimmte Brücke, aber innerhalb der Wohngruppe, die wir mithilfe der Altherrenschaft namhaft machen konnten, ist Jost Hermann Bergfeld laut Liste der damaligen Oberstufe der Älteste. Ergo mache ich diesen Vorschlag." Schon hängte er den Namen Bergfelds auf und fuhr fort: „Eine ähnliche Unsicherheit hatte ich zunächst bei dem Löwen. In der Namensliste der Schule wurde mir klar, dass der zweite Vorname von Bernd Döring der ‚Leo' ist. – Leo, leonis, das ist auf Latein der Löwe!"

„Machen wir die Runde dann komplett mit dem Luzifer, dem Lichtbringer!" Schon hängte Kathrin Eilers das nächste Namensschild auf, und der Kommissar schmunzelte: „Wie gesagt, Sprachkenntnisse sind doch von enormem Vorteil: Der Teufel heißt auf Plattdeutsch natürlich ‚Deibel', der dementsprechende Jüngling also Hanns-Philipp Deibel! – Und damit ist die Sechserrunde, die sich nächtens in einer Kirche bei Gitarrenmusik und Kerzenschein besäuft, komplett!"

Für kurze Zeit herrschte Schweigen im Besprechungsraum; schließlich räusperte sich Stellmacher und meinte, das sei ja ein intellektuell brillantes Glasperlenspiel: „Bestechend! Aber bringt es uns weiter?"

Kattenstroht wandte ein, er habe nicht von einer Lösung gesprochen, sondern nur eine Idee gehabt und einen eventuell denkbaren Zugang zu einer Gruppe gesehen, aus der der Täter aufgrund der alten Verbindungen habe kommen können: „Wir sind uns eigentlich alle einig, dass es sich bei dem Totschlag an dem Dr. Kathmann um eine Affekttat handeln muss. Aus der nachfolgenden Pfählung haben wir den Schluss gezogen, dass es eine Beziehung zwischen Opfer und Täter gegeben haben muss. Selbst wenn wir bedenken, dass es heutzutage manchmal zu explosivartigen Gewalttaten kommt, kann ich mir das in diesem Fall nicht vorstellen. Raubmord fällt total flach. Die Tür der Wohnung von Dr. Kathmann stand auf, der Täter hätte so hineinspazieren können. Es fehlt jedoch nichts: Von der Uhr bis zum Bargeld und den Kreditkarten war alles da. Selbst den denkbar teuersten Plattenspieler hat der Täter verschmäht. Ein Sperrmüllfan hätte sich wenigstens umgeschaut!"

Der Kommissar merkte, dass er Stellmacher mit seiner Theorie der Jugendgruppe nicht erreicht hatte. „Dann schlage ich vor, sollte Pötter mal weitermachen! Zuvor noch die Information, dass mit Dr. Kathmann insgesamt drei der sechs Herren jener Gruppe im Verlauf dieses Jahres das Zeitliche mit dem Ewigen verwechselt haben."

Der Angesprochene erhob sich und positionierte sich vor die Stellwand. Kathrin Eilers hatte inzwischen die vergrößerten Gesichter der ehemaligen Ludgerusburg-Schüler den Symbolen zugeordnet; hierzu hatte sie das Gruppenbild des Sportfestes aus den 1960er Jahren eingescannt, virtuell auseinandergeschnitten und ausgedruckt.

Pötter berichtete, er habe von Kattenstroht den Auftrag erhalten, sich einmal um den angesprochenen Hermann Anton Hohnwald zu kümmern. „Wir kannten seinen Namen und seine letzte aktuelle Adresse aus der Liste des Ehemaligen-Vereins. Die Rücksprache mit der Düsseldorfer Polizei hat ergeben, dass Hohnwald im Januar dieses Jahres verschwunden ist. Seine Leiche wurde erst im Juni von spielenden Kindern in einem Waldstück aufgefunden. Aufgrund des weit fortgeschrittenen Verwesungszustandes hat sich die Todesursache nicht mehr klären lassen. Man geht davon aus, dass Hohnwald sich mit einer Schlinge entweder selbst stranguliert hat, oder er wurde erwürgt und dann am Hals in einem niedrigen Baum einer Schonung mehr oder minder aufgeknüpft. Hier habe ich sogar ein Bild!" Pötter befestigte die per E-Mail aus Düsseldorf erhaltene Aufnahme unter dem Bild des Silvanus. Im Raum war man bass erstaunt. Ein Raunen ging durch die Reihen der Ermittler.

„Was hat dieser Mann beruflich gemacht?", wollte Stellmacher wissen. Pötter warf nur einen kurzen Blick in seine Akten. „Er war Volkswirt und Publizist, Sprecher eines Unternehmerverbandes in Düsseldorf, erfolgreich, wohlhabend, Familienvater."

„Mal weiter, Austrup, was haben Sie herausgefunden?" Ungeduldig trieb Kattenstroht die Sache jetzt voran.

Austrup trug in seiner ruhigen und gelassenen Art vor: „Hanns-Philipp Deibel ist in der Woche nach Ostern dieses Jahres in seinem Auto verbrannt. Der Mann wohnte in Minden und war als Ingenieur für eine Maschinenbaufirma tätig. Der familiäre und gesellschaftliche Hintergrund war völlig unauffällig. Er ist am Mittwoch in der Osterwoche morgens zum Dienst gefahren, angeblich. Sein Wagen wurde dann aber am Nachmittag ausgebrannt in einem abgelegenen Waldstück aufgefunden. Deibel selbst saß tot noch am Steuer des Wracks. Selbstmord scheint ausgeschlossen: Keine Probleme, kein Abschiedsbrief, keine Affäre. Es gibt kein Spurenbild mehr, das auf eine Vergiftung hinweisen könnte. Der Mann war nicht gefesselt, Verletzungen am Schädel oder sonstige waren am Körper nicht mehr feststellbar. Kein Benzinkanister in der Nähe. Brandbeschleuniger waren chemisch nicht nachweisbar. Die Wagentüren waren nicht verschlossen, Deibel war nicht angeschnallt. Es war nicht zu klären, ob der Mann bei Ausbruch des Feuers noch lebte. Die Sache ist bis jetzt rätselhaft und ungeklärt. Die Kollegen in Minden wollen sich sogar bei uns einhaken, weil sie nicht weiterkommen."

Es war Stellmacher, der das nachdenkliche Schweigen brach und die Ideen, die alle hin und her wälzten, aussprach: „Wir haben also, wenn ich die Bilder anschaue, möglicherweise eine Kette von verbundenen Taten, die auch die Bilder, die wir sehen, in sich verschränken. Das Opfer Hohnwald steht für diese merkwürdige Blattmaske. Und auf dem Bild da unten grinst uns sein Totenschädel aus einem jungen Eichenbusch entgegen. Der zweite Tote hier, der Deibel, erscheint oben als Luzifer in Stein gemeißelt und ist auf dem Bild unten in einem Flammenkranz fast völlig verglüht." Er stockte. „Das sieht ja fast nach einem Mordprogramm aus!"

Kattenstroht meinte, so weit habe selbst er nicht gehen wollen. Natürlich könne man hier fast ein kriminalistisches Glasperlenspiel betreiben. Aber der dritte Tote, Dr. Kathmann, der Kater, passe mit seiner Todesart nicht in das Schema. „Der münsterländische Bauer hätte den alten Kater oder die überzähligen Kätzchen früher im Sack mit einem Stein drin nächtens im Wasser beseitigt. Demnach hätte Dr. Kathmann im nahen Kanal versenkt werden müssen. Er wird aber aufgespießt. Das aber wäre die Todesart des Drachen gewesen. Drake alias Dragon hat demnach Glück gehabt, bis jetzt. Er ist Sankt Georg, dem edlen Ritter, zum Aufspießen anscheinend noch nicht begegnet!"

Kapitel 19

Natürlich war aus dem frühen Feierabend an diesem Dienstag nichts mehr geworden. Nachdem man sich im Präsidium in längeren Gesprächen eine Strategie zurechtgelegt und erste Maßnahmen eingeleitet hatte, kam Kattenstroht erst gegen 20.00 Uhr nach Hause. Die meisten Kolleginnen und Kollegen hatten den brillanten Vortrag ihres Kommissars mit wachsender Spannung verfolgt und fanden die Argumentationskette eigentlich schlüssig. Bei vielen herrschte eine Art nervöser Erwartung gegenüber den neuen Fahndungsaspekten, vor allem wohl, weil die Geschichten solch stark spekulative Elemente aufwiesen. Die junge Staatsanwältin Engler hatte noch im großen Besprechungsraum fast ungläubig Kathrin Eilers gefragt, was sie denn von dieser Theorie und Kattenstrohts Arbeit halte. Kathrin Eilers hatte mit den Schultern gezuckt: „Ich will es mal so sagen, Sabine. Ich arbeite jetzt seit fast fünf Jahren regelmäßig mit ihm zusammen. Einoder zweimal im Jahr kommt so ein Fall, der uns heftiger beschäftigt und der nur schwer zu knacken ist. Tatsächlich hat mein Chef dann verrückte Einfälle und hat damit letztendlich Erfolg. Es ist mir manchmal auch ein Rätsel, wie er das zusammenbringt. Aber er kennt Land und Leute sehr gut und verknüpft Aufklärungslinien miteinander, an die du nicht mal im Traum gedacht hast!" Die Staatsanwältin hatte nur ergeben genickt und sich noch mehr über ihren Chef Stellmacher gewundert, der nach Kattenstrohts Vortrag die Initiative an sich gerissen hatte.

„Ich stelle also fest, wir haben eine Theorie für die Hintergründe der Tat an Dr. Kathmann. Eine Theorie, nicht mehr und nicht weniger. Die Idee ist voller Phantasie und sehr ungewöhnlich!" Fast drohend schaute der Leitende Oberstaatsanwalt in die Runde: „Es wird auch nichts davon in der Presse auftauchen. Ich folge mal der Vorstellung des Kollegen Kattenstroht, wonach wir es eventuell mit einer Mordserie in einer Gruppe von Männern zu tun haben, die sich seit der Jugendzeit kennen. Sie verstehen sich als eine besondere Truppe, vielleicht gar als eine Elite, sie nennen sich – so die Interpretation eines namhaften Hochschullehrers – καθαρσί – also ‚Die Reinen'. Nun könnte man sie als Vertreter der reinen Lehre verstehen, aber es geht, glaube ich, um mehr. Sie lehnen ihren klassischen Zimmernamen ab.

Habe ich deine Erläuterungen, Klaus, eben richtig verstanden, dann setzen sie ihren Titel gegen die gewissermaßen amtlich verordneten Namen der Zimmergemeinschaften. Die waren ihnen als fromme Heilige der studierenden Jugend aus dem Umfeld der Jesuiten wahrscheinlich zu saft- und kraftlos. Sie selbst aber sind die Katharer, ein Geheimbund, wie diese Gegenkirche, die sich gegen Papst und den Kaiser, gegen den König von Frankreich und die Bischöfe des französischen Südens gestellt haben." Stellmacher war offensichtlich von den Kattenstrohtschen Bildern beeindruckt und hatte sich leicht in Rage geredet: „Theresia und ich waren mal im Languedoc. Da stehen noch die Ketzerburgen auf den höchsten Felsennestern, und es werden noch die Äcker gezeigt, wo man die Katharer verbrannt hat. Auf einer ihrer sagenhaften Burgen soll ja auch der heilige Gral aufbewahrt worden sein."

„Just deshalb hat Dr. Kathmann auch wohl sechs Gesamtaufnahmen der Wagner-Oper Parsifal! Da geht es doch auch um den Gral. Die Bilder, die drei Bilder in der Wohnung unseres Opfers. Klar, das ist der Gralskönig Amfortas bei seinem Dienst!" Kattenstroht schüttelte den Kopf. „Das passt mir alles fast zu gut zusammen. Das geht so nicht. Wir fangen an zu spintisieren."

Den Leitenden Oberstaatsanwalt focht das nicht an. „Dann mal zurück zu den Realitäten. Die Gruppe, die du erkannt und beschrieben hast, war ursprünglich sechs Mann stark. Drei hat es inzwischen ereilt: Unsern Dr. Kathmann in Münster, den Unternehmerverbandssprecher Hohnwald in Düsseldorf und den Ingenieur Deibel in Minden. Alle drei waren gut situierte Leute und kommen auf recht dramatische Weise ums Leben." Stellmacher schaute in die Runde: „So weit alles klar?" Die Gruppe der Polizisten zeigte bis auf vereinzeltes Kopfnicken keine Reaktion.

„Dann mal weiter. Unser Rocksänger Free Dragon alias Friedhelm Drake. Nr. 4 aus der Truppe lebt in einem Dorf bei Bremen!" Der Oberstaatsanwalt wurde von Kathrin Eilers unterbrochen: „Zurzeit ist er auf Tournee und in Mecklenburg-Vorpommern unterwegs." Sie warf einen Blick in ihre Unterlagen. „Er hat heute um 21.00 Uhr einen Auftritt in Schwerin."

Stellmacher nickte: „Das nehmen wir zur Kenntnis. Nr. 5 ist dieser Pauker aus Warendorf, mit dem ihr ja heute noch telefoniert habt. Der lebt, erscheint seriös und ist offensichtlich fit und munter."

„Zudem haben wir morgen Termin bei dem!", warf Mia Kunsleben ein.

„Bleibt die Nr. 6 und – wie ich förmlich spüre – nach Meinung der meisten Anwesenden im Saal der Hauptverdächtige: Bernd Leo Döring. Wie ich gerade von Kattenstroht höre, haben auch die Alt-Ludgerianer keinen Kontakt zu ihm. Es gibt keine ladungsfähige Anschrift, will ich mal so formulieren. Damit ist klar: Wir müssen zumindest sofort in geeigneter Form auf Bergfeld und Drake zugehen. Egal wie, die müssen auf sich aufpassen in den kommenden Tagen, kriegen bei Wunsch oder erkennbarer Gefahrenlage Polizeischutz. Dann sollten wir uns verstärkt um Döring kümmern. Wir brauchen alle Informationen, die wir kriegen können."

Kattenstroht, der seinem eigenen Konstrukt einfach nicht zu trauen schien, fragte nach, ob Stellmacher wirklich von vorneherein einen Zugriff von außen auf die Gruppe ausschließen wolle. Der Oberstaatsanwalt überlegte kurz: „Schauen wir mal auf deine Affekttat. Die vollzieht nur jemand, der tief ins Mark getroffen ist. Da kann es sich um ein Trauma, um eine posttraumatische Belastungsstörung handeln, die durch einen Trigger, einen Zufall, eine Begegnung, ein sogenanntes *flash-back* ausgelöst wird. Das katapultiert den Betroffenen exakt wieder in seine vor Jahrzehnten erlittene Situation. Er reagiert prompt und schlägt zu." Stellmacher nickte mit Nachdruck: „Ja, doch, ich neige dazu, bei der ersten Theorie zu bleiben. Es war eine Angelegenheit in der Gruppe, obwohl ich zugeben muss, das alles sieht mir hier mehr nach einem schlechten Krimi aus als nach authentischen Fakten und Sachverhalten. Wenn wir öffentlich verkünden, dass wir aus einem vor mehr als vierzig Jahren stattgehabten nächtlichen Gelage von sechs wilden Bengels um ein großes Objekt der sakralen Kunst eine Mordserie mit Schönheitspreisen eruieren, lacht uns jeder aufgeklärte Kopf aus. Nur Krimis von Dorothy Sayers sind schöner!"

Mia Kunsleben behielt als Einzige die Uhr im Auge und fragte, was denn nun eigentlich zu tun sei. Man könne ja gerne einen Schönheitspreis an Kattenstroht und seine Theorie verleihen, aber damit käme man ja nicht zum Abendessen nach Hause. „Also bitte konkret: Was soll geschehen?"

Kattenstroht nickte: „Es wird alles zielführend abgearbeitet. Ich sehe, wie die Staatsanwaltschaft auch, aktuell drei Aufgaben vor uns: Wir müssen den Schutz von Drake garantieren, wir müssen den Schutz von Bergfeld garantieren, wir müssen Döring identifizieren und finden. – So einfach ist das." Der Leitende Oberstaatsanwalt nickte mit seinem mächtigen Kinn, über das sich wieder ein stoppeliger Dreitagebart gezogen hatte, nachdrücklich. Auch Stellmacher wurde mehr und mehr zum Grauesel, schoss es Kathrin Eilers auf einmal durch den Kopf.

In der nächsten Stunde bimmelten in allen Räumen die Telefone, wurden E-Mails und Faxe erstellt und verschickt. Nach etwa anderthalb Stunden wurde berichtet, dass die Polizei in Warendorf Bergfeld aufgesucht und gewarnt hatte. Der hatte versprochen, sein Haus zumindest an diesem Abend nicht zu verlassen, Polizeischutz für sich aber abgelehnt.

Aus Schwerin war zu hören, dass die Party aus Anlass des Konzertes von Free Dragon und seiner Band bereits begonnen hatte. Drake und seine Leute waren offensichtlich schon dabei, sich in Stimmung zu bringen: „Wir konnten seinen Manager sprechen, und der hat zugesagt, den Personenschutz für Dragon zu verschärfen. Security steht jetzt schon bei vergrößerten Abständen rund um die Bühne. Der Bühnenhintergrund – auf Neudeutsch Backstage – und die Garderoben werden schärfer als sonst überwacht und bleiben ein geschlossener Bereich."

„Na, da brauchen sich die Schweriner Mütter wenigstens diesmal keine Sorgen um ihre Töchter zu machen: No Groupies!", hatte der Kommissar vor sich hin gebrummt und in einem Computerraum längere Zeit seinen Leuten über die Schulter geschaut, die sich auf die Suche nach Döring gemacht hatten. „Vergesst nicht, die alten Herren von der Ludgerusburg sind ganz schön fit am Computer. Die haben unseren Mann nicht gefunden, so behauptet ihr Vorsitzender. Also bitte lebhafte Anstrengungen hier!"

Tim Schaap, einer der Hilfskräfte in den Teams von Austrup und Pötter, wandte seinen Blick vom Bildschirm, drehte sich um und meinte, man habe als Polizei aber doch bessere Datenstämme und effektivere Zugriffsrechte als so ein paar alte Knatterpötte, die von moderner IT ohnehin keine Ahnung hätten. Der Kommissar entgegnete lakonisch, genau das hoffe er auch, und verzog sich in sein Büro, um noch einmal über den Fall Dr. Kathmann und den eigenen Lösungsvorschlag nachzudenken.

In gewohnter Umgebung machte es sich Kattenstroht bequem, legte die Beine auf den Tisch und grübelte geraume Zeit vor sich hin. Aber auch bei kritischer Betrachtung fand er eigentlich keinen Bruch in seinem theoretischen Konstrukt. Es war in sich logisch und geschlossen. Angesichts der Abenteuerlichkeit beschlich den Kommissar aber doch ein leichtes Unbehagen, das ihn auch nicht verließ, nachdem er wieder zu Hause angekommen war. Gegen 19.30 Uhr hatten sie nämlich die Suche nach Döring – für diesen Tag jedenfalls – abgebrochen.

Daheim fand der Kommissar das geliebte friedliche Familienleben vor. Irgendwo im Haus bellte Snoopy, Kattenstrohts kleiner Terrier. Sein Sohn Sebastian hatte seine Freundin Bettina zu Besuch und wollte auf keinen Fall von seinem Bruder Benedikt gestört werden, der seinerseits auf dem Flur vor dem Zimmer seines Bruders herumtobte und den Hund neckte. Betty hatte sich über eine ziemlich vergeigte Klausur ihrer Zehner-Klasse geärgert und gruuste zunächst missgelaunt herum. Endlich machte sie in der ihr eigenen Art einen guten Vorschlag. „Wir sind noch drei halbwegs Vernünftige im Haus: Snoopy, Kommissar Kattenstroht und ich. Wir drei machen jetzt noch einen Spaziergang, und der führt uns beim Italiener vorbei."

Das Stichwort „Italiener" vergrößerte die Gruppe umgehend um Benedikt. Kaum hatte man den Hund angeleint, erschien auch der etwas verwuschelte Sebastian und fragte nach, ob man auch für Bettina ein Eis kriegen könne. Somit war zwar der Frieden wiederhergestellt, aber nur unter erheblichen Kosten, wie Kattenstroht beim Bezahlen in der Eisdiele mit väterlicher Sorge bemerkte.

Kapitel 20

Die Dienstbesprechung am frühen Morgen zeitigte keine weitergehende Entwicklung. Die Teams von Austrup und Pötter waren wieder intensiv an der Arbeit, Bernd Leo Döring blieb jedoch in den diversen Datenbänken unauffindbar. Der gelassene Austrup merkte nur an: „Wir werden ihn finden, wenn es ihn denn überhaupt noch gibt, aber wir suchen wahrscheinlich wieder nur an der falschen Stelle. Aus Berlin haben wir die Auskunft bekommen, dass er noch 1976 in einer Wohngemeinschaft in Kreuzberg gewohnt hat. Danach haben wir leider keine feste Anmeldung mehr. Abgemeldet hat er sich natürlich auch nicht. Wir kontrollieren das derzeit bundesweit. Wir haben über das Justizportal von Bund und Ländern Registerauskünfte angefordert, aber da liegt noch nichts vor. Gegen Mittag sind wir wahrscheinlich klüger."

Kattenstroht hatte nur stumm genickt und war eigentlich froh, dass er den Außentermin in Warendorf hatte. Schon bald waren der Kommissar und Kathrin Eilers im Dienstwagen unterwegs und gerieten prompt wieder in Zeitnot. Auf den Straßen rund um Telgte wurden gemächlich große Packwagen von Schaustellern rangiert, und mehrere Staus gab es auch: „Da haben wir mit unseren gestrigen Aktivitäten den Mariä-Geburts-Markt verpasst!", bedauerte der Kommissar und merkte noch an, mit dem Markt an der Düstermühle zwischen Legden und Asbeck am letzten Wochenende im August sei der Telgter Markt das andere Ereignis im ländlichen Leben, das man im Münsterland eigentlich nicht verpassen dürfe: „Und die Bratwurst habe ich auch nicht gekriegt!", schloss er resigniert.

Kathrin Eilers kannte eigentlich beide Märkte nicht und ließ sich nun darüber in Kenntnis setzen, dass zu beiden Terminen noch heute unter freiem Himmel der Viehhandel, vor allem auch der Pferdehandel prosperiere und umfangreiche landwirtschaftliche Gewerbeschauen für alle Besucher offenständen. „In Telgte kannst du den Marktbesuch immerhin noch mit einer Wallfahrt zur Muttergottes verbinden."

Mit einer Verspätung von mehr als einer Viertelstunde erreichten sie Warendorf und fanden in der schönen Altstadt in einem Bürgerhaus mit klassizistischer Fassade die Behausung des pensionierten Studiendirektors Bergfeld. Sie wurden natürlich schon erwartet und mit Kaffee und Schnittchen traktiert. Das Gespräch ließ sich zügig an, denn der frühere Schulmann erwies sich als äußerst agil. „Ich bin ja ein Jahr vorzeitig aus dem Dienst gegangen, weil ich doch noch die eine oder andere Leidenschaft habe, nebenbei mache ich noch Reiseleitungen auf Bildungsfahrten, und ich glaube nicht, dass meine Wissenschaften noch alle Schülerinnen und Schüler fröhlich stimmen. Wenn ich dann mit 25 Damen und fünf Herren eine Bildungsreise für die Volkshochschule organisiere, komme ich viel weiter! Aber jetzt zu meinem früheren Mitschüler Paul Wilhelm Kathmann. Wie kann ich Ihnen da weiterhelfen?"

Kattenstroht ließ Kathrin Eilers den Vortritt, und die fragte munter drauflos, lenkte aber das Gespräch doch ziemlich schnell auf den Freundeskreis der „Reinen" im Zimmer „Stanislaus Kostka" der Ludgerusburg.

„Wissen Sie, ich war der Älteste auf der Bude, und das erklärt sich ganz einfach: Bei der Versetzung von der Obersekunda in die Unterprima, also heute Jahrgangsstufe 12, sind Friedhelm Drake und ich pappen geblieben. Unser alter Griechisch-Pauker hatte uns in Allianz mit seinem Mathe-Kollegen schwer einen reingewürgt. Da ist es eben passiert, und wir wurden Mitglieder der ‚Sitzlingia', das war ein traditioneller Sauf-Verein der Ludgerianer, bei dem man aber eben nur mit dem Sitzenbleiben, dem Paptus, Mitglied werden konnte. Wir haben sehr drum gekämpft, dass wir nicht aus der Bude genommen wurden. Das führte in der Konsequenz dazu, dass wir beiden älteren von der Klassenzuweisung zu den drei anderen Jungen aus der eigentlich unter uns liegenden Klasse kamen; das waren ja Kathmann, Deibel und Hohnwald. Bernd Döring war damit der Einzige aus einer anderen Klassenstufe. Somit haben wir mit fünf Mann von unserer Bude zusammen Abitur gemacht. Döring kam dann ein Jahr später."

„Hatte diese enge Gemeinsamkeit etwas mit den nächtlichen Partys in der Kerkhöveler Kirche am Taufstein zu tun?", wollte Kathrin Eilers wissen und traf damit bei Bergfeld einen wunden Punkt.

Der schüttelte verlegen den Kopf: „Machen Sie die Geschichte bitte nicht öffentlich! Ich war hier auch mal Vorsitzender eines Pfarrgemeinderates!" Dann fuhr er lächelnd fort: „Sie wissen doch selbst: Bei jungen

Leuten in Pubertät und Adoleszenz muss man nicht immer alles verstehen. Diese Ausflüge über die Brinke in jenen Sommernächten möchte ich nicht missen. Das waren durchrauschte Nächte. Dann Gitarrengeklimper in der düsteren Kirche, etwas Kerzenlicht, Lieder, Gedichte und jeweils eine Pulle Korn: Wir haben uns natürlich als lebenslanger Freundesbund verschworen." Er machte eine Pause und fragte die beiden Polizisten, was sie über den Taufstein wüssten.

Als sich Kattenstroht und Eilers blendend informiert zeigten, bestätigte der frühere Schulmeister prompt die Verschränkungen der sechs Dämonenbilder mit ihrem Namen: „Kinder sind Kinder, Kinder betreiben Kindereien! So sagt schon ein Lateiner. Pater Hugo hatte uns irgendwann den Kerkhöveler Taufstein aus seiner Sicht erklärt, und Friedhelm Drake, der hatte als Erster den Drachen für sich abgemalt und als sein Symbol gewählt. Das hing dann an seinem Spind in unserer Bude. Danach kam, glaube ich, Hohnwald auf dieselbe Idee. Das ging aber erst reichlich daneben: Malen Sie mal so eine komplizierte Blatt-Maske ab. Ein Referendar für Kunst hat ihm dann geholfen. Irgendwann hatte Kathmann die zündende Idee, unsere Truppe würde sich in diesem Taufstein vorab schon spiegeln. Von da bis zu den nächtlichen Ausflügen war es nicht weit." Bergfeld lächelte etwas wehmütig. „Romantisch war es allemal, vergessen haben wir das nie, aber stellen Sie sich vor: Wir haben in der Kirche weitgehend auswendig Rilke, Lenau und George zitiert, Musik gemacht und eigene Texte vorgetragen. Das mit dem Saufen war eine Idee von Drake. Der nachfolgende Krach war dann auch der Auslöser, dass uns der Kerkhöveler Küster nach einigen Monaten bei einer letzten Tour auf die Schliche kam."

„Und die Anbindung an die Katharer, die Reinen, was hat Ihnen das bedeutet?", wollte der Kommissar Genaueres erfahren.

„Na, sehen Sie mal, wir haben unendlich viel gelesen, Literatur des Hochmittelalters, vieles auch aus der Kirchengeschichte. Da stellt man dann fest, dass keineswegs alle Epochen dieser Geschichte lobenswert sind. Der uns sehr empfohlene heilige Bernhard von Clairvaux predigte den Kreuzzug gegen die – seiner Meinung nach – ketzerischen Albigenser in Südfrankreich. Die Leute werden grausam vernichtet. Pater Hugo empfiehlt uns dann als Kontrapunkt Lektüren über Wolfram von

Eschenbach und den Gral. Und dann Nikolaus Lenau. Dessen Werk über die Albigenser kannten wir in Teilen auswendig." Bergfeld lehnte sich etwas zurück und sammelte sich, dann begann er zu rezitieren:

„Das Licht vom Himmel lässt sich nicht versprengen,
Noch lässt der Sonnenaufgang sich verhängen
Mit Purpurmänteln oder dunklen Kutten;
Den Albigensern folgten die Hussiten
Und zahlten blutig heim, was jene litten;
Nach Huß und Zuska kommen Luther, Hutten,
Die dreißig Jahre, die Cevennenstreiter,
Die Stürmer der Bastille und so weiter."

Der Rezitator war von sich selbst schwer beeindruckt: „Gelernt ist eben gelernt! Es waren aber auch die Eindrücke auf der Ludgerusburg. Diese ganz eigene geschlossene Welt, Pater Hugo, die Musik, die Literatur."

„Wer war denn der Leitwolf oder meinetwegen der Leitkater?", wollte Kattenstroht wissen. „Als Stubenältester trugen Sie doch die Verantwortung, oder?"

„Formal ist das richtig!", nickte Bergfeld und betrachtete nachdenklich seine Kaffeetasse. „Formal war ich das. Gruppendynamisch eindeutig Paul Kathmann. Ohne den lief nichts. Sie dürfen nicht vergessen, er hatte immer Döring an seiner Seite, und Drake stimmte sich auch immer mit ihm ab. Hohnwald, Deibel und ich waren zurückhaltender. Der junge Kathmann war eine Führungspersönlichkeit erster Ordnung, heute sagt man wohl Alphatier zu einem solchen Charakter. Der kam in die Bude, und dann brannte die Luft. Der konnte jede Gruppierung von Menschen in kürzester Zeit auf die eine oder andere Weise aufrühren. Das hat er dann ja später auch in Berlin bei seinen Sit-ins und Teach-ins ausführlich genutzt."

„Haben Sie ihn denn da noch mal erlebt?", fragte Kathrin Eilers erstaunt.

„Wir haben uns natürlich nach dem Abitur noch einige Male besucht. Da war unsere Berliner Truppe schon im linken Lager ganz außen angekommen. Da wurden die Kontakte doch immer weniger.

Die Gesinnungen und die Lebensläufe passten einfach nicht mehr zusammen. Schließlich brach die Verbindung ganz ab. Ich habe mich dann auch nicht mehr um ihn und die anderen bemüht. Ich war froh, wenn ich noch die aktuelle Adresse für den Jahresbericht aus unserer alten Schule hatte. Schließlich haben die meisten aus dieser Ecke sich den Versand unserer Broschüre sogar verbeten. Ich habe sie dann auch in Ruhe gelassen. Aber so führt man Krieg gegen die eigene Vergangenheit."

„Was psychologisch natürlich katastrophal enden muss!", wollte Kattenstroht das Gespräch straffen. Eine letzte Frage hatte er noch: „Wie war das denn mit den Abiturfeierlichkeiten? Ich sehe da an Ihrer Wand auch ein Gruppenbild aller Abiturienten Ihres Jahrgangs mit bunten Mützen und Fahne. Das Pendant aus Kathmanns Wohnung hängt jetzt als Asservat bei uns im Polizeipräsidium."

„Ach, er hat es aufgehoben und aufgehängt! Da bin ich aber platt!" Bergfeld vermochte seine Überraschung nicht zu unterdrücken. „Ende der Unterprima hatten einige aus unserem Jahrgang unter Kathmanns Führung begonnen, unsere klassischen Abiturfeierlichkeiten zu torpedieren. Weder Mützen noch Fahne, weder Festlichkeiten noch Abschiedsgottesdienst sollte es geben. Ich hatte schon Monate zuvor ein Farbenlied gedichtet, und Paul selbst hatte ursprünglich sogar schon eine Melodie dazu komponiert. Das durfte es dann auch nicht mehr geben! Er wolle sich sein Abiturzeugnis per Post zuschicken lassen. So hat er das schriftlich beim Schulleiter beantragt. Ich weiß nur noch, dass es einen Riesenstreit mit seinem Vater gegeben haben muss, der ihn wohl eingestielt und ihm ‚Sitz!' beigebracht hat. Das Bild war eigentlich immer das Abschiedsgeschenk der Schule an die Absolventen." Der Schulmeister schüttelte den Kopf: „Schau mal einer an! Das Abi-Bild! In Berlin hing es zumindest zeitweise auf der Toilette von Kathmanns Wohngemeinschaft. Ich weiß nur, dass ich auf mein Abitur stolz war, auf den schwarzen Anzug und die bunte Mütze, unsere Fahne und unser Farbenlied. Wissen Sie, ich kam von zu kleinen Leuten, um einen solchen Erfolg wie das bestandene Examen auf der Ludgerusburg für mein Leben als selbstverständlich anzunehmen."

„Sie haben also von Kathmann nie mehr was gehört?", brachte Kathrin Eilers die Sache auf den Punkt.

„Ich wusste seit einigen Jahren, dass er in der Gegend war. Ich habe ihn in Münster in einer Kneipe in der Innenstadt mal zufällig getroffen und angesprochen. Das war weder herzlich noch freundschaftlich. Er war schlicht arrogant, überheblich und abweisend. Natürlich habe ich mich dann noch mal umgeguckt. Aber er steht in keinem Telefonbuch. Aus der Verwandtschaft habe ich mal erfahren, dass es einen Dr. Kathmann am Finanzamt in Münster gibt oder meinetwegen gab. Das war's dann auch."

Auf der Rückfahrt äußerte Kathrin Eilers ihr Unverständnis über den Kampf Kathmanns gegen die Abiturfeierlichkeiten. „Das ist doch einer der ganz großen Gründe zur Freude. Was hat es mich und meine Freundinnen allein an Zeit gekostet, unsere Kleider für den Abi-Ball zu finden. Die waren doch wohl verrückt: Wollten sich die Abiturzeugnisse ohne Feierlichkeit nach Hause schicken lassen!"

Kattenstroht versuchte, seiner Assistentin ein Bild jener Jahre aus der Sicht seines Vaters zu schildern: „Anscheinend sollte und durfte nichts mehr so sein wie zuvor. An der Penne, an der mein alter Herr arbeitete, machten die Abiturienten zur Feier ihrer bestandenen Prüfung zwischen 1820 und 1970 in jedem Jahr einen Umzug mit Kutschen und Gespannen durch die Stadt und stellten sich dabei den Honoratioren vor. Eine der Abiturientien jener Jahre hatte sich prompt auseinanderdiskutiert und in zwei Fraktionen geteilt: Die einen fuhren in Kutschen bei Sonnenschein, mit Blasmusik und jungen Damen über die grüne Promenade, ließen sich feiern und feierten selbst kräftig mit. Die andere Truppe hatte einen Anhänger mit Trecker und einer großen Fahne des Vietkong, der kommunistischen Bewegung aus Vietnam, organisiert. Damals tobte dieser schreckliche Krieg noch. Jedenfalls hat die Polizei die einen mit ihren Pferdekutschen schön über die Promenade geleitet, die anderen wegen des Treckers mit ihren Motorrädern als angekündigte Demonstration von der Promenade ferngehalten und auf die Seitenstraßen gelenkt. Da kamen sich die Streithähne nicht ins Gehege. So machte man das in Münster schon immer!"

Kapitel 21

Der Durchbruch bei der Suche nach Bernd Leo Döring gelang tatsächlich dem kleinen Tim Schaap, einem der fixen Jungs aus Austrups Truppe. Am Mittag stand er vor Kattenstrohts Schreibtisch und wollte ihn sprechen. Kattenstroht war gerade dabei, intensiv die Speisenkarte der Betriebskantine zu studieren, und hatte mit einem gewissen Wohlgefallen eine Entscheidung vorbereitet, zu der er auch Kathrin Eilers überreden wollte. Der kleine Schaap kam dazwischen; das Essen fiel am Ende ganz aus.

„Wir haben die üblichen amtlichen Bestände, die Personenstandsdateien, Einwohnerverzeichnisse, Telefonbücher und was alles so dazugehört seit gestern überprüft, auch das nichtamtliche Material. Heute Morgen sind wir versuchsweise an die Antiterrordatei gegangen. Wir haben uns in der Truppe überlegt, dass die Leute damals möglicherweise ganz leicht über den linken Tellerrand und in den Terrorismus gerutscht sind."

Natürlich war Kattenstroht über diese auch politisch umstrittene Datei informiert: „Das ist doch eine reine Indexdatei, in der ihr nur Nachweise bekommt, was eventuell in anderen Beständen drinsteckt."

„Das stimmt. Unübersichtlich ist sie auch noch: Bundeskriminalamt, Bundespolizei, Verfassungsschutz, Militärischer Abschirmdienst, Zollkriminalamt und der Bundesnachrichtendienst legen da immerhin ihre Schlüsselwörter ab." Der junge Mann wusste auf gewisse Weise zu beeindrucken: „Dann steuern noch 16 Landeskriminalämter und 16 Verfassungsschutzbehörden der Länder Daten bei."

„Und nun? Nun haben wir Döring am Kanthaken!", war Kattenstroht ob der Kenntnisse des jüngeren Kollegen beeindruckt.

„Nein, gefunden haben wir ihn leider nicht, jedenfalls nicht in einer amtlichen Datei. Ich habe dann vor einer Stunde damit angefangen, in den Zeitungsarchiven, die im Internet stehen, ein bisschen zu surfen. Und da bin ich in gewisser Weise fündig geworden."

Kattenstroht schaute etwas perplex auf mehrere Ausdrucke, die der junge Kollege vor ihm auf dem Tisch ausbreitete. „Wir haben hier Artikel aus den großen Zeitungen der 1970er Jahre, in denen ein Justizskandal dieser Zeit ziemlich breit ausgewalzt wurde."

Kattenstroht lehnte sich in seinem Sessel zurecht und meinte, Schaap möge ihm die Geschichte erst einmal mit seinen eigenen Worten erzählen, lesen könne er das nachher selbst auch noch. Zuvor bat er aber Kathrin Eilers hinzu. Hier könne sie mal wieder erleben, was Zeitungsstudium leisten könne!

„Nun gut. Dann will ich das mal versuchen!“, begann der junge Polizist und legte sich die Blätter auf dem Schreibtisch der Reihe nach in die richtige Reihenfolge. Dann zog er sich einen Stuhl heran und machte es sich neben Kathrin Eilers bequem. „Es geht in diesen Artikeln eigentlich um einen Justizskandal, in den damals das Auswärtige Amt, unser Bundesnachrichtendienst BND und weitere Kreise der Bundesregierung verwickelt waren. Dabei geht es auch um eine enge Zusammenarbeit zwischen den deutschen Behörden und dem israelischen Geheimdienst Mossad.“ Schaap drehte eine erste Meldung um, so dass sie für Kattenstroht lesbar wurde. „Im Sommer 1975 reiste eine kleine deutsche Reisegruppe von drei jungen Leuten, eine junge Frau und zwei Männer, nach Südafrika. Ihre Ankunft wurde schon vom Mossad den Südafrikanern gemeldet, weil sie im Verdacht standen, einen Anschlag auf irgendeine israelische oder jüdische Einrichtung oder ein Flugzeug veranstalten zu wollen. Die drei wurden prompt festgenommen und dann in einer Nacht-und-Nebel-Aktion nach Israel geflogen, wo man ihnen den Prozess gemacht hat. Ein viertes Mitglied des Kommandos war später offensichtlich ausgeschickt worden, nach dem Schicksal der anderen drei Ausschau zu halten. Und ging der Polizei ebenfalls in Johannesburg ins Netz. Das Schicksal dieses vierten Mannes und seine Identität sind nicht ganz klar. Aber die anderen drei waren ein Hans-Josef Wicharz, eine Edith Hayn und … jetzt dürfen Sie mal raten, Herr Kommissar!“

„Ganz schwer, fast unmöglich: Ich tippe auf Bernd Döring!“, wagte sich Kattenstroht mit Erstaunen und hochgezogenen Augenbrauen aus der Deckung. „Wie ging das weiter?“

„Döring hat wie die andern auch zehn Jahre gekriegt. Die Familien wussten von all diesen Dingen nichts und hatten ihre Kinder fast schon aufgegeben.“

„Und wieso Justizskandal?“, bohrte Kattenstroht nach.

„Ganz einfach! Es gab keinen Artikel des Konsularrechtes zwischen den drei beteiligten Staaten, der bei diesem Unternehmen nicht verletzt wurde. Es standen sogar Foltervorwürfe im Raum. Die ganze Geschichte wuchs sich zu einer immer größeren Peinlichkeit aus. Denn die Eltern der Betroffenen, speziell die von dem Döring hier aus Münster, gaben keine Ruhe und beauftragten einen israelischen Rechtsanwalt, sich auf die Suche nach ihrem Sohn zu machen. Der Advokat stellte ein paar Nachfragen, und schon war klar, wo die drei Terrorismus-Verdächtigen abgeblieben waren. Der Mann konnte das auch offen aus Tel Aviv berichten. Spannend wird das auch, wenn man bedenkt, welche deutschen Politiker um die Sache gewusst haben müssen." Schaap tippte auf ein paar Fotos.

„Sie müssen die Zeit verstehen", erwiderte Kattenstroht. „1972 wurde das Attentat auf die israelische Olympia-Mannschaft in München verübt. Tatsache ist auch, dass sich mehrere dieser Terrorgruppen auf internationaler Ebene mit dem Ziel zusammengetan hatten, Israel möglichst viele Probleme zu bereiten. Stellen Sie sich mal solche deutschen Terrorkämpfer vor dem Hintergrund der deutsch-jüdischen Geschichte vor! Eigentlich hochgebildete junge Leute, die sich total radikalisieren ließen. Verantwortung hätte ich damals im Bund oder im BND auch nicht tragen wollen. Diese Herren", er zeigte auf die Kopien, „hatten es auch nicht leicht." Der Kommissar schlug zufrieden mit seiner Hand auf den Tisch. „Immerhin haben wir jetzt eine dicke Spur. Wie ist es weitergegangen?"

„Leider enden die Informationen hier. Es scheint so zu sein, dass Döring und Frau Hayn nach Verbüßung ihrer Strafe oder sogar etwas früher an die deutschen Behörden überstellt wurden. In der Presse steht natürlich nichts dazu. Ich vermute mal, dass das alles topsecret war. Mehr habe ich in den Zeitungsarchiven bisher leider nicht gefunden."

„Erst einmal ‚Adieu, Mittagessen'." Aus Kattenstroht brach ein beachtlicher Aktionismus hervor. „Kathrin, wir brauchen Mia Kunsleben und Austrup hier. Sie bleiben bitte auch mal hier, Herr Schaap. Respekt: Sie haben möglicherweise ein ganz neues Feld aufgetan. Ich brauche Sie weiterhin in dieser Sache. Jetzt wollen wir gemeinsam sehen, wie wir an einem tristen Mittwochmittag die Beamten in Düsseldorf und Köln munter machen. Wie ich die Kölner kenne, halten die noch heute den Beamtenfeiertag am Mittwochnachmittag! Wir brauchen noch den Kollegen Ueing vom Staatsschutz-Kommissariat 23. Der hat wahrscheinlich alle nötigen Drähte nach Düsseldorf und zum Kölner Bundesamt. Zwischen den beiden Städten liegen ja bekanntlich Welten, aber möglicherweise kommen wir da weiter."

Tatsächlich verteilten sie mit Unterstützung des Kollegen aus dem Staatsschutz mehrere Aufgaben, Kattenstroht telefonierte dann aus dem abhörsicheren Lageraum der Reihe nach mit den Verfassungsschutzbehörden des Landes und des Bundes und setzte per Fax Suchanträge für Bernd Leo Döring in Verkehr. Aus beiden Ämtern wurde ihnen umgehende Hilfe zugesagt.

„Vielleicht kriegen wir jetzt in der Kantine wenigstens noch einen Nachtisch oder ein Stückchen Kuchen!", hoffte der etwas verschlickerte Kattenstroht. Gerade wollte er aufbrechen, da bimmelte das Telefon, und es meldete sich mit behäbiger Stimme ein offensichtlich schon etwas älterer Kollege namens Rommerswinkel vom Kölner Bundesamt für Verfassungsschutz. Da die Leitung gecheckt war, konnte man frei sprechen, und der Kommissar schaltete den Lautsprecher ein, so dass Kathrin Eilers, Mia Kunsleben und auch der Kollege Ueing das Gespräch verfolgen konnten.

Zunächst unterstrich Rommerswinkel in seiner rheinischen, fast gemütlich wirkenden Tonart seine Freude, endlich mal wieder was von seinem Kunden Döring aus dem Münsterland gehört zu haben! „Uns ist er leider von der Fahne gegangen. Schildern Sie doch bitte zuerst einmal, was Sie schon wissen.

Kattenstroht machte sich daran und trug vor, was ihm Schaap und Austrup mittlerweile zusammengestellt hatten. „Er verschwindet also, wenn ich das richtig sehe, etwa 1985 aus dem Fokus der Behörden!"

„Ich darf Sie korrigieren!", warf der Kölner Beamte ein. „Wir haben den Jungen drei Jahre früher rausgekriegt und hatten das Ziel, ihn umzudrehen. Sie sagten eben mal was von dem vierten Mann der Johannesburg-Truppe. Den hatten wir eigentlich auch schon ganz schön an der Leine, aber ihn hat man in einem der Lager in Syrien erschossen. Die Brüder haben ihm nicht mehr getraut. Döring haben wir viel mehr

Zeit gegeben. Der war zwar im Kopf kein Knaller, aber wir dachten eigentlch, wir hätten ihn auf unserer Seite. Er kam vorzeitig frei und arbeitete für uns einige Monate in Berlin. Dann verschwand er von der Bildfläche und ward nicht mehr gesehen. Wir haben alle Möglichkeiten abgeklopft und bis jetzt nicht ausgeschlossen, dass er von eigenen früheren Gesinnungsgenossen beseitigt wurde. Deshalb interessiert mich Ihre Anfrage so sehr. Dabei haben Sie da in Münster noch Glück, denn ich bin so gut wie der Einzige hier im Amt, der die Geschichte kennt, und ich stehe kurz vor der Pensionierung. Aber was glauben Sie, was ich unter dem Kerl gelitten habe, als er uns die Nase gezeigt hat. Das war eine der schlimmsten Erfahrungen meiner Dienstzeit und hat meiner Karriere kaum genutzt."

Zunächst bat der Kölner die Münsteraner um alle Informationen aus ihrer Sicht und über die aktuelle Lage. Kattenstroht trug recht vorsichtig vor, da er sich seiner Sache keineswegs sicher war und dem intellektuellen Spiel um die Jugendgruppe und ihre Identifikationen selbst nicht traute. „Wir halten es also für möglich, dass der Täter Döring war, wenn er denn überhaupt noch lebt. Und hier kommt meine wichtigste Frage: Haben Sie damals eine komplette erkennungsdienstliche Behandlung bei Döring durchgeführt, und ist davon noch was im Archiv vorhanden? Wir haben nämlich in unserem Mordfall sogar eine DNA-Spurenlage."

Man hörte, wie Rommerswinkel schnaufte, während er nachdachte: „Das wäre natürlich der Hammer! Ich erinnere mich, dass ein Dossier ‚Döring' einen ganzen Aktenschrank füllte, und die Staatsschutzsachen werden ja so schnell nicht vernichtet!"

„Es wäre uns ganz wichtig, und ich gehe nicht davon aus, dass Ihr Labor, sollte es Asservate geben, unbedingt tätig werden muss. Wir sind hier in Münster an sich ganz gut aufgestellt. Wir holen gerne Proben, sollte es sie geben, auch in Köln ab."

„Nun mal langsam mit den jungen Pferden!", dämpfte der Kölner Kollege. „Wir schauen erst mal zu. Sie dürfen nicht vergessen, die Geschichte ist mehr als 25 Jahre her. Was damals gemacht wurde, ist heute meist digital noch nicht erfasst. Die Kollegen arbeiten für die Zentrale Spurendatei in Wiesbaden nach und nach unsere Bestände auf.

Ich kann aber die Möglichkeit wirklich nicht ausschließen, dass wir was von Döring in unseren Asservaten haben. Damals fing man ja gerade mit diesen Techniken an, und potenzielle Terroristen waren eine wichtige Kundschaft. Wir prüfen das und geben Ihnen noch heute Bescheid!", versprach Rommerswinkel und legte nach kurzem Gruß auf.

„Stellt euch bloß mal vor, die haben von dem in Köln noch einen Zehennagel, eine Haarlocke oder eine andere Reliquie! In Köln heben die doch solche Sachen über Jahrhunderte auf, sogar in ihren Domen! Das wär's doch!" Kattenstroht schaute geradezu euphorisch in die Runde.

„Der Umweg über unsere Rechtsmedizin in Münster kann natürlich Ihre wunderschöne Theorie, lieber Herr Kollege Kattenstroht, wie ein Kartenhaus ineinanderfallen lassen!", bemerkte Mia Kunsleben. „Was ist, wenn wir Döring definitiv ausschließen müssen?"

Der Kommissar seufzte und bat seine Büroleitung, bitte nicht immer die Übelkrähe zu geben. Er brauche sofort eine Leitung zu Frau Professor Julia Schulte Natrup in die Rechtsmedizin: „Die Frau denkt wenigstens noch positiv!", brummte er vor sich hin und musste erleben, dass Kathrin Eilers ihm das Telefon zuschob: „Wähl du mal. Die Telefonnummern von netten Damen hast du doch immer selbst auf dem Schirm!"

Kapitel 22

Nach dem verspäteten Mittagessen hatte Kattenstroht noch einige Zeit in seinem Büro herumgewerkelt, hatte Akte um Akte umgedreht und Datei nach Datei aufgerufen. Die innerliche Unruhe war ihm anzusehen. Kathrin Eilers kam dazu, lehnte sich an sein Bücherregal, verschränkte die Arme und fragte, ob es außer der Warterei noch eine andere Methode gebe, in der Sache Kathmann weiterzukommen.

„Du weißt genau, dass wir jetzt kaum was anderes tun können, als das bisherige Schlachtfeld aufzuräumen und unsere Klamotten zusammenzupacken. Erst wenn der Meister Rommerswinkel aus Köln uns – hoffentlich – positiv sagt, dass es noch Spurenkomplexe aus dem Verfahren gegen Döring gibt, die vielleicht sogar fachgerecht aufgehoben wurden, erst dann können wir wieder aktiv werden und sogar unsere eigene Rechtsmedizinerin einschalten. Dass man Spuren Dörings zumindest bis jetzt nicht genetisch analysiert hat, ist klar. Sonst wären sie schließlich in der zentralen Datei beim Bundeskriminalamt abgelegt. Genau das sind sie aber nicht."

„Und wenn die dort in Köln nichts finden? Was machen wir dann?", setzte Kathrin Eilers hartnäckig nach.

„Dann ist das das Ende des Hochamtes, und ich bin für die erste Zeit auch mit meinem Latein am Ende. Glaube mir, Kathrin", Kattenstroht sortierte einige Berichte auf zwei Stapel, „glaube mir, mir selbst ist diese Theorie um den Freundeskreis der Jungs ein bisschen zu abgefahren. Der Schluss daraus, dass uns die drei bisherigen Toten über ihre Symbole sozusagen eine Art Mordprogramm präsentieren, passt doch eher nach Hollywood als ins Münsterland. Einige Kollegen glaubten ja schon, aus den Kerkhöveler Masken die Beseitigungsart der beiden folgenden Herren ableiten zu können und obendrein noch den Täter selbst klar zu ermitteln."

Kathrin Eilers öffnete geradezu vergebend ihre verschränkten Unterarme und entgegnete großmütig: „Jedenfalls ist deine Konstruktion der Theorie eine grandiose Leistung. Der alte Lehrer in Warendorf hat punktgenau bestätigt, wie die Stube zusammengesetzt war, wie sich die Jungen auf dem Taufstein von Kerkhövel identifiziert haben und wie sie letztlich dort ihre Party gefeiert haben. Du hattest das komplett vorher drauf, und der Bergfeld konnte es dir nur bestätigen. Also passt die Geschichte dann irgendwo doch."

„Na, meinetwegen, aber aus ein paar versoffenen Nächten heraus wird man nicht fünfzig Jahre später zum Mörder. Da steckt in der Tiefe noch ein anderes Motiv. Und das interessiert mich brennend. Dem Motiv-Komplex sind wir noch gar nicht nahe gekommen. Sollte Döring wirklich den Dr. Kathmann und die beiden anderen Kollegen auf dem Gewissen haben, so haben wir doch immer noch kein Motiv." Kattenstroht schaute auf die Uhr. „Es ist drei Uhr vorbei. Wie wäre es mit einem nochmaligen Besuch bei Pater Desiderius? Der kleine Kollege Schaap hat mich mit dem Hinweis auf den linken Tellerrand auf einen Gedanken gebracht. Die Frage, wie man vom Ministrantendienst in der Ludgerusburg zum international gesuchten Terroristen wird, ist doch sehr spannend. Wenigstens einem Zeitzeugen sollten wir sie mal stellen."

Das folgende Telefonat war nur sehr kurz. Der Pater ließ den Münsteranern mitteilen, wenn sie gegen 15.45 Uhr bei ihm einträfen, stehe er ihnen gerne zur Verfügung. So machten sich Kattenstroht und Eilers ohne besondere Hast auf den Weg. Im Ordens-Altenheim wurden sie bereits erwartet und zum Zimmer des alten Herrn geführt. Der hatte es, wie er sagte, an diesem Tag im Kreuz. Deswegen blieb er auch, als sie eintraten, in seinem Sessel am Fenster sitzen, in dem er für gewöhnlich sonst auch saß. Der alte Pater grüßte seine beiden Besucher freundlich und bat sie, ihm gegenüber auf einem kleinen Sofa Platz zu nehmen.

Der Kommissar wollte nicht abrupt in medias res gehen und versuchte zunächst, vorsichtig an das gemeinsame Gespräch vom Montagnachmittag anzuknüpfen: „Sie sagten uns, dass man Ihnen auf den Begegnungstreffen in der Ludgerusburg häufig so etwas wie Dank und Anerkennung aussprechen würde. Gibt es Ihres Wissens dennoch auch Personen, die Ihrer Arbeit im Internat kritisch gegenüberstanden? Kennen Sie noch Leute aus jenen Jahren, deren Weg man eventuell als gescheitert betrachten muss?"

Pater Desiderius schaute nachdenklich aus dem Fenster: „Sehen Sie, gerade die Zeit von 1950 bis 1970 hat ja die großen Brüche gebracht. Der Krieg verblasste mehr und mehr im Bewusstsein vieler. Das Wirtschaftswunder war da. Es ging los mit den Reformen in der Kirche durch das Konzil, im Staat durch neue Politik. Da kamen die großen Kriegsverbrecherprozesse und die großen Demonstrationen, überall war Unruhe, auch an den Universitäten. Ich weiß von einer ganzen Reihe von Ludgerianern, die es im Leben nicht wirklich gepackt haben, die keinen Studien- oder Berufsabschluss gemacht haben und sich offensichtlich keinen festen Platz im Leben sichern konnten. Das sind wahrscheinlich viel mehr, als wir denken. Selbst die Alt-Ludgerianer kennen von vielen Mitschülern aus dieser Zeit weder deren Anschrift noch Beruf oder gar Position, vom Wissen über eine positive, geglückte Lebensgestaltung will ich erst gar nicht reden. Wer weiß, ob nicht auch der eine oder andere im Krieg gegen die eigene Geschichte oder die eigene Herkunft selbst seinen Namen an den Nagel gehängt hat."

„Haben Sie dabei konkrete Fälle im Auge?", Kattenstroht wollte den alten Pädagogen auf seiner Fährte halten.

Der Pater lächelte verhalten: „Ich war noch vor etwa zwanzig Jahren mit einer Reisegruppe aus Stockhem in Italien unterwegs. An einem Abend sitzen wir alle in Rom auf der Piazza Santa Maria in Trastevere auf den Stufen des schönen Brunnens, da kommt ein Straßenmusikant nach seinem Liedvortrag auf uns zu. Der Mann war offensichtlich abhängig, nicht nur vom Alkohol. Er war abgerissen und sichtlich arm. Drei Hunde hatte er dabei, für die er sorgte und die ihm wahrscheinlich in der Nacht Wärme gaben. Der Mann hatte zuvor kaum einen Vers gesungen, da war mir klar, dass er aus unserem Stall im Brinketal kommen musste. Ich habe versucht, ihn zu identifizieren. Ich glaube, der hat mich erst nicht erkannt. Nun stellen Sie sich so eine ordentliche Reisegruppe einer Kirchengemeinde vor. Die gaben ihm, wohl weil er sie nach dem Singen auf Deutsch ansprach, entweder gar nichts oder nur Kleingeld. Seine Reaktion war typisch: ‚Bewahr mich Gott vor Sturm und Wind und Deutschen, die im Ausland sind!' Ich sprach ihn dann an, er sei doch der Christian Große Ossenkamp. Da guckt der mich nur erschreckt an, lässt sein bisschen Geld fallen und verschwindet wortlos."

Kathrin Eilers guckte ziemlich betreten: „Kennen Sie denn noch mehr solcher Fälle, wo Leute Ihrer Schule von ihrem vermeintlich vorgezeichneten Weg abgewichen sind oder diesen vielleicht sogar ganz verpasst haben?"

„Natürlich hört man abenteuerliche Geschichten. Wir haben bestimmt einen oder zwei Jahrgänge in den wilden Jahren komplett aus den Augen verloren. Eigentlich gab unsere Schule den Weg vor: Man studierte in bestimmten Städten bestimmte Fächer und schloss sich mehr oder weniger bestimmten Studentenverbindungen an. Das machte klare Karrieren! Um 1970 kann von dieser Selbstverständlichkeit schon keine Rede mehr sein. Bis dahin war unser Abitur in aller Regel das Tor in die akademische Welt. Damit war es nun vorbei. Und politisch haben wir ganze Jahrgänge an Parteien und Gruppen verloren, die unserem Ideal vom Menschen bestimmt nicht entsprechen."

„Was ist denn da wohl falsch gelaufen?", wollte Kattenstroht wissen.

Der alte Pater kratzte sich mit der Spitze des kleinen Fingers nachdenklich am Ohr: „Zum Beispiel mein Mitbruder Pater Clemens. Seine Fächer: Latein, Philosophie und Geschichte. Eigentlich ein ausgewiesener Fachmann, ein engagierter Seelsorger, ein beherzter Lehrer. Leider hatte er aber auch ein Herz für konservative Politik. Sie kennen doch das politische Magazin aus Hamburg, das jeden Montag erscheint und selbst bei uns im Hause gerne gelesen wird."

„Den ‚Spiegel' gibt's am Montag, und das schon seit Jahrzehnten!", bestätigte der Kommissar.

„Den gab's sogar in Kerkhövel in der Lottobude. Wenn der ‚Spiegel' mal wieder eine tolle Titelgeschichte hatte, wenn es politischen Ärger oder sonst etwas Spektakuläres gab, ließen unsere großen Jungs sich von externen Mitschülern das Blatt mitbringen und legten es an einem der folgenden Tage genau zu der Stunde, die ihnen querkam, bei Pater Clemens aus. Irgendwo in der Klasse lag dann die Journaille aus, meinetwegen auf der Fensterbank. Hatte der selige Clemens die Zeitschrift im Auge, war die Stunde gelaufen. Dann hielt er für den Rest der Unterrichtszeit eine Predigt, damit war der übrige Stoff vergessen. Da er das Predigen aber auch sonst nicht sein lassen konnte, hat er eigentlich das Gute aus den Jungen herausgepredigt. Die fühlten sich politisch nur eingekocht wie in einer Konservendose. Genau das ergibt den Druck, aus dem Widerstand erwächst. Pater Clemens hat so lange gegen die Linken gewettert, bis er den größten Teil seiner Klasse tatsächlich in die linke Ecke bugsiert hatte."

„Aber Herr Pater", wandte jetzt Kathrin Eilers ein, „Sie selbst waren doch von bestimmten politischen Ideen auch nicht überzeugt und haben sie doch eigentlich bekämpfen müssen. Gerade bei der Schulgemeinde des Ludgerianums konnte man doch nicht mit Marx-und-Engels-Zungen singen!"

Der alte Herr lachte die junge Frau geradezu herzlich an: „Natürlich war uns der Gegenwarts-Sozialismus ein Gräuel. Und heute? Schauen Sie sich um! Lagen wir da so falsch? Es geht um etwas anderes. Paulus hat uns aufgetragen: ‚Prüfet alles, und was gut ist, das behaltet!' Leider haben viele meiner Mitbrüder versucht, sogar die kleinste Vorprüfung gesellschaftlicher oder politischer Sachverhalte zu verhindern und unsere Jungen in unsere eigene Welt geradezu einzuschließen. Sie haben ihnen jede Chance zum eigenen geistigen Basteln genommen. Wie sollen dann solche Leute selbstbestimmt und souverän werden, außer durch radikalen Widerstand?"

„Können Sie dazu Beispiele nennen?" Jetzt war Kattenstroht neugierig geworden.

„Pater Hugo war so ein Fall: Ein großartiger Priester, ein noch besserer Musiker und dazu ein leichtfertiger Historiker und Philosoph. Ich weiß nicht, was Sie über Liturgie wissen, aber eine Messe kann ein Gesamtkunstwerk sein aus Wort, Musik und Bewegung, aus Farben, Licht und Spiel. Hugo war ein begeisternder Zelebrant wie sonst keiner in unserem Konvent. Zwischen seinen Fußsohlen und dem Boden, auf dem er stand, waren anscheinend immer sieben bis zehn Zentimeter Abstand. Er schwebte förmlich. Nun stellen Sie sich einen Frühgottesdienst bei Sonnenaufgang in der Kapelle der Ludgerusburg vor. Hugo feierte dann im kleinen Kreis seiner ausgewählten Schüler. Dazu kam seine Musikauswahl, die etwas Inbrünstiges hatte. In der Messe gab es natürlich noch den Gregorianischen Choral auf Latein. Aber sonst? Unser Pater Superior hatte immer Bedenken wegen seiner Leidenschaften für Wagner, den man im Orden eigentlich als den großen Verführer der Spätromantik ansah. Schauen Sie sich sein Bühnenweihfestspiel Parsifal an. So weit sind Sie da von Liturgie und Geheimnis nicht entfernt. Und dieser hochgeputschte, inbrünstige Idealismus unserer Leute sollte sich später an einer realen Welt messen? Das musste doch schiefgehen." Desiderius schüttelte den Kopf. „Übrigens war Paul Kathmann über mehrere Jahre der Lieblingsjünger von Pater Hugo."

„Und Sie selbst, Herr Pater, wie haben Sie versucht, mit diesen Widersprüchen umzugehen?"

„Ach, meine Liebe", Desiderius schaute Kathrin Eilers nachdenklich an, „mir war es wichtig, der Konfrontation nicht aus dem Weg zu gehen. Oft war es sehr schwer, dem berechtigten und notwendigen jugendlichen Idealismus klare Lebensrealitäten entgegenzusetzen. Versuchen Sie mal, einen so anspruchsvollen Begriff wie ‚soziale Gerechtigkeit' in die Wirklichkeit umzusetzen, ohne dass Sie gleichzeitig neue Ungerechtigkeiten schaffen. Das ist bisher keinem Sozialreformer richtig gelungen, und es hat nur dort geklappt, wo Menschen in Freiheit auf Eigentum und Macht verzichtet haben. Solche Fragen kann man nur mit Zähigkeit diskutieren. Wenn Ihnen dann auf der anderen Seite die richtig heißen Gegner gegenübersitzen, ganz engagierte ‚Herz-Jesu-Sozialisten', dann ist das, um mit dem Theoretiker Max Weber zu sprechen, das mühsame Bohren dicker Eichenbretter, das mit Sachverstand und Augenmaß erfolgen muss.

„Hatten Sie denn bei der Bohrarbeit Erfolg?", versuchte Kattenstroht zu einem Ende zu kommen.

„Kann ich nicht sagen. Schauen Sie mal, da hinten an der Wand hängt eingerahmt ein kleiner Zettel mit einem Gedicht von Stefan George. Das haben mir Jungs nach einer nächtlichen Diskussion an die Zimmertür gehängt! Darauf bin ich bis heute noch in gewisser Weise stolz."

Kattenstroht stand auf und unterzog den schon leicht verblichenen Zettel seiner eingehenden Betrachtung. Eine noch jugendlich wirkende Hand hatte auf kariertes Papier den folgenden Vierzeiler geschrieben:

Kehrt wieder kluge und gewandte väter!
Auch euer gift und dolch ist bessre sitte
Als die der gleichheit-lobenden verräter.
Kein schlimmrer feind der völker als die mitte!
Stefan George

Kattenstroht dachte nach. Es war still geworden in dem kleinen Zimmer: „Das ist aber doch ziemlich anspruchsvoll, um nicht zu sagen arrogant. Bestimmt aber ist es eine Kriegserklärung an das Mittelmaß!", äußerte er nach einer Weile.

„Genau das ist es", bestätigte Pater Desiderius. „Viele Jungs in jenen Jahren waren leistungsorientiert und wollten an die Spitze. Deshalb funktionierten auch die Gleichheitsgrundsätze der Kommunisten schon vom Prinzip nicht. Bei uns auf der Ludgerusburg waren die Verhältnisse in Staat und Kirche vielleicht zu sehr idealisiert worden. Infolgedessen kam es im Leben bei vielen prompt zu echten Brüchen. Dann wurden weite Kurven gezogen. Einer meiner nettesten Ministranten und besten Abiturienten hat eine Sudelphase von etwa 15 Jahren gebraucht. Heute ist er ein prominenter Rechtsanwalt in Berlin; er verdient viel Geld und erscheint im geschlossenen Anzug zum Jahrestreffen auf der Ludgerusburg im Brinketal. So spielt das Leben!"

Kapitel 23

Kaum waren Kattenstroht und Eilers wieder im Präsidium eingetroffen, da kam der ersehnte Anruf aus Köln. Kattenstroht konnte sein Glück kaum fassen: Es gab tatsächlich gentechnisch verwertbare Proben Dörings aus einer medizinischen Untersuchung, die ihm der Geheimdienst nach seiner Rückkehr aus einem Gefängnis im Nahen Osten Mitte der 1980er Jahre in einem Gefängniskrankenhaus hatte angedeihen lassen. „Das Material, sogar Blutproben sind dabei, liegt fachgerecht in Stickstoff gekühlt in einem unserer Labors hier in Köln", hatte Rommerswinkel gelassen erklärt. „Wie soll es jetzt weitergehen?"

Kattenstroht fragte gar nicht erst nach der Möglichkeit, bei den Kölner Behörden oder im Landeskriminalamt die Analyse durchführen zu lassen. Er wusste nur zu genau, dass dort jeweils Dutzende von Fällen ähnlicher oder noch höherer Dringlichkeit vorlagen, und setzte deshalb auf die Zusammenarbeit mit dem Institut in Münster. So wurde nach Klärung der Übergabebedingungen umgehend eine Kurierfahrt angesetzt, die noch an diesem Abend die Proben ins Labor vor Ort bringen sollte. „Unsere Schulte Natrup – dem Himmel sei Dank, dass wir die haben! – ist bereit, Überstunden zu schieben. Mit etwas Glück könnten wir bis Donnerstagnachmittag ein Ergebnis haben."

Diese Entwicklung beflügelte den Kommissar. Die erkennbar notwendige Wartezeit musste er natürlich überbrücken und bat Austrup noch einmal zu sich. „Wir haben uns bis jetzt ziemlich intensiv mit Dr. Kathmann beschäftigt, nun aber müssen wir uns doch mehr um den Döring kümmern. Bisher wissen wir ja nur, dass er aus Münster kommt. Die alte Heimatadresse steht in den Oberstufenlisten des Ludgerianums. Klar ist natürlich auch, dass er nach seinem Abtauchen eine neue Identität angenommen hat. Die werden wir wahrscheinlich knacken, aber das kann dauern. Der Hintergrund hier in seiner alten Heimat und eventuell doch noch vorhandene Kontakte vor Ort müssen beleuchtet werden."

„Glauben Sie denn wirklich, lieber Herr Kattenstroht, dass Ihr Bilderrätsel aufgeht? Sie gehen doch jetzt schon davon aus, dass das Labor uns morgen den Döring als Mörder vom Kathmann präsentiert. Das kann immer noch ganz anders kommen!" Austrup war gewohnt zurückhaltend in seinen Urteilen.

Der Kommissar seufzte: „Natürlich sehen Sie das richtig. Wir gehen hier wirklich wie durch einen Bilderspiegel oder durch Spiegelbilder; wir haben eine Theorie entwickelt, aus der wir schlüssig einen der Tat dringend Verdächtigen gewonnen haben. Wir glauben ja sogar, einen Serienmörder vor uns zu haben, und meinen, dass noch zwei weitere Herren drankommen müssten, auf dass die Botschaft der Bilder sich erfülle. Ich gebe zu, es hat etwas Mystisches, Geheimnisvolles. Aber komischerweise lagen wir in der Beschreibung und Analyse der Zusammenhänge dieses Freundeskreises bisher völlig richtig. Der Schulmeister Bergfeld hat das ganze Tableau bestätigt. Ich selbst bin mal gespannt, wie es weitergehen wird. Lassen Sie uns jetzt die Familie Döring aufdröseln. Setzen Sie Ihren jungen Schaap da dran. Das ist ein ganz fixer Bursche. Wer von uns hätte denn gedacht, dass wir mit unserer Suche den Fall eines abgetauchten Terroristen der 1970er Jahre in die Hand kriegen?"

Nachdem Austrup gegangen war, musste sich der Kommissar noch einigen kritischen Fragen seiner Assistentin stellen: „Wenn ich also den Rommerswinkel richtig verstanden habe, wollten sie den Döring nach seiner Rückkehr aus dem israelischen Gefängnis umdrehen, also als V-Mann in der Szene einsetzen. Gab es denn die Szene überhaupt noch? Zwischen seiner Afrika-Reise und der Entlassung in die Betreuung unseres Staatsschutzes lagen ja immerhin, wenn ich das richtig sehe, acht Jahre. Die Haft in der Wüste hat er ja nicht komplett abgesessen."

„Das war ja auch der Grund, weshalb sie ihn noch einige Zeit im eigenen Laden hier bei uns betreuen konnten. Weißt du, Kathrin, ich habe es nicht so mit den Schlapphüten. Die haben zwar ihre besonderen Aufgaben und Verdienste, haben aber auch eine Reihe von Pannen produziert. Wir wissen aus dem Bericht von Schaap, dass auch im Fall Döring konsularrechtlich fast alles schiefgegangen ist. Mit Ruhm hat sich da keiner bekleckert, und wahrscheinlich waren alle froh, als sich der kleine Mann absetzte und untertauchte. Und die Szene? Man kann, glaube ich, die Zeit um 1985 nicht mehr mit den 1970ern vergleichen. Da hatte sich schon ein großer gesellschaftlicher Wandel vollzogen. Ein Teil des Protestpotenzials sammelte sich damals bei den Grünen, die erstmals in die Parlamente einzogen und an die staatlichen Futterkrippen kamen. Es wurde, so ist schon meine eigene Erinnerung, deutlich ruhiger im Lande."

„Wie muss ich mir dieses Untertauchen eigentlich vorstellen?", fragte Kathrin Eilers. „Döring musste doch an eine völlig neue Identität kommen. Dazu muss dann noch eine ganze Lebensgeschichte passen. Das ist doch anders als in Spionagefilmen."

Kattenstroht lachte: „Vergiss nie, die wahren und überraschenden Geschichten schreibt das Leben. Die Filme werden in solchen Dingen meist von der Wirklichkeit übertroffen. Mitte der 1980er Jahre war ja ein Teil unserer Top-Terroristen sicher in der alten DDR untergebracht. Denen hatte die Stasi eine neue Identität für ihren Arbeiter-und-Bauern-Staat besorgt, die natürlich nach der deutschen Einheit aufgeflogen ist. Diese Herrschaften haben ihre Prozesse und die verdienten Strafen bekommen. Ich habe daran auch schon gedacht, aber ob unser Döring tatsächlich ein Top-Mann solchen Gewichtes war, dass er den Schutz des unsäglichen Stasi-Ministers Mielke bekam, bezweifle ich. Er wäre dann ja nach der Wende 1989 wie die andern auch aufgeflogen."

„Was hat er dann stattdessen gemacht?", wollte Kathrin Eilers wissen.

„Wie wäre es mit etwas ganz Profanem: einer Hochzeit! Nach neuem Namensrecht! Schwupp, schon bist du als Mann den alten Namen los. Dann heirate mal eine Dame aus einem östlichen Lande. Gerade in den 1980er Jahren, also noch vor der Wende, kam ein erster großer Schwung von Russlanddeutschen zu uns. Die hatten ihre eigene Identität und Kultur, die war aber deutsch geprägt. Aus diesem Pool sind viele neue Identitäten geboren worden, faktisch und virtuell gewissermaßen!"

„Aber die Hochzeit kann man doch nachhalten. Die ist doch erfasst." Kathrin Eilers folgte ihrem Kommissar nur unwillig.

„Einverstanden. Dann mal fix eine Scheidung unter Mitnahme des neuen Namens dahintergeschaltet. Wie wäre es im nächsten Frühling mit einem erneuten Honeymoon? Mit jedem Schritt wird es komplizierter, das nachzuhalten. Unser kleiner Schaap hier wird das bestimmt schaffen, in Glücksfällen sogar die Geheimdienste. Daher wird unser Döring anders vorgegangen sein. Der hat sich, da bin ich mir völlig sicher, von vornherein eine neue Identität und eine neue Legende besorgt. Ich tippe intuitiv auf Osteuropa. Vielleicht hatte er auch irgendwo noch alte Kampfgenossen, die ihm geholfen haben. Vielleicht kam er irgendwie noch an Geld heran. Das ist nur so ein Gefühl von mir; ich kann mich aber auch gründlich täuschen, so wie uns überhaupt unser ganzes Bilderrätsel immer noch um die Ohren fliegen kann."

Kathrin Eilers zog ab, und Kattenstroht räumte seinen Schreibtisch weiter auf. Nachdem er einen Blick auf seine Arbeitszeitkonten geworfen hatte, studierte er die Wettervorhersage. Draußen schien eine milde Spätsommersonne, die der alten Stadt eine ganz besondere Farbe gab. Kattenstroht kalkulierte die am kommenden Morgen in der Sache Dr. Kathmann zu erwartenden Aktivitäten und beschloss, die Zwangspause in seinen Ermittlungen ruhig ein wenig zu feiern. Er rief seine Frau Betty an und ließ sich über ihre Pläne informieren, dann fällte er Entscheidungen.

Seit einiger Zeit standen im Keller des Präsidiums neue Dienstfahrräder in hervorragender Technik. Der Kommissar ließ also seinen Wagen stehen, lieh sich ein modernes Rad aus und machte sich auf den Heimweg. Er wählte bewusst nicht die denkbar kürzeste Route, sondern radelte gemächlich über weite Strecken der mit Bäumen bestandenen Promenade auf Münsters altem Stadtwall, der die Innenstadt wie mit einem Kranz umschließt. Dutzende weiterer Bicyclisten nutzten den Rundkurs im Schatten der Bäume, die allmählich in eine Herbstfärbung hinübergingen. Zahllose Jogger erfreuten sich an den autofreien Wegen der Promenade.

In der Nähe des Schlosses, dem Sitz der heutigen Universität, musste er an einer Ampel halten. Dabei fiel Kattenstrohts Blick eher zufällig auf einen der grauen Schaltkästen, die für gewöhnlich an den Kreuzungen aufgestellt waren. Einer der vielen von Regen und Wind verkuddelten Aufkleber fiel ihm sofort ins Auge: „Befreit die Radfahrer! Weg mit den Lenkern!", stand dort zu lesen.

Kapitel 24

Tatsächlich hatten die Kattenstrohts es sich am Mittwochabend noch gutgehen lassen. Unweit ihres Hauses hatten sie einen Treffpunkt ausgemacht, zu dem auch Betty mit dem Rad gekommen war. Eine kleine Tour führte sie durch die südlichen Stadtteile Münsters, wo die kundige Gärtnerin mal wieder ihre Kenntnisse über die Vorgärten anderer Leute zu erweitern suchte. Sie nannte das selbst „Street-View" und verbat sich irgendwelche Verwechslungen und vermuteten Ähnlichkeiten mit den Praktiken bekannter, weltweit operierender Medienkonzerne. Kattenstroht begnügte sich also damit, auf die monokausale, seit Menschengedenken bekannte weibliche Neugierde hinzuweisen. Worauf Betty ihn wiederum postwendend des Chauvinismus bezichtigte.

Über dergleichen wichtige Themen parlierend, erreichten Betty und Klaus nach einiger Zeit in einem der Vororte Münsters den erfreulichen Biergarten, das Ziel so vieler sommerlicher Ausflüge. Es war wie immer malerisch und, so Bettys Gesamturteil, zum Stöhnen schön: die Gärten bunt, der Himmel im späten Blau und dazu die Abendglocken des nahen Kirchturms. Das Schinkenschnittchen dort unter den Platanen fiel stets so groß aus, dass man es sich mit zwei Bestecken servieren lassen konnte. Das eine große Altbier ließ sich so eben noch mit den Straßenverkehrsregeln vereinbaren. Das zweite trank man jedenfalls auf der Kattenstroht'schen Terrasse, wo sich der Kommissar im vertrauten Gespräch doch der einen oder anderen Sorge der letzten Tage entledigte. Nachdem er Betty, ohne dabei zu sehr in die dienstlichen Details gegangen zu sein, den Rahmen der laufenden Untersuchung abgesteckt hatte, wartete Kattenstroht auf ihr Urteil.

Die kluge Ehefrau des Kommissars nickte anerkennend und lobte die Phantasie ihres Mannes: „Wunderbar, an dir ist ein Literat verloren gegangen: ‚Schlagt die Germanistik tot, malt die blaue Blume rot!' So hat das doch geheißen. Opa würde vor Freude dem Grab entsteigen, wenn er die Geschichte hören könnte." Sie nahm einen nachdenklichen Schluck aus ihrem Altbier-Glas. „Andererseits, andererseits machst du dich mit einer solchen Ermittlungslinie, wenn sie nicht aufgeht, zum Gespött des gesamten Polizeidienstes. Ich meine, ihr geht da ein hohes Risiko. Was sagt Jochen denn dazu? Die Staatsanwaltschaft Münster auf kunsthistorisch-literarischer Fährte? Kann ich mir nur schwer vorstellen."

„Bis jetzt spielen die mit, auch wenn seine Mitarbeiterin, die Engler, schon komische Fragen stellt. Wir haben aber auch nichts anderes in der Hand. Ich hätte nach diesem Fund, den ja eigentlich Kathrin gemacht hat, Probleme, einen neuen Zugang zu finden."

Betty schaute argwöhnisch über ihr Glas: „Du wirst doch wohl nicht Kathrin eine Verantwortung an deinem Mittelalter-Puzzle zuschieben?"

Kattenstroht reagierte fast unwirsch: „Quatsch! Natürlich stehe ich dafür gerade. Bisher liegen wir komischerweise auf der Linie, dass wir immer mal wieder Bestätigung kriegen. Alle anderen Ermittlungswege jenseits dieser Internatsgeschichte sind versperrt oder fast unmöglich zu gehen. Der Schlüssel liegt jetzt bei diesem einen Mann, dem Döring."

Betty hatte ihr Bier gelassen ausgetrunken und meinte nur, das sei ja auch so ein münsterländischer Allerweltsname, der einem ständig begegne. Irgendwann habe sie den sogar in den letzten Wochen noch mal fett gedruckt gesehen. „Das vergiss mal, leicht ist es auf keinen Fall, da jemanden namhaft zu machen."

„Der heißt doch längst nicht mehr Döring. Wir versuchen jetzt, das Umfeld über die Herkunftsfamilie aufzumachen. Den Namen gibt es in Deutschland an über 9.000 Orten mit mindestens 25.000 Namensträgern. Jetzt suchen wir erst mal im Münsterland nach seinen Verwandten. Nur dem Kollegen Schaap und seiner Spürnase verdanken wir den Hinweis auf den angeblichen oder tatsächlichen Terroristen, der ursprünglich als Abiturient von der Ludgerusburg kam. Aber ob uns das irgendwie weiterhilft, weiß ich auch nicht."

Für den Donnerstagmorgen hatte sich Kattenstroht einen späteren Start im Büro ausbedungen. Da auch Betty erst gegen Mittag in ihrer Schule auflaufen, dann aber bis zum Nachmittag würde unterrichten müssen, freute sich das Paar auf das gemeinsame Frühstück. Der Kommissar stand selbst wie gewohnt früh auf, ging mit Snoopy den üblichen Weg um den Block, besorgte dabei die Brötchen und half auch den beiden Söhnen beim Aufbruch zur Schule.

Betty war nicht, wie sonst üblich, liegen geblieben, sondern kramte im Haushaltskeller herum. Kattenstroht wartete auf der südöstlichen Terrasse, die er trotz der Morgenkühle angesichts des Sonnenscheins zum Frühstück vorbereitet hatte. Er studierte die Morgenpresse und hatte die erste Tasse Kaffee schon genossen, als Betty endlich erschien: „Ich hatte mich doch nicht geirrt", sagte sie mit leisem Triumph, „hier hast du meine Erinnerungen an eine Familie Döring." Sie legte ihm eine Zeitung vor, bei der sie die Seite ihrer morgendlichen Erstlektüre, wie sie es nannte, aufgeschlagen hatte. „Hier bitte: Eine Traueranzeige für eine Hedwig Döring, Jahrgang 1921, gestorben am 2. September im Kreise der Familie. Das Begräbnis findet in aller Stille statt. Als Kontakt für alle Angehörigen ist eine Elisabeth Offenberg in Hegemer angegeben. Ich wusste doch um mein Gedächtnis."

„Nun mal langsam mit den jungen Pferden. Dörings gibt's wie Sand am Meer, und wo siehst du da eine Brücke, geliebtes Weib?", wollte der Kommissar wissen.

Betty lachte nur und meinte, es gehe ja nicht um seinen Fall, sondern nur um ihr Gedächtnis.

Das Frühstück wurde zu einer wunderbaren Stunde an Gelassenheit und Genuss, und erst kurz vor 10.00 Uhr erreichte Kattenstroht nach einer erfreulichen Radtour durch Westfalens Hauptstadt sein Büro. Zügig ging er nach erster Durchsicht von Aktenbock und Mailbox zu Austrup, um sich nach dem weiteren Stand der Döring-Recherchen zu erkundigen. Hier sollte er eine der großen Überraschungen dieser Ermittlungen erleben.

„Wir haben die Herkunftsfamilie von Bernd Leo Döring sofort auf den Schirm gekriegt. Die Heimatadresse stand ja schon in den Listen der Ludgerusburg. Der Vater war bei den Stadtwerken in Münster beschäftigt, und die Familie lebte in Blitzdorf am Kanal; das ist eine frühere Genossenschaftssiedlung der Stadtwerker. Der Mann ist aber bereits 1986 verstorben. Die Mutter ist dann zu ihrer Tochter Elisabeth, die auswärts verheiratet ist, gezogen, und zwar nach …", Austrup blätterte in seinen Aufzeichnungen und Ausdrucken.

„Nach Hegemer!", ergänzte der Kommissar. „Nach Hegemer zu Elisabeth Offenberg!" Er hatte den Ausriss der von Betty aufgespürten Todesanzeige aus der Brusttasche seines Hemdes gezogen. Es war an Austrup und Schaap, Verblüffung zu demonstrieren.

„Die Mutter von Bernd Leo Döring ist am 2. September verstorben! Im Kreise der Familie, wie es hier heißt. Wir müssen sofort Kontakt mit den Offenbergs in Hegemer aufnehmen. Können wir Schücking eventuell bitten, über die lokale Polizei vorsichtig anzufragen?" Kattenstroht riss das Heft des Handelns an sich. „Dann müssen wir herausbekommen, wann und wo die Mutter Döring beigesetzt wurde. Ich habe da schon eine deutliche Vermutung."

Zügig lief die Maschinerie der Kripo Münster an. Gegen Mittag waren viele Fragen geklärt. Die Ergebnisse wurden in einer eiligst zusammengerufenen Runde vorgetragen. Die Familie Offenberg war zurzeit nicht erreichbar. Wie Schücking nach Befragung der nächsten Nachbarn in Hegemer zunächst telefonisch berichtet hatte, war die Mutter Döring nach langem Leiden und einer für die Angehörigen schweren Pflegezeit am 2. September verstorben. Die Beerdigung sei am letzten Mittwoch gewesen.

Am vergangenen Wochenende waren Elisabeth Offenberg und ihr Mann in einen wohl notwendigen, kurzfristig angesetzten Erholungsurlaub gestartet. Der war ganz knapp, fast wie ein „Last-Minute-Trip", ab einem Flughafen gebucht worden, so hatte es Elisabeth Offenberg der nächsten Nachbarin berichtet. Das Ziel war nicht bekannt.

„Ist aber rauszukriegen!", kommentierte der Kommissar und trug Schaap auf, umgehend die entsprechenden Auskünfte bei der Bundespolizei einzuholen.

Die Beerdigung hatte tatsächlich auf dem Städtischen Friedhof Lauheide bei Münster stattgefunden, und zwar am Mittwoch, den 7. September um 14.00 Uhr. Austrup trug ergänzend vor: „Wir haben vom Friedhofsamt erfahren, dass die alte Frau Döring an der Seite ihres bereits früher verstorbenen Ehemanns begraben wurde. Deshalb auch wohl die Beerdigung in Münster, obwohl die Familie hier ja nicht mehr gelebt hat. Aber sie hatten natürlich noch die Gruft auf Lauheide."

„Damit wird für mich die Sache wieder klarer", versuchte der Kommissar eine Zusammenfassung. „Was sagt die Anzeige: Hedwig Döring ist im Kreise ihrer Familie verstorben! Bernd Leo Döring ist zum

Sterben, wenigstens zur Beerdigung seiner Mutter angereist. So stark sind die Wurzeln doch noch. Die Familie ist also untereinander in Verbindung geblieben, und die Dörings haben sein Untertauchen gedeckt. Anders ist es nicht denkbar. Ich spintisiere mal weiter: Er hat irgendwo unter seiner neuen Identität gelebt. Er erfährt von Krankheit und Tod seiner Mutter und will wenigstens bei ihrem Ende dabei sein. Lauheide liegt an der Straße nach Telgte, also hat er irgendwo hier in Münsters Osten Station gemacht. Bei Verwandten in Blitzdorf? Eher nicht, man könnte ihn da ja erkennen! Bei einem Freund? In einem Hotel?"

Kattenstroht schaute abwesend durch seine Mitarbeiter hindurch: „Er macht an dem Abend, einige Stunden nach dem Begräbnis, einen Spaziergang und begegnet wem beim Lambertusspiel? Seinem alten Genossen Dr. Kathmann. – Den Rest kennen wir, wenigstens einiges davon."

Das Team stimmte den Überlegungen seines Chefs zu.

„Dann müssen wir schnellstens versuchen, irgendwie an die Familie Offenberg heranzukommen. Es ist ja oft so, dass eine Schwester eine engere Bindung zum Bruder hat, zumal wenn sie", hier schaute Kattenstroht auf die Familiendaten, „einige Jahre älter ist und als heilige Elisabeth vielleicht auch noch eine Art Helfersyndrom hat. Finden wir die Familie, erfahren wir bestimmt den Tarnnamen Dörings und wahrscheinlich auch seine Adresse. Alternativ können wir hier die Meldedaten der Hotels prüfen und finden ihn vielleicht. Haben wir den Klarnamen, dann haben wir ruck, zuck auch den Mann. Bleibt dann noch die bundesweite Fahndung. Übrigens dürfen wir den Schutz für Bergfeld und Free Dragon nicht aus den Augen verlieren. Wenn uns da jetzt noch was anbrennt, sehen wir ganz alt aus."

Der Nachmittag verlief sehr ruhig. Gegen 14.00 Uhr kam die Information, dass ein Ehepaar Offenberg erst am frühen Montagmorgen ab Frankfurt nach Florida geflogen war. Der aktuelle Hotelstandort war unbekannt. Nach Auskunft des Reiseveranstalters hatten sie für den ersten Tag ein Flughafenhotel und sofort anschließend einen Mietwagen vorgebucht. Die Einreise als Touristen hatten die Offenbergs denkbar knapp erst am Freitag zuvor über das offizielle ESTA*-System der Vereinigten Staaten angemeldet. „Das heißt dann wohl, dass wir sie nicht kriegen werden", hatte Austrup resigniert bemerkt. „Die Nachbarin hat uns ge-

* Electronic System for Travel Authorization: Elektronische Einreiseregistrierung für USA-Reisen

sagt, die Offenbergs hätten sogar ihr Handy daheim gelassen und wollten sich höchstens einmal die Woche per Festnetz melden. Ganz offensichtlich wollen die Leute Abstand gewinnen. Ihre Rückkehr wird erst für Ende kommender Woche erwartet. Also etwa vierzehn Tage Reisezeit, in der wir die Leute kaum erreichen werden."

Kattenstroht hatte tief Luft geholt und sich etwas geärgert. Kathrin Eilers musste ihn daran erinnern, dass diese Familie bestimmt eine sehr schwere Zeit erlebt hätte. „Natürlich wollen die Offenbergs nach dem Tod der Mutter Abstand gewinnen, etwas anderes sehen, einmal wieder Ruhe finden. Wenn wir den Kontakt vor Ende nächster Woche nicht bekommen, finden wir in den kommenden Tagen bestimmt einen anderen Weg, um an den Tarnnamen vom Döring heranzukommen."

Der Rest des Tages füllte sich mit Routinearbeiten und Vermerken. Es ging schon auf 18.00 Uhr zu, als Kattenstroht seinen vorläufigen Bericht für Staatsanwaltschaft und Hausleitung abschließen und versenden wollte. Ein Anruf aus der Gerichtsmedizin riss ihn aus seiner Korrekturarbeit heraus. Frau Professor Schulte Natrup teilte ihm ohne langes Zögern und ohne Schnörkel mit, dass nach gentechnischer Analyse ein klares Ergebnis vorliege: „Wir haben es gedreht und gewendet und alle Eventualitäten geprüft: Der Mann, dessen Spuren an dem Tatwerkzeug auftauchen, mit dem der Kathmann erschlagen wurde, ist identisch mit dem seinerzeit vom Verfassungsschutz erkennungsdienstlich behandelten Terrorismusverdächtigen. Das genetische Spurenmaterial an dem Kantholz ist identisch mit den seinerzeit in Köln genommenen und dort mehr als zwanzig Jahre aufbewahrten Proben. Bernd Leo Döring ist demnach als Täter anzunehmen!"

Der Kommissar bedankte sich für den Einsatz der Professorin und gelobte jede Gegenleistung. Auf einem Block notierte er eine Erinnerung: „Blumenstrauß für Prof SN!" Schließlich ergänzte Kattenstroht seinen Bericht um die Information, dass man aufgrund des genetischen Fingerabdrucks den Bernd Leo Döring als Täter ermittelt habe.

Trotz des eindeutigen Ermittlungserfolgs konnte sich der Kommissar irgendwie nicht richtig freuen.

Kapitel 25

Am Freitagmorgen stimmte sich das Team noch einmal dahingehend ab, wie man versuchen könne, die Tarnung des nun identifizierten Täters zu lüften. Erneut nahm man direkten Kontakt zum Verfassungsschutz auf und informierte den Dienst über die offenkundige Tatsache, dass Bernd Leo Döring noch lebe und zu allem Überfluss als Täter in einer Mordsache anzusehen sei. Kattenstroht telefonierte lange mit Rommerswinkel und bat ihn, vor allem die letzte Identität und Legende, mit der man damals den Döring ausgestattet hatte, der Kripo Münster zu übermitteln. Er sehe die Sache so, dass der entlassene Terrorist doch von einer solchen amtlich gesicherten Existenz ausgehend habe agieren müssen, auch um an neue Papiere zu kommen. Insofern gebe es vielleicht die Chance, diesen Wechsel zumindest örtlich und zeitlich einzugrenzen. Hatte sich die Kölner Behörde am Vortage in den Bemühungen um die Proben als sehr engagiert und generös gezeigt, so reagierte sie jetzt eher zurückhaltend. Nachdem er den Telefonhörer aufgelegt hatte, meine Kattenstroht nur: „Jetzt werden unsere Schlapphüte schmallippig! Wahrscheinlich wollen die nicht, dass ihnen jemand in dieser Affäre nach 25 Jahren noch einmal ans Bein pinkelt!“

So kauten sie denn fast bis zum Mittag auf vergeblichen Versuchen herum, die Familie Offenberg in Florida zu erreichen. Man überlegte, die dortigen konsularischen Dienste in Anspruch zu nehmen, selbst ein Reiseruf über die Medien in Florida wurde in Erwägung gezogen. Kattenstroht hatte Schücking noch einmal gebeten, sich mit den Nachbarn in Hegemer in Verbindung zu setzen. Dessen telefonischer Bericht zeigte, dass den Leuten dort ein Bruder der Frau Offenberg unbekannt war. „Sie erzählten allerdings, dass hin und wieder ein Cousin zu Besuch gekommen sei. Der sei aber sehr zurückhaltend gewesen und zudem stets mit der Bahn angereist. Wohnort unbekannt.“

„Haben wir eine Personenbeschreibung oder vielleicht ein Foto, eine Zufallsaufnahme meinetwegen vom Geburtstag der alten Frau Döring oder einem Nachbarschaftsfest? Ich würde sogar ein Bild vom Lambertussingen akzeptieren!“, fragte der Kommissar den Kollegen aus dem Brinke-Kreis.

„Nichts dergleichen. Der Besucher bleibt ein Schattenmann. Er ist allerdings, so behaupten die Nachbarn, über viele Jahre relativ regelmäßig bei den Offenbergs aufgetaucht, und die Familie ist mit ihm sehr vertraut und freundlich umgegangen. Er ist dann meist zwei Wochen geblieben. Zur Personenbeschreibung: etwa 60 Jahre alt, unter 1,70 m kurz, etwas gesetzt. Halbglatze. Mehr war nicht zu kriegen. Die Offenbergs gelten auch in der Nachbarschaft als zurückhaltend. Sie arbeiten beide bei einer Versicherung und sind kinderlos."

Kattenstroht bedankte sich bei Schücking und fasste zusammen: „Für mich ist das klar: Die Familie hat ihn gedeckt. Der Terrorismusvorwurf hat das Band der Eltern zum Sohn nicht reißen lassen. Sie war ja auch zu ihm solidarisch, als er seinerzeit in Afrika von der Bildfläche verschwand. Die Eltern haben, das zeigen die Quellen, für den Sohn gekämpft, mit der Schwester an ihrer Seite. Er hatte da seinen festen Kontakt und hat den familiären Lebenshintergrund irgendwie weitergepflegt. Das ging leichter, als die Elisabeth Döring sich nach Hegemer mit dem Herrn Offenberg verheiratete und den vielleicht als Belastung empfundenen Namen aufgab. Die Tochter hat nach dem Tode des Vaters die Wohnung in Blitzdorf aufgelöst und die Mutter aufs Land geholt. Bestimmt konnten sie dort den Bruder leichter empfangen als in Münster, wo es wohl noch Nachbarn gab, die ihn dann erkannt hätten. Andererseits wissen wir auch nicht, wie eine Strafverfolgung heute ausgesehen hätte. Die Strafe in Israel, lassen wir alle konsularrechtlichen und politischen Umstände mal unberücksichtigt, hatte er abgesessen. Neue Straftaten mit terroristischem Hintergrund hatte selbst Rommerswinkel nicht auf dem Schirm. Es sieht mir fast so aus, als wollte Döring um jeden Preis aus der Welt heraus und noch einmal von vorn anfangen. Die Familie hat ihm das Fundament dazu geboten."

„Und nur über die Familie werden wir auch an ihn herankommen", warf Kathrin Eilers ein. „Die Offenbergs sitzen noch zwei Wochen in Florida. Wir könnten höchstens die Nachbarn bitten, bei einem Anruf aus Amerika etwas für uns zu tun und sie um Kontaktaufnahme zu bitten. Aber ob die sich wirklich melden werden? Ich halte es für möglich, dass die aufgrund der Erfahrungen des Bruders eine gehörige Distanz zu uns halten wollen."

„Das nehme ich auch an!“, bestätigte Kattenstroht. „Eine entsprechende Bitte mit Beifügung aller Telefonnummern hat Schücking den Nachbarn schon hinterlassen. Warten wir es ab.“

Die etwas quälende und so fruchtlos wirkende Arbeit wurde kurz vor dem Mittag jäh unterbrochen. Mia Kunsleben kam mit einem Telefonzettel zu Kattenstroht und teilte ihm mit, soeben habe die Polizeidirektion aus Neumünster in Schleswig-Holstein angerufen und um eine Telefonkonferenz mit der Kommission gebeten, die in der Sache eines Paul Wilhelm Kathmann ermittle. Man habe dort eine Ereignis- und Spurenlage, über die man die Münsteraner Ermittler unbedingt informieren müsse.

„Die sind so unter Dampf, dass wir in wenigen Minuten auch einige Unterlagen gefaxt bekommen. Ich habe den Kollegen Schaap gebeten, sich darum zu kümmern. Ich denke, wir gehen mal sofort ins Lagezimmer rüber. Kathrin, Austrup und Pötter wissen Bescheid.“ Die Büroleiterin zeigte mal wieder ihre zackige Seite.

„Zwölf Uhr! High noon!“, knurrte der Kommissar vor sich hin, als sie in den Sesseln am runden Tisch Platz genommen, die Kopfhörer mit den anhängenden Mikrophonen bereitgelegt hatten und nun auf den Anruf aus Schleswig-Holstein warteten.

Schon nach wenigen Augenblicken rauschte es in den Kopfhörern, und es meldete sich ein Hauptkommissar Hambückers, der zunächst die Anwesenheit seines Kollegen Friedrichsen meldete und dann um die Vorstellung der Gesprächsteilnehmer in Münster bat. Nachdem das erledigt war, berichtete der Polizist aus Schleswig-Holstein in einer klaren und strukturierten Weise, die lokalen Behörden seien seit der letzten Nacht mit einem Suizid beschäftigt, der sich in einem Werk für Tierkörperbeseitigung zugetragen habe.

„Das Opfer ist ein älterer Mann, Waldemar Grobeisen, Russlanddeutscher, der seit mehr als zwanzig Jahren in dieser Firma gearbeitet hat, zuletzt als Vorarbeiter und Schichtführer. Er war alleinstehend und wohnte zur Miete in einem Dorf hier auf dem Land. Er ist gestern wie gewohnt zur Nachtschicht gekommen. In einem Moment, den wir nicht genau bestimmen können, da er zu diesem Zeitpunkt alleine war, hat er sich gezielt in den Gefahren- und Wirkungsbereich einer der großen Zerlegemaschinen begeben und ist natürlich darin umgekommen. Ersparen Sie mir bitte jedes Detail: Das ist nichts für normale oder gar schwache Nerven! Wichtig ist etwas anderes. Auf dem Schalttisch seiner Anlage hat er einen dicken Umschlag liegen lassen, der recht kursorisch an die Polizei adressiert war. In dem Umschlag waren ein Abschiedsbrief an seine Familie, einer an unsere Behörden und einer an die Kriminalpolizei in Münster. Uns hat er gebeten, die beiden anderen Briefe weiterzuleiten. Wir haben den an Sie im kollegialen Sinne natürlich schon geöffnet und ..."

Kattenstroht unterbrach den recht gemächlich und mit niederdeutschem Akzent der Waterkant sprechenden Kollegen: „Hat der Mann sich zu Problemen seiner eigenen Identität geäußert?"

„Tatsächlich, das hat er! Wie kommen Sie darauf?", staunte der norddeutsche Kollege. „Er schreibt hier, dass er seit 1985 unter den Namen und mit der Geschichte eines Waldemar Grobeisen gelebt habe. Das Papier-Profil ist typisch für einen einwandernden Russlanddeutschen jener Jahre. Er legte aber einige uralte Papiere bei, nach denen er in Wirklichkeit ein Bernd Leo Döring, geboren in Münster, war. Er könne bei der Aufklärung einer Straftat helfen, denn Sie würden ihn wahrscheinlich suchen!"

„Das tun wir in der Tat!", bemerkte Kattenstroht. „Was schreibt er weiter?"

„Er bezichtigt sich im Folgenden des Totschlags an einem Paul Wilhelm Kathmann, den er in der vergangenen Woche, also am Mittwochabend, den 7. September, in Münster verübt haben will. Es ist eine umfangreiche Beschreibung des Tathergangs aus seiner Sicht dabei. Die müsste inzwischen mit dem gesamten Schreiben bei Ihnen als Fax-Mail angekommen sein. Wir können das dann gemeinsam durchgehen."

Kattenstroht hatte nur kurz registriert, dass ein Assistent aus Austrups Truppe Mappen mit Kopien reihum auf dem Tisch verteilt hatte. Kathrin Eilers schlug eine Mappe auf und schob sie mit der ersten Seite zuvorderst zum Kommissar herüber.

Vor ihm lagen vier Seiten eines Briefes, der offensichtlich auf einem rautierten DIN-A4-Block aufgesetzt war. Eine auffallend unruhige Handschrift war sofort erkennbar. Das Schreiben war datiert und mit zwei Namen unterschrieben. Im ersten Abschnitt bekannte sich der Unterzeichner zu seiner alten Identität und beteuerte, er habe, um Frieden zu finden, keine andere Möglichkeit gesehen, als den Behörden durch eine neue Identität zu entgehen. Diese habe er mit Glück und Geld und der Hilfe seiner Familie tatsächlich gefunden. Die letzten 25 Jahre habe er seine Ruhe gehabt und auch den Frieden mit seiner Familie genossen.

„Leider wurde meine Mutter immer kränker, und vor wenigen Wochen war klar, dass sie sterben würde. Ich habe meinen angesparten Urlaub genommen und bin nach Münster gefahren, wo ich in einem Gästehaus nahe beim Krankenhaus preiswert untergekommen bin. Meine Schwester, mein Schwager und ich haben uns in der Betreuung der Mutter abgewechselt. Am 2. September ist sie dann in unserem Beisein gestorben. Nach der Beerdigung am 7. September, an der nur wir drei teilgenommen haben, haben wir uns verabschiedet. Elisabeth und Josef wollten umgehend verreisen. Ich wollte am Donnerstagmorgen wieder nach Hause fahren und hatte auch schon die Fahrkarte besorgt. Am Abend bin ich noch am Kanal spazieren gegangen und habe dort in einer Seitenstraße einem Lambertusspiel zugeschaut. Meine Überraschung hätte kaum größer sein können, als ich in dem auftretenden Kirmesbauern meinen alten Schulfreund und Genossen Paul Wilhelm Kathmann erkannte. Er war es ganz eindeutig. Er machte seine Sperenzchen mit den Kindern. Danach trank er sich mit den Nachbarn auf der Straße ein Bier und ging in eine nah gelegene Wohnung. Ich habe die ganze Zeit aus den Büschen eines kleinen Spielplatzes zugeschaut und bin ihm bald nachgeschlichen. Ich habe mich in den Vorgarten des kleinen Nebenhauses, in dem er verschwunden war, hinter eine hohe, dichte Hecke gestellt. Da es schon dunkel war und Kathmann die Jalousien nicht heruntergelassen hatte, konnte ich ihn durch das Fenster gut beobachten. Einer der Fensterflügel stand auf Kipp. Er hat sich noch ein Bier getrunken und Musik gehört. Natürlich so etwas Bombastisches. Ich habe mehr als eine Stunde dort gestanden und habe ihm zugeschaut. Ich war hin- und hergerissen, bei ihm anzuläuten und ihn zur Rede zu stellen. Dabei hatte ich wahnsinnige Angst vor ihm, vor dieser Begegnung, noch immer. Nach fast anderthalb Stunden hat Kathmann mir die Entscheidung abgenommen. Er stand nämlich auf, schaltete das Außenlicht ein und kam auf die Treppe heraus und auf den Steinpatt, der zum Gartentörchen führt."

Dr. Kathmann spähte unsicher in die Dunkelheit, denn die Lampe über der Tür blendete ihn etwas. Er ging die drei Stufen der Vordertreppe hinunter, um am Törchen seine Holzschuhe und den Knotenstock einzusammeln. Gerade wollte er sich danach bücken, als er heftig vor einer Gestalt zusammenschrak, die er – vor der Hecke stehend – jetzt erst schemenhaft erfassen konnte: „Verdammt, was soll das, was wollen Sie hier? Wieso erschrecken Sie mich so?"

„Ich erschrecke dich? Das ist ja mal was. Schönen, guten Abend, Paul – oder meinetwegen Kater. Erkennst du alte Freunde und Genossen nicht mehr?" Der Unbekannte vor der Hecke schien gefasster als der Münsteraner Finanzbeamte. Entgeistert starrte der den kleinen, rundlichen Besucher an, der sich keinen Zentimeter von seinem Platz gerührt hatte.

„Was hast du dich heute fein gemacht! Bist der Kirmesbauer! Der schöne Kittel und die Holschken. Und dazu deine schöne Stimme. An der habe ich dich übrigens erkannt. Ja, ja, die Schule von Pater Hugo! Ist aber weder großes Hochamt noch Grand Opéra: O Buer, wat kost dien Hei? O Bauer, was kostet dein Heu? Eine Kirmeskrone! Typisch Paul Kathmann: Bezahlt wird mit Kirmesgeld, mit Spielgeld! – Alles Unfug!"

Der mit diesem Überraschungsbesuch konfrontierte Kathmann überwand seine Fassungslosigkeit nur langsam: „Mein Gott, Döring. Bernd Leo Döring – tatsächlich. Was hast du mich erschreckt. Tat das not? Konntest du dich nicht ordentlich anmelden, wenn du zu Besuch kommen willst? Bist willkommen. Kriegst ein Bier. Aber verschon mich bitte mit solchen Überfällen. Die tun meinen Nerven nicht gut." Kathmann schaute im Licht der Außenlampe an dem Besucher herunter: „Hast lange nichts von dir hören und sehen lassen."

„Warum auch? Bin doch auf dein Kommando in den revolutionären Kampf nach Afrika gezogen. Geschnappt haben sie uns. Ich wollte immer schon mal wissen, wer uns damals verpfiffen hat. Jahrelang waren wir eingebuchtet, und als ich rauskam, wollte mich der BND auch noch umdrehen." Döring ging einen Schritt auf den alten Jugendfreund zu, der etwas zurückwich. „Du Flasche hättest doch wenigstens Zeitung lesen können. Du wusstest genau, dass ich jahrelang in

Palästina im Knast gesessen habe. Was habt ihr für mich getan? Was haben die ach so solidarischen Genossen unserer Gruppe für mich getan?" Dörings Urteil war bitter: „Nichts habt ihr für mich getan. Habt mich da verfaulen, mit Einzelhaft traktieren und gar kochen lassen. Genau in diesen Jahren habt ihr dann mal eben euren Frieden mit dem Monopolkapital gemacht. Und obendrein schöne Karrieren. Fresst heute entweder alle aus der Staatskrippe oder seid bezahlte Hofnarren der Gesellschaft. Wie Drake auch, nennt sich Free Dragon und verdient sich mit seinem Krach dumm und duselig. Und du? Wie leistest du dir deinen Lebensstil? In einer schönen Wohnung in erstklassiger Wohnlage am Kanal? Wie hast du denn die Kurve zurück in die Arme des Staates und der feinen Gesellschaft gekriegt? Hat Papas Kohle dafür gereicht?"

Kathmann war unsicher geworden und ging, wenn auch zögerlich, auf die Fragen seines Besuchers ein. Einen Augenblick hatte er sogar überlegt, Döring ins Haus zu bitten, entschied sich jetzt aber doch dagegen und setzte auf Abgrenzung: „Nun ja, ich habe den Doktor noch in Literatur gemacht, habe dann Jura als Zweitstudium angeschlossen und arbeite hier an einem Finanzamt als Oberrat. Nichts Überragendes!"

„Ein Büttel! Ein mieser, kleiner Büttel der Staatsmacht! Aber fest und sicher wie beim pensionierten Minnesänger! Ich hab mein Lehen, alle Welt, ich hab mein Lehen! Kein Februarfrost mehr an den Zehen, Kühlung im Sommer wie Wärme im Winter! Des Kaisers Rock mag kurz sein, aber er wärmt ausreichend. Der Herr Dr. Kathmann lässt sich nach den Fährnissen der Weltrevolution vom System alimentieren. Was bist du doch für ein korrumpierter Hund! Da musst du eigentlich vor dir selbst Ekel empfinden, wenn du an alle Ziele denkst, die du gepredigt hast."

Nun ging Kathmann doch in die Offensive: „Du redest Unfug, Döring. Wir waren jung und übermütig. Wir wollten die Welt verändern und hatten dafür gemeinsame Entwürfe. Daraus ist nun mal nichts geworden. Gut, schließen wir einen Kompromiss und finden einen Weg zwischen den Extremen. Ich weiß heute, dass es eines geordneten Staatswesens bedarf, aber an meinem Platz arbeite ich dafür, dass es menschlicher wird!"

Döring prustete fast laut lachend heraus: „Beim Finanzamt wird es mit dir menschlicher! Mann, was redest du für einen Tinnef! Schau lieber auf die Steuerzettel, mit denen du unschuldige Proletarier malträtierst. Du spinnst doch!" Der dickliche Mann musste Atem holen und fuhr leiser fort: „Das also ist von unseren Plänen und Hoffnungen für eine gerechtere Welt übrig geblieben? Passt schon, dass ausgerechnet unser Kater zum Kirmesbauer erkoren wird! Mit Kirmeskronen leeres Stroh und Heu verhandeln und es öffentlich mit ganz großen Sprüchen dreschen. Das passt total zu dir! Du warst immer ein Falschmünzer für Kirmesgeld, Paul Wilhelm Kathmann. Nur ich Idiot habe das nicht erkannt. Bin dir wie ein dummer Junge nachgerannt. Freiheit, Gleichheit und Brüderlichkeit, Liebe, Anarchie und Frieden. Macht kaputt, was euch kaputt macht!"

„Hättest ja mal selber denken oder zur rechten Zeit aufpassen können!" Kathmann wurde fast zynisch: „Denk an Pater Clemens, der uns immer wieder Adenauer zitierte: ‚Wir leben zwar alle unter demselben Himmel, aber nicht jeder hat denselben Horizont.' Tut mir leid, wenn dein Weitblick nicht gereicht hat."

„Ach ja, und so Leute wie ich sind dann die unvermeidlichen Kollateralschäden, wie das heute genannt wird. Unser Untergang wurde billigend in Kauf genommen! Wo gehobelt wird, da fallen Späne. Ich hab mal gelesen: Die Revolution damals war die Bewegung der Kinder der Reichen. Irgendwie stimmt das doch. Die Hängematte war für euch gespannt, während wir bekloppten Kleinen an eurer Stelle in den bewaffneten Kampf und dann in den Bau gingen." Döring schüttelte den Kopf: „Ich Idiot! Was war ich für ein Dämlack, auf Leute wie dich und deine Professoren hereinzufallen. Was habe ich mir schon Vorwürfe gemacht! Hätt ich auf meine Mutter gehört, wäre ich wahrscheinlich Pastor geworden oder Volksschullehrer auf dem Lande mit festem Einkommen, mit einer Familie und ein paar Kindern!"

„Was machst du denn heute?", warf Kathmann ein, um sich eine Ablenkung zu verschaffen.

„Ich wohne weit weg von hier unter einem neuen Namen. Ich zerlege maschinell und ferngesteuert faulende Tierkörper und Abfälle und verkoche sie zu Futtermehl, Ölen und Fetten. Ich bin Vorarbeiter in so einem Werk und spreche die Sprache des Volkes. Und du stehst da mit deinem albernen Zopf, dem letzten Rest deiner Weltrevolution! Wenn schon nichts mehr im Kopf, dann wenigstens was am Kopf!"

Kathmann strich nachdenklich über seinen Hinterkopf, als wolle er prüfen, ob der kleine graue Pferdeschwanz noch an Ort und Stelle saß: „Also bitte, Döring, sei mal vorsichtig mit deinen Vorwürfen. Das Leben ist eben anders, als man es uns auf der Ludgerusburg beigebracht hat."

„Es ist auch nicht so, wie du und deinesgleichen versucht haben, es uns einzureden. Eine Woche in meinem Betrieb hat mir beigebracht, die Lage der Arbeiter so zu sehen, wie sie ist. Ich stehe jetzt 25 Jahre zwischen meinen gefallenen Viechern, Knochenbergen und stinkenden Abfällen. Die Produkte, die ich herstelle, sind wenigstens am Ende der Prozesse klinisch rein. Hat sich was mit den ‚Reinen', die da nächtens in der Kirche auf den Gitarren klimpern, Schnaps saufen, sich am Geheimbund erfreuen und die Welt verbessern wollen."

„Ach ja, Kater und Löwe, Drache und Silvanus, Senior und Teufel!" Kathmann schien sich mit einem gewissen Wohlgefallen zu erinnern. „Das weißt du noch? Das war auch so 'n Kinderkram. Bergfeld lebt übrigens hier in der Nähe, der hat mich mal in Münster dumm angequatscht. Außer von Drake, der immer mal durchs Fernsehen kommt, weiß ich von den anderen nichts!"

„Aha, Kinderkram? Es war also nur Kinderkram? Wer hat sich denn da Freundschaft fürs Leben geschworen? Blutsbrüder waren wir! Du vergisst das wohl gerne. Ich habe mich dran gehalten, Drake auch, wenigstens damals. Von den anderen weiß ich nichts. Wir sind dir nach Berlin gefolgt und haben den ganzen Kram schön mitgemacht. Und du? Du hast uns verraten, du hast dein Gretchen verraten, du hast deine Freunde im Knast verfaulen lassen. Von deiner Anarchie ist wirklich nur der Schwanz am Hinterkopf übrig geblieben. Vollkommen verbürgerlicht. Deine Weltrevolution besteht heute darin, dass du Briefmarken immer auf dem Kopf auf die Briefe klebst, was?"

„Nun mal sachte, sachte! Das Leben geht weiter. Ich glaube heute, dass Churchill leider recht hatte: ‚Wer mit zwanzig Jahren kein Sozialist ist, der hat kein Herz. Wer aber mit vierzig Jahren noch Sozialist ist, der hat keinen Verstand!'" Kathmann drehte sich ab und wandte sich Richtung Haustür. „Wir lassen das jetzt besser. Ich habe mein Leben, du hast deins. Lassen wir uns gegenseitig in Ruhe, das ist wahrscheinlich das Beste!“

Auf dem Weg zur Treppe drehte sich der Kirmesbauer noch einmal zu Döring um. Der blaue Kittel mit den weißen Bordüren leuchtete im Licht der Außenlampe schwach auf: „Was haben wir nicht alles fürs Leben auf der Ludgerusburg gelernt: Diese Ballade von Fontane, wie ging das noch: ‚Ich sehe dich nicht, mein alter Freund, ich hör deine Stimme nicht. Mir ist, als ob ein Rauschen im Wald von alten Zeiten spricht!‘ Dann tu dich mal hin, Döring!“

Döring starrte dem Kirmesbauern hinterher: „Das Gedicht geht aber noch weiter: ‚Ich sehe dich nicht, ich hör dich nicht, das ist alles, was ich kann. Ein Verräter vor meinem Angesicht wäre ein toter Mann!‘ “

Kapitel 27

Im Besprechungsraum herrschte eine angespannte Stille, während Kathrin Eilers konzentriert weiter laut vorlas:

„Als Kathmann da so höhnisch grinsend stand, hatte ich keine Wahl mehr. Mich mit einem der größten aller Imperialisten belehren zu wollen! Ich hab mir von dem Sperrmüllstapel vor der Hecke ein Kantholz gegriffen, bin ihm hinterher und habe zugeschlagen. Bei meiner Wut reichte der eine Schlag aus. Ich habe ihn dann um die Ecke gezogen und ihm auch noch den Knotenstock in die Brust gejagt. Dieser Kerl sollte mir mit Garantie niemals wieder begegnen.

Am Donnerstag bin ich mit der Bahn nach Hause gefahren und habe am Wochenende alle Vorbereitungen getroffen. Ich bitte die Ortspolizei, meine Briefe an meine Familie und an die Polizei in Münster weiterzuleiten. Ich möchte nicht, dass die Leute dort am Ende einen Unschuldigen verfolgen.

Für mich hat ein Weiterleben keinen Sinn. Ich hoffe auf nichts mehr, ich fürchte aber auch nichts. Ich bin frei."

Kathrin Eilers hob den Blick von der kopierten Seite: „Folgen noch zwei Unterschriften in derselben Handschrift: Bernd Leo Döring / Waldemar Grobeisen, sowie das Datum vom 12. September, das war der Montag."

Der Kollege Hambückers schaltete sich wieder ein: „Er hat seine Vorbereitungen auf den gestrigen Donnerstag hin abgestellt, weil er da Nachtschicht hatte und als Maschinenführer über kürzere Zeiten allein an den Maschinen sein würde. Wir haben den Eindruck, dass er auch seine Kollegen nicht mit seinem Suizid konfrontieren wollte."

Kattenstroht hüstelte etwas verlegen: „Haben Sie denn, sagen wir mal, ohne zu tief in beschreibende Details eindringen zu wollen, Chancen auf ... beisetzungsfähige Überreste?"

Der Polizist aus Schleswig-Holstein rang um eine vorsichtige Formulierung. „Sagen wir mal so: Es ist sehr schwierig. Die Maschinen, die dort stehen, leisten ganze Arbeit, und Döring wusste offensichtlich die Sicherungssperren so zu umgehen, dass sein Verschwinden erst spät bemerkt wurde."

Die Polizisten aus Münster und Neumünster vereinbarten dann das weitere Vorgehen und die Überstellung der Originalunterlagen. Die dortige Polizeidirektion würde auch noch eine komplette Wohnungsdurchsuchung durchführen sowie alle notwendigen Laboruntersuchungen einleiten. Dann verabschiedete man sich voneinander.

Die Münsteraner Kommission saß zunächst schweigend um den Tisch und hing einigen Gedanken nach. Kattenstroht brach schließlich das Schweigen: „Dann war unser Fall ja doch ein weiter Rückblick in das letzte Jahrhundert und seine Bewegungen. Unser Ermittlungsweg führte uns qua Phantasie auch noch in die Irre: Es gab zwar den Freundschaftsbund der sechs jungen Leute, aber Döring hat Deibel in seinem Wagen nicht verbrannt und offensichtlich auch nicht den Hohnwald an der jungen Eiche stranguliert. Es gab weder ein Mordkomplott gegen den Rest der Gruppe noch ein bildhaftes Mordprogramm. Wir haben demnach einen Plan aufgefaltet, den es gar nicht gab, und sind in die Irre gegangen!"

„Aber wir haben den Täter ermittelt und überführt, Herr Kommissar! Jetzt haben wir sogar ein Geständnis", fällte die Büroleitung sachlich und trocken ihr Urteil. Umtriebig verteilte sie sofort Aufgaben für die zu erstellenden Berichte und das weitere Vorgehen.

Im Lageraum blieb Kattenstroht zunächst noch allein am Tisch sitzen. Anschließend verzichtete er auch auf das Mittagessen und blätterte in seinem Büro in den Akten des Falles herum. Eine Viertelstunde später saß er im Großen Besprechungsraum vor den Stellwänden mit allen Fotos und Aufzeichnungen. Hier fand ihn dann Kathrin Eilers, der auch wohl der Appetit vergangen war. Nachdenklich saßen die beiden Ermittler vor den Fotos.

„‚Euer Widersacher, der Teufel, geht umher wie ein brüllender Löwe und sucht, wen er verschlinge!' Das sagt die Schrift." Kattenstroht war bewegt: „Der Döring ist passend nach seinem Namensbild umgekommen: Zerrissen, verschlungen – wie von einem Ungeheuer. Dabei hatte er schon lange zuvor verloren. Nämlich damals, als er seine gewachsene Lebensorientierung aufgab und falschen Propheten hinterherzog."

„Hast du eigentlich bemerkt, dass der letzte Satz in Dörings Abschiedsbrief fast identisch ist mit dem Zitat, das Kathmann auf seiner Todesanzeige haben wollte?" Kathrin Eilers schlug einen dünnen Aktendeckel auf. „Mir geht das alles nicht mehr aus dem Kopf. Ich habe mich unheimlich gewundert, wie solche Themen und Sprüche über Jahrzehnte in den Köpfen haften bleiben können. Das Zitat von Kazantzakis stammt nach einer Internetseite der Uni Bielefeld von seinem Grabstein in Heraklion. Dort heißt es richtig: ‚Ich erhoffe nichts. Ich fürchte nichts. Ich bin frei.' Kathmann macht daraus sein parolenartiges ‚Ich glaube an nichts. Ich hoffe auf nichts. Ich bin frei.' Das ist doch eine ganz andere Aussage. Sogar hier war Kathmann ein Falschmünzer und hohler Sprücheklopfer."

Den Rest des frühen Nachmittags warteten sie weitere Berichte aus Neumünster ab. Kattenstroht informierte Stellmacher ausführlich über die rasante Wendung und die endgültige Aufklärung des Falles und versprach den Versand der Akten mit allen Berichten bis zum Ende der folgenden Woche. Für den Sonntag war noch eine akzeptable Wetterlage vorhergesagt. Also verabredeten sich Staatsanwalt und Kommissar für den Sonntagmorgen zum geliebten Boule-Spiel.

Am späten Nachmittag leerten sich Schreibtische und Büros nach und nach. Auch Kathrin Eilers zeigte sich nach den Entwicklungen der letzten Stunden wieder merklich entspannter. Die Einladung des Kommissars, am frühen Abend mit einem Bierchen am Prinzipalmarkt ins Wochenende zu starten, akzeptierte sie gern. „Es kommt aber noch Ansgar Tenbohlen aus Recklinghausen dazu. Wir bereiten gerade ein Treffen unserer Ausbildungsgruppe vor!"

Kattenstroht erinnerte sich an den gemütlich-heiteren Kollegen, der ihnen schon einmal in einer Kneipe einen feuchtfröhlichen Abend abgefordert hatte, und stimmte diesem Treffen mit Vergnügen zu. „Zudem gehen wir in den Töddenhoek, den alten Treffpunkt der Kirmesbauern und Kiepenkerle. Kathmann war ja ebenso termingerecht wie nach Landesbrauch gekleidet, insofern passt ein Dämmerschoppen auf ihn. Da können wir doch sein Fell …"

Schweigend schaute Kathrin Eilers ihren Kommissar scharf und strafend an. Der zog es daraufhin vor, seinen Satz nicht zu beenden, sondern sich stattdessen schleunigst zu verziehen.

Sie hatten sich für 19.00 Uhr am Lambertibrunnen vor der gleichnamigen Kirche verabredet und dabei völlig übersehen, dass an diesen letzten Tagen vor dem Patronatsfest dort die zentralen Feierlichkeiten der Heimatvereine begannen. „Ei, verflixt, morgen ist der 17. September, und heute ist Lambertus-Abend. Ich werde älter, dass ich diese Termine nicht mehr richtig auf die Reihe kriege!“, hatte der Kommissar fast Mitleid erheischend verkündet.

Nun standen sie zu dritt unter einem Bogen des Laubenganges gegenüber der großen Lambertuspyramide und schauten zu, wie sich Grundschulkinder nahezu klassenweise einstellten und Pädagoginnen und Pädagogen um Ordnung bemüht waren, Spielmänner ihre Instrumente stimmten und erste Rufe „Lambertus ist munter!“ über den Platz schallten. Bald war der städtische Klangraum erfüllt von Spielmannsmusik und dem Gesang aus vielen hundert Kehlen, jungen wie alten. Große Kreise wanden und schoben sich um die heller werdende Pyramide, die mit Dutzenden von Fackeln geschmückt war. Lied um Lied erklang so, wie es sich in Münster zu diesem Fest gehört. Die drei Polizisten schauten weiter zu, und Kattenstroht musste anerkennend feststellen, dass Ansgar Tenbohlen das meiste Liedgut kannte und beherrschte.

Nachdem aber auch hier in Münsters guter Stube der Kirmesbauer sich seinen Hofstaat, einen Knochen und einen Pottlecker ausgesucht, endlich gar seinen Schubs bekommen hatte und aus dem Rund der Kinder vertrieben worden war, machten sie die drei Polizisten auf den Weg zu ihrer Traditionskneipe. „Hast du dich davon überzeugt, dass der Bauer auch überlebt hat?“, hatte der Kommissar bei Kathrin Eilers ein bisschen sticheln wollen, damit aber keinen Erfolg gehabt.

Vom Turm des Stadthauses erklang das Carillon. Der Stadt-Glockenspieler, eine der festen Institutionen im kulturellen Leben der Altstadt Münsters, hatte sich mit Feuereifer darangemacht, aus den nur vierzehn Glocken seines Instrumentes durch geschickte Transkription der Töne möglichst viele der alten Lambertuslieder hörbar zu machen. Die drei blieben an der Straße mit Blick auf den Stadthausturm stehen und warteten das Glockenkonzert ab. Tenbohlen, selbst ein Kind der Stadt Münster, summte wieder mit.

„Kriegen Sie denn den zweiten Teil von ‚Guter Freund' noch auf die Reihe? Und zwar rückwärts?", forderte Kattenstroht den jüngeren Kollegen heraus.

Tenbohlen zeigte sich völlig gelassen, legte den Kopf etwas schief und legte los: „Im Refrain stecken also zwölf Apostel Christi, elftausend Jungfrauen. Die wird man heute nur schwer auf einen Haufen zusammenbringen können. Zehn Gebote Christi, neun – neun?" Tenbohlen musste nachdenken: „Da habe ich es wieder: „Neun Chöre der Engel! Aber acht, was war das noch mal? Sieben weiß ich wieder: Sieben Sakramente und sechs Krüge mit rotem Wein, die schenkt der Herr zu Kana ein! – So schlecht war das doch nicht, Herr Kattenstroht."

Kathrin Eilers wollte erst einmal wissen, was dieses Zahlenlied eigentlich bedeute. Während die Glockentöne weiter kaskadenartig über die Dächer, Spitzgiebel und Fialen des Prinzipalmarktes wehten, erläuterte Kattenstroht, dass dieses Lied eigentlich eine Gedächtnisstütze für Kinder in der bücherlosen Zeit gewesen sei, wobei sie anhand der Zahlen bestimmte Stoffe des Religionsunterrichtes wiederholen konnten. „Diese Zahlenspiele stimmen irgendwie mit dem Lehrplan des alten Katechismusunterrichtes im 17. und 18. Jahrhundert überein: Die Zehn Gebote, die sieben Sakramente, die fünf Gebote der Kirche, die vier Evangelisten und so weiter. Übrigens hat das Lied uralte Wurzeln in jüdischen Texten des Mittelalters. Und mein lieber Tenbohlen: Was ist mit den acht Seligkeiten?"

Kathrin Eilers' Kollege und Studienfreund war doch besser drauf, als Kattenstroht erwartet hatte: „Alle jenseits der Armen im Geiste kriege ich nicht mehr auf die Reihe: Trauernde, Gerechtigkeitssucher, Barmherzige? Ich weiß aber doch, dass diejenigen das Land erben, die keine Gewalt anwenden. Und wenn ich mich nicht irre, werden die Friedensstifter die Söhne Gottes genannt werden!" Leicht auftrumpfend blickte er dem Kommissar fest ins Auge.

„Wohl wahr, hätten sich manche Leute eher merken oder sich doch länger dran halten sollen!", kommentierte Kattenstroht trocken.

Die Glocken stimmten nun das „Hol Wasser, du dumme Liese!" an, und Ansgar Tenbohlen verkündete, mit Mineralwasser könne er den Abend nicht bestehen. Kattenstroht fiel prompt eine alte Bauernregel ein: „Lamberti hell und klar, folgt ein trocken Jahr! – Wir hatten abgesehen vom letzten Sonntag eine Reihe wunderbarer Spätsommertage hintereinander. Am Wochenende wird es auch nicht regnen!“

Also verzogen sich die drei Polizisten in den Töddenhoek, wo sie nahe der Theke einen gemütlichen Ruheplatz fanden und sich anschickten, die Trockenheit mit Maß zu bekämpfen.

Als Kattenstroht sich allein auf den Heimweg machte, beendete gerade der Stadt-Glockenspieler sein Konzert. Über die Dächer der Altstadt rieselten die letzten Klänge vom Stadthausturm: Kein schöner Land …

Schlussbemerkung

Ereignisse und handelnde Personen auch des fünften Kattenstroht-Bandes „Kirmeskronen“ sind rein fiktiv und mit der Realität höchstens weitläufig verwandt. Geschilderte Zeitumstände und landeskundliche Zusammenhänge spiegeln jedoch vielfache Erfahrungen des Autors, denen sich auch die Leserinnen und Leser nicht völlig verschließen werden. Insofern sind gewisse Ähnlichkeiten mit realen Ereignissen und Personen weder zufällig noch letztlich vermeidbar.

Gewidmet habe ich dieses Buch Manfred Schneider in Münster, Buchhändler im (Un-)Ruhestand, Kirchenmusiker und ein der regionalen Geschichte und Kultur tief verbundener Freund. Verschiedene Ideen und Charakteristika, die sich im Land-Kommissar Kattenstroht spiegeln, haben sich auf gemeinsamen Touren durch das Münsterland finden lassen – oder sie haben sich in meist heiterer Diskussionsrunde mit „Schneiderleben“ en passant eingestellt.

Nottuln, im Sommer 2010

Hans-Peter Boer

LV·Buch im Landwirtschaftsverlag GmbH, 48084 Münster

Lektorat:	Sabine Deing-Westphal, Rhede
Titelbild:	Heike Gütting, Münster
Gestaltung:	KreaTec – Grafik, Konzeption und Datenmanagement im Landwirtschaftsverlag GmbH, Münster
Druck:	Westermann Druck Zwickau GmbH

ISBN 978-3-7843-5096-7

Kommissar Kattenstroht ermittelt...

Hans-Peter Boer
Stoppelland
*Kommissar Kattenstrohts **erster Fall***
176 Seiten, Hardcover
€ 14,95
ISBN 978-3-7843-3387-8

Hans-Peter Boer
Schwengelrecht
*Kommissar Kattenstrohts **zweiter Fall***
192 Seiten, Hardcover
€ 14,95
ISBN 978-3-7843-3439-4

Hans-Peter Boer
Kuchentage
*Kommissar Kattenstrohts **dritter Fall***
192 Seiten, Hardcover
€ 14,95
ISBN 978-3-7843-3486-8

Spannender Lesestoff in fünf Fällen!

Eine tote Prostituierte zwischen Sauerampfer und Knöterich. Ein dubioser Anwalt, der vom Balkon im Landhotel gestoßen wird. Der alte Öhm, dem mit der traditionellen Eiserkuchenzange „eins übergebraten" wird. Die tote Leiterin der Agrar-Genossenschaft mitten im münsterländischen Naturschutzgebiet. Viel Arbeit für Kommissar Kattenstroht in seinen ersten vier Fällen!

Der allererste Fall – *jetzt im Großdruck*

Mitten in der ländlichen Idylle des Münsterlandes wird eine junge Prostituierte mit einem Jagdgewehr aus nächster Nähe regelrecht hingerichtet. Ein Fall für den Münsteraner Hauptkommissar Klaus Kattenstroht, der „aufs Land" fährt und sich, unterstützt von seiner jungen Assistentin Kathrin Eilers, auf die Spur des Täters setzt. Kantig, bärbeißig und gewitzt kommt er am Ende dem Täter auf die Schliche.

Hans-Peter Boer
***Stoppelland** - Großdruck*
256 Seiten, Broschur
€ 12,95
ISBN 978-3-7843-5017-2

Landwirtschafts*verlag* GmbH
Münster-Hiltrup